レディク
ミュラ
ハク
レイ
異夢世界
転生チートと謎スキルで異世界を成り上がれ

グラハム
ラティス
ディグルド

異夢世界

転生チートと謎スキルで異世界を成り上がれ

カシス

illust by 茶円ちゃあ

CONTENTS

プロローグ……004
1 夢が終わる日……008
2 新たな始まり……026
3 断末魔の産声……052
4 とある村の一日……091
5 冒険者のお仕事……106
6 シエラ村のお祭り……132
7 一世一代の大博打……169
8 俺が学校へ行く理由……214
9 シエラ村のライバル……231
エピローグ1……269
エピローグ2……275
［特別書き下ろし］忘却の竜殺し……277
あとがき……288

第一章

プロローグ

「――うおぉぉぉぉっ！」

濁りのない清涼な空気が広がる大自然。

空から降り注ぐお日様の光に群がる枝葉は鬱蒼《うっそう》としていて、木の根は硬い岩石をも砕き、太い幹を支えている。

そんな木の根に足を取られないよう気をつけながら、岩肌の斜面を転がるように走るや高身長の男の姿があった。

男は岩から岩へ木の幹を蹴りつけながら移動するという軽業師顔負けの動きで斜面を駆け下り、何かに焚《た》きつけられているように先を急いでいる。時折、背後に視線を送り、後ろに注意を払っていることから、何かに追われていることは推測できるが、男の視界にその何かの姿はない。

が、その代わりに、絶えず聞こえてくる木が倒れる音や何かを踏み砕くような音が、男を追う存在が確かにいることを、地響きと共に伝えてくる。

「あれ……あいつどこに消えた？」

男は走りながら周囲を見渡し、追跡者の姿を探したが、別方向から聞こえてくる音に惑わされ、その位置を摑《つか》めずにいた。

後ろかと思えば、右。かと思えば左から、断続的にその存在を感じる。

これはおそらく、仕掛けに来ている。そう感じた男は足を止め、その場にあった大きな岩を背に周囲を警戒しながら、耳を澄ました。

地響きを伴う大きな音と、それが山彦《やまびこ》のように反響して男の鼓膜を揺らす。それに紛れて、連続して聞こえてくる同じ響きの音。それは、男の背後から聞こえた。

「後ろかよっ！」

慌てて男が振り返った、その瞬間——

「——シュアァアッ！」

ドゴォンッと大岩を粉砕して現れたのは、毒々しい赤と紫の縞《しま》模様の体皮を持った大きなトカゲ。

粉々に散った岩の破片が、咄嗟《とっさ》に手を顔の前で交差させた男を襲う。さらに、追い討ちをかけるように、トカゲは眉間に生えた二本の棘《とげ》を荒々しく払い、けたたましい咆哮《ほうこう》をぶつけた。

「ちくしょぉッ！　トカゲのくせにっ！　トカゲのくせにっ！」

無駄に頭、使いやがって！　と捨てゼリフを吐いて、男は再び走り出す。

その後ろを、ピッタリと離れずついてくる大トカ——いや、超巨大トカゲ。シュロロと涎《よだれ》交じりに巻かれた舌ですら、二メートル近い大柄な男をクルリと包んで余りある大きさで、胴体は男を余裕で丸呑《の》みできる大きさである。

いったいどんな遺伝子操作が行われれば、この恐竜の如《ごと》きトカゲが生まれるのか。現実でならあり得ないことだが、生《あい》憎《にく》と男とトカゲの追いかけっこが繰り広げられるここは、普通ではない。

それはまた、男の方も同様に。

男は、ピョンピョン飛び回り、紙一重でトカゲの突進を躱《かわ》しては、器用に枝葉を使って、速度を緩めずに木々の隙間を抜けていく。

やがてそのデスレースが佳境を迎える頃、男とトカゲは木や岩などの障害物が存在しない、少し開けた空間へと飛び出した。

そこは、トカゲの猛攻を躱すために、男が利用できそうなものが何もない平坦《へいたん》な場所。男は草の葉を蹴り飛ばし、全力でそこを駆け抜けるが、それだけでは歩幅の差は覆せず、みるみるうちに両者の距離は詰まっていく。

もはや助かる道はないように思えた。――男がただの獲物であったのならば。

突如として、男は走るのをやめ、大きく飛び上がった。それを追って、トカゲの頭が上を向く。

だが、それは罠《わな》だった。注意を引くためのおとり。

それに釣られたトカゲは、勢いをそのままに踏みつけた――そこに隠されていた落とし穴を。

「シュ、シュァァァ～ッ⁉」

一つ崩れれば、呆気《あっけ》ないものだった。片方の前足の支えを失い、体勢を崩したトカゲは、その速度を保ったまま、なだれ込むように穴に落ち、盛大に穴の縁で顎をぶつけた。そのおかげと言っていいのか、なんとか完全に落ちきる前に、トカゲは顎と後ろ足でその巨体を支えることができた。しかし、落ちた前足は、穴の底には届かない。スカスカと空回るだけである。

そうなっては、身動きの取りようがなかった。顎を離せば落ちるのは目に見えているし、後ろ足だけで引き上げるには、その巨体は少し重すぎる。

「はっはっー、ザマァ！」

ちょっとモザイクが入れられそうな指使いで、落とし穴に嵌《はま》り動けなくなったトカゲを嘲笑《あざわら》う男。それから、男は腰に差した剣を抜き放ち、再度飛び上がった。

「死ねッ！　デカブツ！」

着地と同時に、その眉間を一突き。盛大な断末魔と共に、その場でもがき苦しむ大トカゲ。

口から飛び出た酸が周囲に飛び散り、地面や木の幹が煙を出して、溶け落ちる。大部分は地面や周囲に飛び散り、眉間に刺した剣に摑まっていたことが幸いして、男は少量の酸を防具の上から浴びただけで済んだ。

その一方で、剣を突き立てられた大トカゲは、眉間への一撃が致命傷になったのか、息絶えたかのように力なく、ずるりと剣が頭に刺さったまま穴の中へと落ちていく。

男は剣から手を離し、落ちきる前にその場から飛びのいた。その後すぐ、穴の下から響いてきた落下音。続いて、黒い煙が昇ってくる。

そこまで見てから、男は達成感を込めて、手を握った。

「やったぜ、A級に勝ったぞっ！」

黒煙が空に昇る中、感極まって雄叫びを上げる男は、三〇代の男の顔つきには似合わない、少年のような笑みを浮かべていた。

1 夢が終わる日

「よっこらせっ……追いつかれた時はどうなるかと思ったけど、『落とし穴作戦』は意外に上手く嵌ったな」

ヒョッコリと穴の中から顔を出した俺は、拾い上げた魔石と素材を先に穴から放り出す。

それから自分も穴から這《は》い出ると、投げ出したドロップアイテムを拾い、折れて丁度いい高さになった木の幹に腰を下ろす。

「はぁ～……さすがにあれだけ走ったら、この体でも疲れるな。……ま、アスレチックみたいで楽しかったけど」

へし折れた幹の椅子の感触は少し刺々《とげとげ》しいものがあった。しかしながら、頑丈な体のおかげで痛みは感じない。

それよりも、巨大トカゲとの戦いが終わって気が抜けたのか、襲ってきた猛烈な疲れの方が余程抗《あらが》いがたかった。

「ははっ、疲れか」

俺はそれがおかしくて、微笑する。

前傾姿勢で体を休める中、目に入る長く逞《たくま》しい足を保護する金属の脛《すね》当てと革のズボンは、枝葉に傷つけられたのか擦り傷だらけで、緑の汁や土で汚れていた。

一方で、手には先ほどのトカゲ——名前はバジリスクというが——を仕留めた時に飛び散った血が残っていて、赤黒い汚れが付着していた。

我ながら、いいリアルだと思う、本当に。

この身に行き渡る疲れ。背中に感じた怪物の荒々しい吐息。命をこの手で奪った時の感触。そして、格上との戦いで生き残ったという達成感。

生きてるって感じがする。ここで、この場所で。

それがおかしくもあり、虚《むな》しくもあった。

俺はおもむろに立ち上がると、背伸びして後ろを振り返る。

そこには、道ができていた。バジリスクが薙《な》ぎ倒し、踏み潰し、粉砕した木々と岩の残骸でできた道。まるで竜巻が通過した後のような酷《ひど》い有様で、道は先が見えないくらい遠くまで、そして蛇行して続いていた。

「どんな頭してんだか……石頭にも程があるだろ」

追いかけられていた身としては、震えるものがある。これだけぶつかれば、たとえ戦車でも途中で大破する。というか、普通に事故だ。

俺は不意に、先ほどまで椅子にしていた折れた木の幹を蹴り上げた。全力とはいかないまでもそれなりに強く。

ドガッ！

鈍い音を響かせ、足の当たった箇所は木片を散らし大きく凹《へこ》んだ。根っこはちぎれ、押さえるものがなくなった幹は簡単に空を飛び、サッカーボールのように近くの木にぶつかって、地面の上を転がる。

「ま、似たようなもんか」

常識的に考えるのは、ここではタブー。その凝り固まった思考は、己の死を招く。

怪物とその身一つで、渡り合える人間がいる世界。体格や種族、そんなものは限度にはなり得ない。

限界を超えて、さらなる高みへ。

そして、まだ見ぬ冒険へ。

己を縛る鎖を引きちぎり、社会の枠組を壊して、非常識に生きることこそ、最善の選択肢。どこまでも自由で、個人主義で、そして、容赦がない世界。

それが堪《たま》らなく好きだ。

だからこそ、俺は――唇を嚙《か》みしめる。

この大好きな世界が、俺の世界でないことが、口惜しかった。

「………」

空を見上げる。周囲は木々に囲まれていて、太陽は見えないが、薄く赤みを帯びだした空は、あと少しで美しい夕焼け色に染まりそうな具合だった。

「……今日はここまでだな」

もうすぐ日が沈む。ここに来て、数えること三日目。残念だが、時間だ。

日が暮れる頃、夢は——終わる。

いつものことだ。いつもの。

豊かな大自然も、巨大なトカゲも、魔法も、姿の違う俺自身でさえも、全てが幻想で、脳が創り出した夢の創造物。

ここに現実は何一つとしてない。そう、これはただの夢。幻想。非現実。

だからこそ、虚しい。いつか必ず、夢は醒《さ》めてしまう。

どれだけ盛り上がっていても。

どれだけピンチに立たされていても。

どれだけ夢の中にいたいと願っても。

時間——夢世界に来て三日が過ぎれば、夢は醒める。

だから、俺は現実が嫌いだ。この世界から俺を連れ戻す、あの世界が大っ嫌いだ。

眠気を感じて目を閉じる。逆らうことに意味はない。眠るように戻るか、途切れるように戻るかの違いでしかない。

——まぁ夢の中で眠るというのも、おかしな話だけれども。

フッと意識が戻る感覚。それは目覚めるというより、意識が戻るという感覚に近い。

暖かみのない無機質な天井。太陽の光が差し込んでなお、薄暗い部屋で俺は目覚めた。

「…………はぁ」

目覚めてすぐ自然と出た溜息《ためいき》に、徐々に憂鬱さが増していく。布団から出る気にもなれない。

俺はゴロンと頭だけ回して、壁にかけたカレンダーに目をやる。

「月曜……学校か」

学校――俺の通う県立の高校だ。偏差値が丁度50ぐらいの平凡な学校の、これまた偏差値50ぐらいの学力しか持たない高校一年生。それが、現実の俺――日向嶺自《ひなたれいじ》の本当の姿だ。

唯一、他の高校生にない特徴といえば、先のような明晰夢《めいせきむ》を見られること。まぁそれも、この情報化社会であれば耳にしたり、目にしたりする機会はあるような、珍しいけどないわけじゃない、とりたてて自慢することでもない能力。

だが、そんな能力でも、俺の現実を否定するには十分すぎた。

朝起きて、一人で朝食を取り、学校に行く。学校では、好きなラノベやマンガを読んで時間を潰し、放課後はバイトに勤《いそ》しむ日々のルーティーン。

ただ悪戯《いたずら》に時だけが過ぎていく。数少ないというか、唯一の友人と遊ぶことはあっても、心の底からそれを楽しむことはできず、ただの暇潰しにしかならない。

しかし、そんな俺でも、現実にいて唯一満たされる時がある。

それは、創作物の世界に浸っている時だ。夢の世界と似た部分があったからだろうか、他人の頭の中の世界は、心地よく、酷く落ち着いた。

だが、それだけだ。人生の大半は、俺にとってつまらないものでできている。何度夢が現実だったらと思ったかは、もう数えきれない。

俺が見る夢の世界は、異世界のように魔法が使え、魔物や獣人がいるファンタジーな世界だ。見たこともない動植物が溢《あふ》れ、知らないものが沢山ある。

とても俺の脳が作り出したとは思えない程に、そこには生き生きとした人々の生活があり、体系化されている。

俺はそんな夢の中の世界が好きだった。

夢だからと決して自分の思い通りになるわけでもなく、しかし、現実ではできないことができるそんな場所。際限なく溢れる好奇心を満たしてくれて、とにかく自由に生きられる世界。

俺が望むものが、そこにはあった。

だから、繰り返すうちに、俺が現実ではなく、夢で生きるようになったのは、ある意味当然で、現実をただの劣化版の付属品と捉えるようになったのは、必然的だった。

もはやそれは、体調にすら反映されるほど顕著で、現実にいるだけで吐き気を覚える。

ここは窮屈で自由がない。

やたらと細かい法律。自分の才能に左右される人生。

俺はもっと自由に生きたかった。家族も、友達《ともだち》も、恋人もいらない。ただ、一人で自由に、そして何にも縛られることなく生きていたかった。

けれども、夢を見るためには現実は必須事項。嫌でも生きていくしかない。それが余計に束縛感を俺に与えるのだ。

夢を見るために食事をし、日々の生活のために働く。夢を見るために将来を考え、いい仕事に就くために勉強する。

全ては夢の世界に行くために。

それが現実での俺の生き方だ。

惰性で生きているようなものだ。別にしたいことがあるわけでも、生きたくて現実を生きているわけでもない。

仕方なく、だ。

仕方なく息をし、仕方なく食事をし、仕方なく働き、仕方なく勉強する。

そんな現実のいったい何が楽しい？

だから、俺は現実が嫌いだ。

何故《なぜ》、俺はこんなクソみたいな世界に縛られなきゃならないのだと、いつも思っている。

やはり夢はいい。不思議なものとの出会いが、苦労の多い生活が、魔物との血の滲《にじ》む死闘が、俺に生きているという実感を与えてくれる。夢なのに、だ。

それが、おかしな話だというのも、俺の考えがズレているというのもわかってる。

だけど、俺にとって現実は、何もない鳥籠のような場所でしかないのだ。

「また夜まで待ちぼうけか……」

毎朝の習慣のような現実批判を終えた俺は、ボサボサの黒髪を手で掻《か》きむしりながら、ようやっと布団から這い出た。

しかし、そろそろ年が終わろうとする頃合い。冬の朝の冷たさは、誰にだって厳しい。俺はすぐにストーブを点《つ》けて、その前でダルマのように丸くなって暖をとる。

「あー、学校行きたくねぇー」

そんな世の中高生が皆思っているであろうことをボヤきながらも、俺はダルマ状態で机の上にあった菓子パンを貪り食う。

あれだけ現実批判をした後で、朝ごはんをしっかり食べているのは意外かもしれないが、俺は三食きっちり食べる派なのだ。

夢の中で一つ気に入らないことがあるとしたら、それはなかなか飯にありつけないことだ。

冒険の最中に食べられるのは、苦い味のする干し肉ぐらいのもの。街に戻っても、金のないことが多い俺は、碌《ろく》な食事を取れない。

だから、現実では毎日しっかり食べる。純粋に、美味《おい》しいと思うから。考えてみれば、俺がこの現実の世界の方がいいと思えるのは、飯だけかもしれない。まぁ、馬鹿食いして太ってるってこともないが……

良い言い方をしたら、スリム。悪い言い方をすればガリガリぐらいの体型だ。どちらにしろ夢の中の体より貧弱なのは変わりない。

夢の体はファンタジー仕様なので、とても強いのだ。軽く飛び上がっても、世界新記録が狙えるジャンプ力はあるし、その気になれば拳で岩だって壊せる。

その代わり、夢の体は育てられないし、使い続けられない。

どういうことかというと、俺好みにデザインされている夢の世界には、ステータスプレートなるものがあるのだが、これが何とピクリとも動かない。どれだけ強い魔物を倒しても、筋トレに丸一日費やしても、初めから上限値だとでも言うように、数値が微動だにしないのだ。

これではステータスプレートの意味がないではないか。

俺も当初はそう思った。しかし、一つだけ役立つことがある。

実は、夢での俺の肉体は一定期間経過するか、夢の中で死んだりすると、新しい肉体に切り替わる。俺はこれをキャラ変更と呼んでいるが、年齢や体格、性別までありとあらゆる要素が切り替わる。

この際、当然のようにできること、すなわち能力の構成が変わるわけだ。おそらく色んなことをしてみたいという欲が反映されているのだろうが、この変更時に先に言ったステータスプレートが、おおよその能力を把握するために役に立つ。

ちなみに、プレートの文字は日本語でも英語でもない。夢の世界独自の文字だ。そして、不思議なことにその文字を作り出しているはずの俺にもわからない文字だ。

おそらく文法とかそんな規則性は置いといて、それっぽい演出として意味不明な文字が使われているだけだろう。

ただし、夢の世界で九年間のキャリアがある俺は、ちょっと読める。ちょっと話せる。本当にいくつか単語がわかる程度で、まともに人と話せるものでもないが、数字だけはお手の物だ。何故なら、十進数で一〇個しか覚えるものがなかったから、九年も見続ければさすがに解読できる。

おかげで、これまでのキャラの傾向と比較して、ステータス表示の何が、どれを表しているのかはおおよそ理解できた。

あとは、挨拶の『こんにちは』と魔物の素材を金に換える時に必要な『換金してください』、そして、去り際の『ありがとう』が殆《ほとん》ど街に行くことのない俺が話せる言葉だ。単語は聞いたら、ちょっとわかる程度で、お世辞にも街の中でやっていけるほどの語学力はない。ボディランゲージだけはやたらと上手くなった気もするが……

俺は菓子パンの欠片《かける》を口の中に放り込むと、チラリと時計に目を送って、学校の制服に手をかけた。

「そろそろ準備しないと、間に合わないな」

時刻は七時五〇分。学校は歩いて行ける距離にはあるが、それでも二〇分はかかる。始業が八時半なのを考えると、そろそろ制服に着替えなければ遅刻してしまう。

俺はいそいそと立ち上がると、壁にかけてあった制服に着替えた。それから洗面所で、寝癖を霧吹きで直し、歯磨きをして、髭《ひげ》はもういいかと支度を終える。

登校準備を終えた俺は、時計を見てまだ時間があることを確認すると、部屋の隅に置かれた仏壇の前で座り込み、手を合わせた。

仏壇に飾られた三〇歳ぐらいの男女の写真は、俺の父と母の遺影だ。両親は中学二年の時に事故で死んだ。もう三年も前の話になる。

当時中学生だった俺は両親の死後、親戚に引き取られたが、会った記憶もない他人が俺を引き取る理由など遺産目的以外にありはしない。当然馴染《なじ》めず、そこから逃げるため、高校が近いからという理由で、アパートの一室を借りて、両親と過ごした街で一人暮らしをしている。

「行ってきます」

カチカチと時計の針が時間を刻む音だけが聞こえる室内で、両親の冥福を祈った俺は、鞄《かばん》を持って立ち上がる。

それから、電気も点けていない暗い部屋を出た。しっかりと戸締りしたのを、ドアノブを引いて確かめた後、鍵を指で振り回してポケットにしまい、慌ただしい平日の朝の空気を胸いっぱいに吸い込んだ。

「あー……クソまずい」

夢の影響か、嗅覚が鋭敏になっている俺にとって、様々な匂いが入り混じった空気は、吐き気がするほど気持ち悪い。

毎朝毎朝、慣れるまでが憂鬱だ。

俺は側《そば》から見ておかしくないぐらいに鼻を摘《つま》み、アパートの敷地から公道へと出た。

朝から大慌てで駆けていく体操服姿の中高生や、スーツ姿のおっさんが時計を見ながら小走りに、ゆったりと歩く俺を追い抜いていく。みんな朝は忙しい。それが当たり前だとでも言うように、時間に追われて行動している。

信号待ちをしていると、前を通り過ぎていく車も、制限速度を超えて走行しているのが、チラホラ。慌てるくらいなら、早く起きればいいのにと、アラームなどなくとも毎日決まった時間に目が覚める俺は、それを蔑み見る。

信号が変わり、ゾロゾロと動き出す人の波に乗って、俺も道を横断する。その頃には鼻も慣れてきて、少し気分はマシになったが、心中はつまらない現実に飽き飽きしていた。

何かド派手なことでも起こらないだろうか、と周囲に目を配っても、いつもと何ら変わらない平凡な朝の光景。大トカゲに追いかけ回されるような非日常が転がっているはずもない。

嘆息して、二〇分かけて学校に辿り着いた俺は、始業チャイムギリギリに教室へと入る。ワイワイと朝から騒がしいクラスメイトの合間を縫って、自分の席に着くと丁度チャイムが鳴り始めた。

バタバタと遅刻ギリギリで飛び込んでくる数人のクラスメイトの姿。それから、ガラガラと前の扉が引かれ、担任が入ってきた。

「みなさん、おはようございます。今日の連絡事項ですが……」

教壇に立ち連絡事項の確認を取る担任の先生。それを聞き流しながら、俺は窓から空を見上げる。

「――私からの連絡事項は以上です。次に、学級委員の……」

濁った曇り模様の空。

帰りは雨になりそうだ。


――キーンコーンカーンコーン……

終業のチャイムに交ざる、ザーッという雨の音。教室から見下ろせる校庭には、水溜りがいくつもできていた。

「なぁなぁ、雨だし部活行くのやめて、帰りにカラオケ行かね？　どうせ練習できないんだし」

「やだよ、後でドヤされるやつじゃん。お前知らねぇの？　ウチの部活で前にそれやった奴《やつ》、筋トレのメニュー、二倍にされたんだぜ？」

六限目の授業を終え、朝のような雑談に花を咲かそうとするクラスメイトを尻目に、今日の授業に使った教科書とノート類を鞄にしまい、俺は帰り仕度を整える。

「それに、お前今日……アレだろ？　あいつと遊ぶんだろ？　俺はいいよ。何か愛想ねぇし……」

「いや、あいつはあいつで……」

「はーい、みんな席に着いて！　ホームルームを始めまーす」

疲れているのか、朝よりもだいぶ砕けた感じの担任が教室に入ってきて、雑談していたクラスメイトたちは、早々と自分の席に戻る。それから、朝の連絡事項と同じことを繰り返す先生の話が終わるのを、俺は鞄を手に持ちながら、待った。

一〇分ほど経《た》って、ようやく先生の話が終わり解散の流れになると、すぐさま席を立つ。しかし、それを制すように、ツンツン頭のクラスメイトの一人がその前に立ちふさがった。

「悪い、嶺自！　また俺とお前だけになっちまったわ！　いや、みんな部活忙しいみたいでよ。なかなかメンバー集まらないんだ」

何やら手を合わせて俺に詫《わ》びる素振りを見せたのは、久城春樹《くじょうはるき》という名の同級生だった。

何故か俺にやたらと絡んでくるうざい奴だ。誤解のないように言っておくと、俺はこいつにいじめられているとか、そんな事実はない。

むしろ真逆で、基本的にこの世界の人間と関わろうとしない俺に、しつこく関わろうとしてくるタイプの人間だ。

「あっそう」

俺はあまり興味なさそうに吐き捨てて、先を急ぐことにした。

「――って、ちょい待てって！　どこ行くんだよ？」

「バイト」

「はぁ!?　前から今日は遊ぶ約束してただろ？　何でバイトなんだよ」

「バイト先の店長に聞いてくれ」

俺は白紙のシフト表を出しただけ。入れたのは店長だと、春樹に質の低い言い訳をする。

「またかよ、お前……んじゃ、明日ならどうだ？」

「今週はずっとバイトだ。一二月は忙しいんだ。悪いな、春樹」

毎度毎度断りを入れるのも面倒ではあるが、週三日しかないバイトでも、断る口実には最適だ。遊びと仕事、どっちが大切かなんて言うまでもない。

「ったく……悪いと思うんなら、初めからそう言っとけよ。お前のそういうとこほんと良くないぜ。……ってことで、年が明けたら埋め合わせしてもらうからな。具体的には稼いだ金でなんか奢《おご》ってくれ」

「嫌だよ」

「何でだよ！　そこはもうちょい、親友の俺に気を遣ってだな……」

勝手に人の親友を語るな。何で俺の金で、お前にいい思いをさせてやらなきゃならない。

「……もう時間だから行くわ」

「あっ、おい！　埋め合わせは忘れるなよ、嶺自！」

早くも耐えられなくなった俺は、時間を言い訳に、その場を離れた。

春樹の面倒な誘いは無視して立ち去る俺に向けられるクラスメイトからの冷たい視線。春樹の手前、表だって何かしてくることはないが、交友関係が広く、基本的に誰とでも仲良くなる春樹に対して、何度も不義理をかます俺が面白くないのだろう。

絶対零度の軽蔑の視線が、教室の後ろを通る俺に向けられていた。

だが、それでいいと俺は思っている。

俺には、こいつらと関わる気なんてこれっぽっちもないのだから。むしろ春樹のような面倒な奴より、よほど好印象を抱けた。

俺は結局春樹に一度も振り返ることなく教室を出た。

ところが、そこでまたしても邪魔が入る。

「………」

不意に鼻腔《びこう》を掠《かす》めた甘い香り。その匂いに顔を向けると、廊下に出てすぐ教室のドアの前で、待ち伏せでもしていたように青のブレザーの制服を見に纏《まと》った白い髪の少女が立っていた。

彼女の名は、如月結衣《きさらぎゆい》。

その透き通るような肌と、端整な顔立ちの顔は、とても日本人とは思えない。容姿だけなら、夢の住人のようで、俺的には好印象。

しかしながら、彼女はれっきとした日本人で、如月結衣という春樹の幼馴染に当たる少女だ。性格も結構キツく、いつも険しい顔をしていて、今も睨《にら》みつけるような鋭い目で俺を見ていた。

ということで、中身が落第点。俺は興味を失った目で彼女の睨みつけるような瞳を見返した。

「何か用か、如月？」

さすがにこの至近距離で睨まれては、無視するわけにもいかない。そもそも俺の帰り道に立たれては、無言の通せん坊をされているようなものだ。春樹に対する俺の態度で彼女の中に鬱憤が生まれたのなら、聞いてやらねばならない。

そう、諦めて言葉を待っていたのだが、彼女は視線を僅かに逸《そ》らすと。

「……何でもないわ。ごめんなさい、邪魔したわ」

「いや、別に……」

そう言って、簡単に道を譲った。

少し言葉を出し辛《づら》い雰囲気がその場に落ちたが、よくよく思えば、俺は帰ろうとして彼女とすれ違っただけだ。

俺は、遠慮なく道を譲ってくれた彼女の横を通り抜け、そのまま無言で立ち去った。

………クソ面倒な奴らだ。

そんな風に毒を心の中で吐き捨てた俺――日向嶺自と、その面倒なクラスメイトたちが顔を合わせたのは、それが最後になった。


夜、皿洗いのバイトを終え、家路につく。

時刻は、二二時過ぎ。学校が一六時頃に終わって、一七時から働いていたので、五時間働いた計算だ。

すでにあたりは真っ暗で、人気《ひとけ》も少ない。雨だから今日は余計そうだ。

すれ違うのは、騒音を撒《ま》き散らし、空気を汚す車ばかり。雨水で濡《ぬ》れた靴が冬の外気に冷やされ、とても冷たく不快感

を助長する。

「…………」

街灯を反射する濡れたアスファルトに目を落として下を見ながら歩く。トボトボと、水溜まりを避けながら、頭の中はもうすでに、夢の世界にシフトしていた。

今日は何をしようか。

また魔物を狩るのもいい。魔法の練習するのもいい。何でもいいけど、早く夢に戻りたい。

信号待ちをしながら、漠然と何ができるか考える。

ふと、後ろから足音が聞こえた。足音は信号待ちをする俺の後ろで止まる。

俺は気にせず、思考を続けた。三日という限られた時間の中で、夢を満喫する方法を。

それを考えながら、信号が青に変わったのをアスファルトに映る淡い光で確認して、道を渡ろうと俺は——ドスッ。

「えっ——」

思考を遮ったのは、雨音の中でも明瞭に響いた雑音と、背中に伝わった無視できない衝撃だった。

その感触を手繰り寄せるように、顔だけで振り返った俺は、直後息を飲む。

「ッ……！」

そこにあったのは、狂気を目に宿した男の顔。醜悪に、下劣に、悪辣《あくらつ》に歪《ゆが》められた顔。

男は笑っていた。口元を三日月に割いて、歓喜に体を震わせていた。

男の歓喜の震えが、背中を通じて体の中へと流れ込んでくる。それはまるで、直接体の内側で振動しているかのように

——


「——っぁあぁぁッ！」

電撃のように、背中から迸《ほとばし》った焼けるような痛み。堪らず俺は絶叫した。

反射的に傘を手放し、背中に回した手が男の手首を掴む。一方、体は痛みから逃れるように前へ。

体から異物が抜けていく感触に、俺は重ねて叫び声を上げる。よろけるように前に逃れた俺は、近くの電柱にぶつかり、崩れるようにその横にあったガードレールの上に体を落とした。

「――っ、はぁはぁ……」

息が荒い。全身から汗が吹き出している。手で押さえてはいるものの、止血も何もされていない傷口からはドクドクと血が流れ出て、路傍に溜まった水溜まりが真っ赤に染まっていく。

だが、俺は痛みに顔を歪めながらも、ガードレールを支えに振り返った。それは、夢での経験から、敵に背を向ければ最後、食い殺されることがわかっていたからだ。

痛みで思考が鈍る。体を何かに預けてないと立っていられない。

状況は最悪。男の手には、俺の血で真っ赤に染まった包丁が握られ、対する俺は無手。人通りはなく、助けは期待するだけ無駄だ。

その自分が圧倒的優位にあることに愉悦を感じたのか、男は笑い声を零《こぼ》した。

「ヒッヒ！」

一歩で心臓を貫ける距離に、凶器があるのは、心臓を握られているのとそう変わらない気分だった。

実際、夢とは違い、現実の貧弱な体は、たった一突きされただけで、動くこともままならない。口元を凶悪に歪ませた男が、右手に持った凶器で、再び俺を刺そうと接近してきたのを、ただ見ていることしかできなかった。

（これは……死んだな）

冷めた頭で死を予感した俺は、再び自分の腹に迫る刃《やいば》を見ながら、全身の力を抜いた。

「ぐっ……！」

二度目は、腹と胸の丁度真ん中。肋骨《ろっこつ》の隙間に突き刺さった。酷い熱と痛みが体を駆け巡り苦痛に顔を歪める。

どうせなら一思いにやってくれよ、と内心零した俺だったが、死ぬことには慣れている。夢でかれこれ四〇回は経験した。

痛いのも、苦しいのもすぐに終わる。今回もどうせすぐに意識を失って、あとは勝手に終わってくれるだろう。

そう思い、目を閉じかけたその時――俺の手は無意識のうちに凶器を手にする男の手に伸びていた。

「ッ……！」

一瞬だが、男の顔に苦痛がよぎり、その体は地面に転がる。夢の中での実践の経験が生きたのかもしれない。無意識のうちに体が武器を求めて動く。

武器があったのは、俺の胸だった。ガシッと胸から生えた柄の部分を摑んだ俺は、気がつけばそれを一気に抜き去り、男の首へと叩《たた》きつけていた。

鮮血が顔に飛び散り、胸からは盛大に血が吹き出す。

あたり一面が赤一色に染まった。

口からゴポッと吐血して、俺はアスファルトに膝を落とす。次に、体が。最後に頭が、アスファルトに打ちつけられて、もう動くこともできなくなっていた俺の顔は、何の偶然か首から包丁を生やす男の顔へと向けられていた。

顔の向く先で、男はまだ笑っていた。

致命傷を与え、俺と同じようにもう動くこともできないだろうに、蛇のように絡め取るような視線を飛ばしながら、恍《こう》惚《こつ》なまでのその表情。

……イカれてる。夢にまで出てきそうなほどのイカれ具合だ。

まぁ死を予感しながらこんなことを考えてる俺も大概かもしれないが……

男の瞳に自分の血で赤く染まった俺の顔は、とても安らかに見えた。

それを最後の光景とし、徐々にボヤけていく視界。

ザーッという雑音のような雨音と、それに紛れる水溜まりを蹴飛ばす音。
それから、今更になって聞こえてくる悲鳴が掠れていく。
痛みを感じる機能さえ停止した肉体は、もう指一本たりとも動かない。
辛うじて機能する判然としない視覚と聴覚はただ己の命が失われつつあることを拾う。
そして、最後に光を失っていく赤く染まった視界の中で――――やっと……終われる。
胸に刻まれたのが、安堵《あんど》に似た何かだったのを、俺はずっと覚えている。

2 新たな始まり

夢を――見ていた。

見ているのではなく、見せられている。そんな受動的な印象を覚える本物の夢を。

無音の静寂が支配する深淵《しんえん》に抱かれポツンと浮かび上がる己が、圧倒的な無の権化を前に、塗り潰されていく。

《汝《なんじ》――理外から到し、理《ことわり》の者よ》

そこに、意思の介入はない。いや、自己の定義すら曖昧だ。

全と個。個と全。溶け合い混ざりゆく感情と記憶の混沌は、坩堝《るつぼ》に溜まりて無へと回帰する。

《汝が選択せし理に、汝は異を唱えるか》

それが、この夢の理なのだと、俺は認識させられていた。

だが、いつまで経っても、俺が還《かえ》る時は来ない。まるで俺が加わることを全てが拒むかの如く、無は己から離れ、取り残された。

《汝に、輪廻《りんね》の理を与えよう》

薄れゆく意識。閉ざされていく認識。失われていく夢の記憶。

最後に差し込んだ光の道標が、俺をその混沌《こんとん》から掬《すく》い上げた。

常闇に沈む前に、光を感じたのを漠然と覚えている。

その光に誘われ、戻ってきてしまったことも。

――……生きていたのか、俺はまだ。

深い所で、意識にかかる浮力を感じた。一度それを感じてしまえば、あとは誘われるだけ。

ゆっくりと意識が浮上していく中、心にあったのは勘弁してくれ、の一言。

確実に死んだと錯覚するほどの重傷から、奇跡的に息を吐き返す。それが自他共に望む生還ならまだしも、現実に帰りたくない俺と、その生還を望むはずもない周りの人間たち。後遺症やら治療費やら、考えるのも億劫《おっくう》なことほど、すぐに頭に浮かぶ。

だから、久しくなかった深い眠りからの目覚めは、爽快感など皆無で、意識を取り戻した先に待つであろう現実に、目を開けるのも億劫だった。

それでも、まだ現実は続くのだ。

こちらの気持ちに関係なく、生きている限り、いっそ死んだ方がマシと思えるほど窮屈な世界に、俺を縛り続ける。

いつもそうだった。夢だけでいい。もう目覚めなくて構わない。何度もそう思い、裏切られてきた。

だから、今度も諦めろ——そう言われた気がして、俺は重たい瞼《まぶた》を持ち上げた。

「————！」

直後、俺は口から出かかった恨み言の一つや二つを飲み込み、言葉を失った。

そこに広がっていたのは、清潔感のある白い壁の病室——などではなく、温かみのある木造の一室。

室内に差し込んだ光が、木目の美しい壁と床で拡散され、淡い光の海にいるような幻想的な光景を作り出す。その淡さに違和感なく溶け込むのは、歓喜に沸く青や緑の髪色をした人たちの姿。

「——⊕＋＜＾☆」

聞き慣れない言葉と共に、やけに大きく感じられる手が、伸びてきた。咄嗟に回避しようとした俺だったが、怪我の後遺症か上手く体が動かせない。

結局、抵抗らしい抵抗もできず、その手に俺は頭を撫《な》でられる。それはまるで、割れ物を気遣うような優しい手つきで、見ればその手の主は額に汗を滲ませながら、穏やかな表情で俺の顔を見つめていた。

彼女――白い布で口元を覆った三〇歳半ばくらいのおばさんは、俺が警戒してジッと睨み返すと、ややあってから顔を綻ばせ、周りに向けて言葉を発した。

その言葉の意味はわからなかったが、その綻んだ表情からは、俺に危害を加えようとかそういう感じはしない。状況から言って、俺が目覚めたことを喜んでいるようだ。

――医者か？

そう思ったが、彼女の格好は白衣などではなく、気休め程度に布で口元を覆っているだけ。それに、ここが病室であるようには見えない。

何故か首まで上手く動かないため部屋の全体像は捉えにくいが、見える範囲で判断するなら、ここは誰かが暮らしている部屋に思える。本棚や壁にかけられた衣類など、生活感を感じさせる部屋だ。

しかし、あるのは知らない天井。周囲の家具や部屋の構造にも見覚えはない。ついでに、こんな場所で目覚める心当たりもない――が、一つだけ。

これはとても既視感のある状況だ。

明晰夢のおかげで、一見して見当もつかない場所で目覚める経験は、豊富にある。この状況は色々な点で、それとよく似ていた。

一言で言えば慣れだが、俺が慌てたり混乱したりしないで、極めて冷静でいられるのは、それが理由だ。

一方で、疑心暗鬼になるくらいには相違点がある。

――いったい何が起こった？

この濁りのない空気は、あの腐った臭いのする現実のものではない。自分が好きな、恋い焦がれさえした、夢の世界と同じ空気だ。

吐き気を覚えるほどそれに敏感な俺が、嗅ぎ間違えるはずもない。

だが、何故か体に自由がない。こんなに人に囲まれて、目覚めたこともない。何より、現実で死んだのなら、夢など見られるはずがない。

俺は、この状況を説明できる何かがないか、目をしきりに動かして、探した。

そして、見つける。

「――――ッ！」

驚愕《きょうがく》を禁じ得なかった。異常と断定してもおかしくないものが、視線の先にはあった。

しかし、その驚愕を飲み込む間もなく、再び伸びてきた手が俺を捕まえ、そして――持ち上げた。

「〒＼6％＋」

また知らない言葉が囁《ささや》かれるが、それどころではなく、俺は抱き上げられたことで動いた視界の中でもう一度よく見直した。

そこにあったのは、やはり現実の俺とは違う手。でも、これまでに経験してきたどの夢のキャラとも違う。似通ってすらいない。

指の形が違うとか、ホクロや傷跡があるとか、そんな次元の話ではない。サイズからして、圧倒的に違う。

見たままを言うのなら、それは生まれたばかりの赤子の小さい手だった。

お手々と言ってもいいぐらいの可愛《かわい》らしい手。ムクムクとふっくらとした腕。肌は赤みを帯びていて、これ以上ないほどに若い。

マジかよ……と、内心引き攣《つ》るのを抑えられなかった。

これが……この赤子の体が、今回のキャラとでも言うのか？

俺は一度もバブりたいなんて、考えたことはないのだが……これが夢だとしたら、自分で自分の深層心理を疑ってしまう。

でも、それ以上にここを夢と認めるには、どうしても払拭できないことがあった。

それは、やはり自分の命が零れ落ちた感覚。一撃目はまだしも、二撃目は確実に致命傷だった。出血量もまた致死量と言って差し支えなかったと、記憶している。あれで生きていたら、逆に不思議だ。

それぐらい強く死を感じたのだ。

俺はここにきて、初めて混乱らしい混乱を覚えた。

「あぅぅ、あぅ！」

わけがわからない。何だ、これは……何なんだ、この状況は！

そう、喚《わめ》きたくとも、上手く声が出せない。出てくるのは、呻《うめ》くような声ばかり。それが嫌がっているように聞こえたのか、俺を抱いていた妙齢の女性は苦笑いして、両脇に挿した腕を伸ばす。

そして、背後から頭と腰に添えられた他の誰かの手。体が翻り天井を仰ぐように上を向いた俺の目に飛び込んできたのは、目尻にジワっと光るものを溜めて微笑む金髪の見目麗しい女性の姿だった。

「『はじめまして』、〒¥〇＜＾」

俺はその単語《はじめまして》を知っていた。

その時、脳裏を掠めたまったく別の可能性。とても馬鹿らしく、自分でも現実逃避したいだけなのではと、即座に感じてしまうぐらいのご都合解釈。

でも——今までにないパターンで訪れた夢の世界で与えられた赤子の体と、どうしても払拭できない死の自覚。

まさか……俺は転生したのか？　——夢の世界に。

そんな突拍子もない考えが頭に浮かんでいた。

あれから四日が経った。

それは夢なのか、現実なのか、半信半疑だった俺にとって、一つの区切りとなる日だった。

俺の夢は必ず三日で醒める。

つまり、四日目に突入した今日、キャラ変更先がたまたま赤子だったという可能性が、消えたのだ。

やはり、これは異常だ。俺の夢に何らかの異変が起きている。

考えられる可能性は、大きく分けて三つ。

一つ目は、俺は現実で植物状態にあり、半永久的に夢を見続けている可能性。

二つ目は、夢だと思っていた世界は現実に存在する世界で、何らかの理由でそこに転生してしまった可能性。

三つ目は、死にかけて夢世界のルールが変わってしまった可能性。

どれも可能性としてはありえそうだが、今ある手持ちの情報だけでは、まだ判断できそうにない。

でも、一つだけ判断できそうな方法がある。

それは、言葉だ。

ここが本当に夢と仮定した場合、夢世界の独自言語は俺の脳が作り出したことになる。

だが、単語ならまだしも、言語を作るなんて無意識にできるものなのか？

そもそも自分自身が理解できない言語っていうのが、前から納得がいかなかった。俺がまじめに言葉を覚えようとしなかったのは、それが理由だ。

だから、この言語だけで会話が成立するのなら、俺が創り出した夢である可能性は限りなく、ゼロに近くなると考える。

すなわち、残る可能性は二つ目のみだ。

逆に支離滅裂だったり、俺の知ってる日本語や英語がそのまま流用されていたりするのなら、二つ目の可能性は消える。

今のところ、それが唯一思いついた判断方法だ。

そして、これは別の状況説明になるのだが、どうやらあの金髪巨乳美女は、俺の母親っぽい。ずっと側にいる。

父親は今のところ、姿を見せていないが、明らかに金髪美女のスラっとした体型に合わない大きな服が部屋にあるため、蒸発したとかではないと思う。単身赴任でもしてるのだろうか。

まぁ、近況報告としては、そんなところだ。

少ないが、赤ん坊の俺が能動的にできることと言えば、天井の木目を数えるぐらいで、あとは赤ん坊生活というのは思ったより羞恥心的にキツイという嬉《うれ》しくもない発見があったぐらいだ。

だが、色々な問題はあれど、四日目に突入してしまった今、俺が感じているのは歓喜だ。

おかしな言い方かもしれないが、夢が叶《かな》って、永遠の夢に来られたのなら、こんなに嬉しいことはない。

だから、一つ一つ山積みの問題を――

「〇×^¥、『オシメ』〇☆¥〒◆」

Oh……あの金髪美女が発した単語は、昨日覚えたばかりの公開処刑の言葉ではございませんか。

俺はとりあえず無になり、『トイレに行けるようになる』を最初の目標に、頑張ることにした。


俺がこの夢の世界で目覚めてから、およそ三ヶ月の月日が流れた。

それだけの時間が過ぎても、俺は現実に戻ることはなく、あいも変わらず嬉し恥ずかし赤子ライフを満喫している。

最近では、もう現実には戻れないと思ってよさそうだと感じてきているが、突然『はい、夢は終わり』なんて絶望を叩きつけられないとも限らない。

やはり完全に安心するには、俺に何が起きたか把握したいところだ。

では、そのための言語理解はどうなのかというと、感覚的には二割ぐらいわかるようになった。頻出単語だけなら何とかわかる程度で、まだまだ結論づけるには至らない若葉マークだが、さすが赤子の脳は柔らかい。日に日にわかる単語が増えていく。

そのおかげもあって、どうやら俺はレイと名づけられたらしいということまでわかった。ついでに、母親の名はミュラで、俺が生まれて一週間後に帰ってきた父親の名がレディクというらしいことまでわかった。

父親はどうやら冒険者のようだ。

冒険者というのは、魔物を狩って、それで生計を立てている荒くれ者たちのことだ。夢の世界ではギルドと呼ばれるものがあって、各地の魔物の討伐依頼の斡旋《あっせん》や素材買取を行ってくれる。

生憎と、俺は言葉がわからなかったため、後者しか利用したことがないが、帰宅時のレディクの格好は、ギルドで見かけた冒険者の出で立ちと雰囲気がよく似ていた。

また、眉には大きな切り傷が残っていて、小さな傷跡が顔全体に広がっているヤクザのような面構えで、荒くれ者という言葉がよく似合う。

そんな厳《いか》つい筋肉ダルマのおっさんが、俺を見るなり急に泣きだして、突然迫ってきたのは、恐怖だった。トラウマものだ。ちょっとチビってしまったのは俺と、オシメを替えたミュラだけの秘密である。

その後、一日と空けず家に帰ってくるようになったレディクと、家事に邁進《まいしん》するミュラの会話から、彼が父親であると推測し、今に至るわけだが俺は現在少し困ったことになっていた。

それは、自分の精神状態だ。誤解なきよう、別に発狂しそうだとか、ロリコンに目覚めたとか、そんな危ない匂いのする系じゃない。

ただ何故か羞恥心みたいな普通の感情はそのままなのに、尿意や食欲のような本能に近い感情に、自制が全然効かないことに困っているだけだ。

まるで精神の一部だけが幼児化してしまったかのように、自分で自分を抑えきれない。尿意が来ればすぐ漏らすし、腹が減れば喚いてしまう。羞恥心に殺されそうな毎日だ。

例えば、俺が暇と退屈に耐えかねて脱走を図った時のことだ。

ハイハイで囲いなどない布団から抜け出した俺に、段差という大きな壁が立ちはだかった。俺はその段差に向けて、赤ちゃん言葉で、『あうあうあぅぅッ！』と勇ましく挑戦状を叩きつけてから、ハイハイで飛び出した。

その結果……

俺は段差から転がり落ちて、あまりの痛さに泣き喚くハメになった。腹を刺されても泣かなかったのに、ちょっと顔を打っただけで泣き叫んでしまったのだ。

「オギャァァァァ──！」

その後、すぐに駆けつけたミュラによってどうにか事なきを得たが、黒歴史はまた一つ刻まれた。

地味にこの時、事なきを得た方法が、魔法による治癒だったりするのだが、痛みに対する耐性まで劣化してしまっているらしい。

どうせなら羞恥心も含めて劣化してほしかったというのが、この件についての結論ではあるが、今日も今日とて、俺の黒歴史は着々と刻まれ続けている。

そんな少し困ったことにはなっているが、一つ嬉しい発見もあった。

それは、俺の体が成長しているということ。これまでの夢では、成長しきっていたからなのか、初期状態から成長するようなことはなかった。もちろん技術面では別だが、肉体的にはそうだった。

だから、このまま一生赤子という恐ろしい可能性が密《ひそ》かに存在していたのだが、一ヶ月前にはハイハイもできるようになり、日々肉体的な成長も感じている。

これは嬉しい誤算だ。成長できるということは、自分で自分を育てられる。

「あぅ……」

だから、この体を早く成長させられれば……と俺は窓から見える景色を眺めながら、外の世界に想《おも》いを馳《は》せた。

さらに三ヶ月が経過した。

俺が生まれてから、半年が過ぎた計算になる。半年も経てばかなり言葉の習熟度も上がっていそうなものだが、残念ながら、喉の発達がイマイチなのかまだ話すことはできない。でも、会話の内容は八割方、理解できるようになってきた。

それを踏まえて、俺は現状にこう結論を出した。

ここは夢であり、地球とは別の世界。すなわち、異世界に転生したのだと。

理由は、二つある。文法が違うことと、単語に俺の知っている言語との類似性が見られないことだ。

結果、俺の創り出した言語ではないと認める他なかった。すなわち、俺は夢と思っていた異世界に転生した、という結論に至った。

まぁ極論を言うのなら、ここが異世界であろうが、なかろうが現実に戻らないのであれば、俺はそれでいい。転生というのも、俺のご都合解釈から出たようなものだ。考えれば、もっと別の可能性だってあるのかもしれない。

さらに言うのなら、判断方法だって絶対と言いきれるものではなく、推測の域を出ないものだ。

でも、そうやって結論を出すことで、得られる安心感は馬鹿にできない。

俺は夢で何度も途中退場を経験しているので、ある日突然夢から醒めてしまうのではないかという不安を、ずっと拭えないでいたのだ。

だからか、ようやくスタートラインに立てたような気がする。やはり心に余裕がなくては、楽しめるものも楽しめない。

これで、憧れの夢世界を心から楽しむための準備が整った。

今後は、言葉以外のことにも関心を向けていこう。

そんな風に、決心を新たにした俺だったが、その決心が意味をなさないほどに、赤子とは不便な生き物である。

当然と言えば当然だが、生まれたばかりの赤子に自由なんてものは存在しない。何をするのも親の監視つきで、ハイハイでしか移動できず、できることはかなり限定される。

それなのに馬鹿なのか、最近仕事にも行かず家にいることの多いレディクが、赤ん坊の俺に剣を教えようとしてくるのだから、鬱陶しいったらありゃしない。

できるわけねぇだろ、アホんだら。

とにかく、何よりもまずは、歩けるようになることを優先しなければならない。

いい加減ハイハイで逃げるのも大変ということもあるが、行動範囲を広げることは、色んな意味で悪いことではない。

と、目標を更新した折に――

「レイ、今日はお出かけよ」

ミュラがそんな魅力的なことを言ってくるではないか。

思わず雄叫びを上げて、飛び跳ねてしまったではないか。飛び跳ねたはいいが、思いの外痛くて黒歴史がまた増えてしまったではないか。

そうして、黒歴史の最中、お着替えさせられて、羞恥に悶《もだ》えながら、初めて外に連れ出されてしまったではないか。

でも――

「あう――！」

外に出てみれば、そこは憧れの世界の出発点となる場所。

他の些細《ささい》なことなんて、一瞬でどうでも良くなる。

(これが……いつも窓から見ていた外の景色か)

閑散とした荒野の中にあるような寂れた道。

遠くに見える緑の山々から切り出したのだろうか、周囲にある家々は木造で、大きな丸太の柱が建物を支えている。

そこは、一言で言えば村だった。遠くに広がる畑地帯には、鍬《くわ》を振る男たちの姿があり、道行く人は女性ばかり。何ともまぁ、前時代的な匂いのする土地だ。

でも、それがかえって俺の目には珍しく映って、好奇心が刺激される。最近溜まっていた憂鬱が一気に吹き飛んだ気がした。

「ふふっ、喜んでるわ」

「さすがは俺の息子だぜ。しっかり俺の血を引いてやがる」

「馬鹿になりそうで、心配だわ」

「がっはははっ、心配するこたぁねぇ。俺の血だけじゃねぇ、しっかりお前《め》ェの血も引いてらぁ」

憂い顔を浮かべるミュラに対し、楽観的に言ってのけるレディク。ミュラは少し不安げに口元を曲げた。

「だといいけど……まぁ、それも行けばわかることよね」

「おうよ。頭悩ませんのは、終わったあとにでも好きなだけすりゃぁいい」

「どうせあなたは、あとでも悩まないんでしょうけどね。……でも、そうね。もしもの時は『ガバルディ』から帰ってきてから、考えればいいことよね」

不意に出てきた地名っぽい単語に、ミュラの腕の中で俺は首を傾《かし》げた。

ガバルディ……？　地名っぽいけど、聞いたことがない。遠出でもするのだろうか？

まぁ、それはドンと来いな話だが、聞き間違いかな？

今のだと遺伝情報を見に行くみたいな話だったが……はて、何か忘れているような気がする。

そんな風に頭の中に何か引っかかりを覚えたが、結局、村の外に広がる景色を目にした瞬間、色々ぶっ飛んでしまった。

「あうぅ――――ッ！」

「……やっぱり心配ね」

そんなミュラの不安な声は、彼女の腕の中で興奮して雄叫びを上げる俺には聞こえていなかった。

「あぅう――!!」

馬車に揺られること数時間。

着いた場所は、東京ドームの数で教えてくださいと言いたくなるような大きな街……いや、要塞か。街全体を囲い込む大きな壁は、とても頑丈そうで、村にあった木を組み合わせただけの柵とは違って重厚感がある。外から見る限りでは、要塞と言われた方がしっくりくるような感じだ。

だが、中に入ってみれば、要塞なんて気はまったくしない人々の活気に溢れた街だった。

先ほどまでいた村とは、まるで様子が違う。建物は木造よりも石造のものが多く、道が剝《む》き出しではなく真四角の岩で補強されていて、ビルの群生地とは異なる都会っぽさを感じる。

「ガバルディの街も久しぶりね。ウルケルは元気にしているかしら」

「あの毛むくじゃらは、最近じゃずっとギルドの奥で踏ん反り返ってらぁ。まったく偉くなったもんだぜ」

「実際そうなんだから、仕方ないわ。私たちの中で、一番出世したのは彼なんだから。それとも嫉妬でもしてるの？」

「馬鹿言え、俺《おら》ァそんな柄じゃねぇよ」

二人の知り合いの名前とか役職が何かはどうでもいいが、やはりガバルディというのは地名だったらしい。この街が、そうなのだろう。

地名を一つ一つ覚えていたらキリがなさそうだが、村を出て数時間の距離にあるこの街は今後、活動範囲が広がれば立ち寄ることもあるかもしれない。ガバルディという名を覚えておくに越したことはなさそうだ。

ちなみにだが、俺たちが住んでいる村の名前はシエラ村という。ここに比べたら、畑の数でしか勝てそうにないような所だが、生まれた場所の名はさすがに覚えた。

「そういや、最近ウルケルの奴に言われて、ヒヨッコを鍛え始めたんだがよ……あの野郎、『パーティに慣れきったお前を一人で依頼に行かすわけにはいかん』とか何とか偉そうに言って、面倒を押しつけやがんだ。すっかりギルマス気取りだぜ」

「だから、気取ってるんじゃなくて、ギルドマスターでしょう？　いいじゃない、別に。ウルケルもあなたが無茶をしても止める人間がいないから、心配してるのよ」

入ってきた人を歓迎するように入り口の門からから奥へと続く道には商店が立ち並び、商売人と客、買い物を楽しむ婦人たちの喧騒《けんそう》で、賑《にぎ》わいを見せていた。

その中を、人波に沿って雑談しながら歩くミュラとレディク。

俺はミュラの腕の中で、物珍しい尖《とが》った耳のエルフや背の低いドワーフ、耳や尻尾の生えた獣人に目を奪われ、そのたびに本当に夢の世界に来たんだと、強く自覚する。

「それとも、ウルケルが一緒に仕事をしてくれなくなって、拗《す》ねてるの？」

「馬鹿言え、口煩《うるさ》いのがいなくなって清々してるぜ。だが、どぉもモノを教えるっつぅのは苦手だ」

「でしょうね」

だろうね。奇《く》しくもミュラと意見が一致する。

「俺ァ、お前ェらと違って学がねぇからよ、どう教えたらいいのかわかんねぇんだ」

「あら、珍しい。あなたが悩むなんて」

ミュラは驚いたように目を丸くした。

「おうよ、仕事だからな、手は抜かねぇ。で、思いついたわけよぉ、実践に勝る訓練はねぇ！　ってな。それで、とりあえず全員ボコボコにしてやったわけだ。そうしたら、ウルケルの奴から何故か怒られてよ……意味がわかんねぇ」

「そう、明白なのにね。ウルケルはきっと、もっと基本的なことを教えてほしかったのよ。剣の振り方とか、そういうことを」

「がっははは、そんなもん剣を握って、振りゃあいいだけじゃねぇか！」

言わんとすることはわかるが、そうじゃないだろ。まぁどうでもいいが、その自論があるのなら振れない俺に剣を教えるようとするのは、やめてほしい。

「じゃあ、ボコボコにするのをやめたらいいと思うわ。どうせ体が勝手に動くとか言うんだから、草の葉でも持って相手したらどうかしら」

「それァ、実践か？」

「ええ、ちょうどいいと思うわ」

「そうか！　じゃあ、やってみるぜ！」

ミユラの妥協案に、レディクの顔が晴れる。どうやら今ので、納得したらしい。

（こいつ……何だか馬鹿そうだけど、相当強いのか？）

会話を聞いていた限りでは、今後行われる訓練の様子が想像もできないが、少なくとも教えを請われるくらいには強いのだろう。

でも、さすがに草は……悪ふざけが過ぎているように思えてならなかった。


「何だかドキドキしてきたわ」

「俺ァ、ワクワクしてきたぜ」

胸に手を当てるミユラと、ウズウズと待ちきれない様子のレディク。二人が足を止めたのは、白を基調とした建物の前だった。

何だか……こっちまでドキワクしてくる。何が待ち受けてるというんだ。二人の話では、どうやら俺の才能的なものがわかるようだが……

俺は改めて、目の前の教会のような建物に目を向けた。

よく見てみると、壁には九つのシンボルが、アーチのように並べられて描かれていた。

右から、大地の上に立ち太陽を背負う人が剣と玉を空に掲げているシンボル。

杖《つえ》を掲げる女性とその周りを小さい人影が飛び交う様子が描かれたシンボル。

鋭い牙と引っ掻いた爪の跡が重なったシンボル。

剣とトンカチのようなものが交差しているシンボル。

祈りを捧げる女性の姿を描いた質素なシンボル。

竜の横顔を模したようなシンボル。

大きな木の前に立つ羽を生やした女性のシンボル。

マントを羽織る骸骨とその後ろに鎌を重ねたシンボル。

荒波の上に立ち、三叉《みつまた》に分かれた槍《やり》を持つ男のシンボル。

どれも描かれているものは違っていて、まるで家紋のように、俺の目には映った。

「さぁ、行くか！」

「ええ」

レディクの呼び声にミュラは応えて、二人は並んで建物の中へと入っていく。

建物の中は、一言で言うと教会だった。白い壁に、木の椅子が前方にある台に向かって並べられ、前方から差し込む光が部屋の中を明るくしていた。

一つ日本で見た教会と違う点を挙げるとしたら、それは十字架がないことだ。でも、その代わりに外にもあった九つのシンボルが部屋を囲うように壁の上の方に描かれており、前方の台の上には動きにくそうな服に身を包んだ男が跪《ひざまず》き、祈りを捧げていた。

男は扉の開く音でこちらに気がつくと、立ち上がり振り向く。

「ようこそいらっしゃいました。本日は、【誕生の儀】を執り行いにお越しくださったのでしょうか？」

男はこの教会のような場所の主人だろうか。にこやかな表情で、抱っこされる俺を見ながら聞いてきた。

「はい、この子が生まれて半年が経ちましたので」

「それはそれは、おめでとうございます。では、さっそくですがこちらへどうぞ。【誕生の儀】を執り行います」

先ほどから繰り返される【誕生の儀】とは何だろうか？

おそらくそれが今日の目的だろうが、怪しいことこの上ない。いったい何をされるんだ？

若干の不安を覚える俺を抱いたまま、ミュラが立ったのは男の前。先ほど、男が祈りを捧げていた祭壇の上だ。

「この子の名前は？」

「レイです」

「レイ、ですか。良い名です」

男は一枚の板を取り出すと、目を閉じて祈るように唱えた。

「其方《そなた》、レイの誕生は神に聞き入れられた。滅亡の運命に抗いし英雄の名を与えられた子よ。我は其方の魂が刻む才を示し、さらなる魂の成長を望む者なり。九柱の神前にて、その声に応えよ」

大層な祝詞《のりと》をあげて、男は俺の頭に手を置いた。その時、ほんの少し体から力が抜けたような感覚があって、気がつけば男の手は淡い光を帯びていた。

「少しお待ちを」

男はそう言って、先ほど取り出した板に光を帯びた手を押しつけた。

すると、白く薄く手に張り巡らされた光が、板の中へと注がれていく。それはまるで、枯れた泉に水を注ぎ込むように。

そして、現れたのは、光の文字が記されたプレート。

「大事に保管しておいてください」

「はい、お手間をおかけしました」

――ステータスプレート。

男からミュラに手渡された板のことを、夢の世界で俺はそう呼んでいた。

「あうあうッ！」

知らなかった。ステータスプレートがこうして作られているものだなんて。

でも、知っている。このプレートに記されているものが何なのか。それがどれだけ役に立つ情報なのかも。

俺は思わず手を伸ばし、ミュラの腕の中で暴れた。

「こ、こら、やめなさい、レイ！　まだダメよ、これは家に帰ってからね」

しかし、ミュラは俺の手が届かない場所にプレートを離すと、服の中に隠してしまった。

俺のステータスプレートなのに、酷い生殺しだ！

俺はその後も、あうあうと憤慨したが結局家に帰るまで、ミュラはプレートを見せてはくれなかった。


家に戻った俺は、早速二人を『あぅう――！』と言って問い質《ただ》した。

もう生殺しの時間はおしまいだ！　さぁ、はよう！

はよう、それを俺に寄越せ！

と、あうあう言いまくった。すると、ミュラはクスクスと笑って、尻餅をつく俺に隠していたプレートを差し出す。

「はい、口に入れたりしたらダメよ？」

誰がそんな子供のような真似をするかと、内心吐き捨てながら、俺はパシッとそれを奪い取って、かぶりつくように中身を確認した。

文字は思った通り、夢世界の言葉が使われていた。生憎文字の習熟は、まだまだなため、わかるのは夢での試行錯誤の結果、わかるようになった基礎能力値だけだ。

まず、生命力。

これは、HPのようなもので、プレートに記載されているのは、現状の数値だ。この数値は、他に比べて可変だ。怪我《けが》をすれば減り、回復すればある程度戻る。深い傷だと、完全に回復したりはしない。まあ、実際見たことがあるわけではないが、おそらく生命力が0で死ぬのだろうと思っている。

魔力。

体の中にあるよくわからん謎のもの。とりあえず大きければいいと思っている。でも、これは体に依存しない。どちらかというと、精神に関係がありそうな感じで、この数値が上がると、魔法が使えるようになり使用可能な回数も増えた。だから、たぶん魔力だ。

筋力。

単純にパワーの大きさだ。でも、おそらくは複合的なもので、脚力が飛び抜けて強い場合や、腕力が強い場合などがこれまでにあった。

体力。

そのままの意味だ。走ってから、息切れするまでの時間が変わる。マラソン選手はここを伸ばすべきだと思う。

敏捷《びんしょう》。

素早さや反応速度を示している。これも筋力と同じで複合的だ。短距離選手向きの基礎能力だ。

耐久。

体の丈夫さだ。精神の方に効果があるのかは不明だ。俺の精神劣化がこの数値のせいなら、ここを鍛えることは急務である。

器用。

小手先の技を使うには鍛えた方がいい基礎能力だ。指先の器用さから、的当ての命中精度まで、この数値が高いと、君器用だねって言われそう。

知力。

かしこさではない。知覚能力や思考速度の高さだ。これが高いほど、速いものでも捉えられるようになり、スピード感のある戦いも楽々こなせるようになる。敏捷とセットで育てると良さそうだ。

以上が、俺のわかる範囲でのステータスプレートに記載された内容だ。他にも色々と書いてはあるが、わかりません。

ひとまずわかる範囲で、ステータスプレートを解読すると……

生命力：17　魔力：28　筋力：5　体力：3
敏捷：1　耐久：3　器用：2　知力：18

…………低っ。

びっくりするほど、低っ。えっ、何これ？　本当にこれが、俺のステータス？

今まで見てきた中で、最も低いステータスですら、１０００は超えていたのだが……って、魔力28⁉　１５００まで必死に鍛えた俺の努力はどこに消えた⁉

俺は夢から急に現実に叩き戻されたような気がして、しばし放心した。

正直期待していなかったと言えば嘘《うそ》になるが、期待外れを通り越して、悲惨すぎるステータスだった。なまじ高い数値を知っているからこそ、その違いに唖然《あぜん》とする他ない。

参考までに言うが、死ぬ直前のキャラのステータスは筋力が５０００に迫ろうとしていた。敏捷もそれに追随する

4000という高数値で、他は1000～3000とパッとはしなかったものの、当たりキャラであった。

でも、今はオール100以下。この絶望がわかるか？

特に、魔力は酷い。三年かけて徐々に上げたのに、これでは俺が使える最下級の魔法一発で枯渇してしまうではないか。

でも、ふと。

（……ん？　そういえば、この能力値欄の下にあるのは何だ？）

夢で見たステータスプレートには、数字以外に文字だけが記されたものがあった。多い時で三〇個弱、そこには何かが記されていたが、毎度毎度見覚えのない文字に変わるため、法則性から読み解くのを諦め、またそれによるキャラの特性の変化がわからなかったため、放置してきた部分だ。

俺は四つほどあるその文字に、何げなしに触れてみた。

すると、いきなりプレートの画面が入れ替わり、驚いた俺は思わずプレートを手から床に落としてしまう。

「あらあら、びっくりしたのね」

言いながらミュラは俺よりも早くプレートを拾い上げ、返してくれるのかと思いきや。

「私にも少し見せてね、レイ？」

そんなことを言って、プレートを盗み見る。それに釣られるように、レディクも上から覗き込んで。

「す……すごいわ！　レディク見て、これ！　この子もうスキルを持ってる！　それも固有《ユニーク》スキルよ？　すごいわ、本当に！」

「おおっ！　確かに、こりゃすげぇ！　おい、他はどうなったんだ⁉」

「ちょっと待って、今表示するか……――ッ！　何これ、レベルが47もあるわ！　それに、他に三つもスキルが……！」

何やら、スキルとかレベルとか言ってるが、興奮気味に俺のステータスを勝手に盗み見るミュラとレディク。

俺は返せと、二人の足にすがりつくが、それには気づかぬ様子で、二人はステータスプレートにかぶりついていた。

「がっはははっ、さすがは俺の息子だぜ！　……ん？　でもよぉ、ここの表示おかしくねぇか？」

「あら、本当……今落とした時に壊れたのかしら？　でも、強くぶつけたりして壊れても、そのうち何故か直ってたって昔聞いたことがあるわ。だから、いずれ直るんじゃないかしら？」

「あうあぁ――――ッ！」

そんなことはどうでもいいから返しやがれ！　俺も見たいんだよ！

そんな怒りの雄叫びがようやく二人に届き、全部見て満足したのか、ようやくプレートが返却される。

で、二人がレベルやらスキルやらを言っているのが気になって、俺はどの部分だと穴が空くほどプレートを睨みつけた。

でもサッパリわからない。たぶんここだろうと思うのだが、何が書いてあるのかちんぷんかんぷんだ。

困った末に、俺は助けを求めた。読んで！　と。

「あう！」

「あら、また見せてくれるの？　ありがとう、レイ」

違う違う。

「あうあう」

「あっ、読んでほしいの？」

イエス、説明カモン。

そうして、ミュラの懇切丁寧な説明のおかげで、ようやくわかったステータスの完全版はこんな感じだ。

どうやらレベルというものがあったらしい。変化したところを見たことがなかったから、今まで謎だったが、ひょっとしたらこれがこの体が成長できる秘密なのかもしれない。ミュラの話によると、レベルが上がると、大きくステータスが伸びるらしい。

だが、47というのが気になる。何かをした記憶といえば、ウザい父親から逃げた記憶しかないのだが、いったいどう

　やってレベルが上がったのやら……

　それに、レベルが47でこの能力値の寂しさは何だ。１００でカンストだったら完全に詰んでるぞ。

　でも、二人の興奮具合から判断して、詰みの可能性は少ない。ステータスを上げる何らかの方法はあると見た。

　だから、一旦これは棚上げして置いておこう。

　それよりも気になるのは、スキルだ。

　通常《ノーマル》スキルが二つと、固有《ユニーク》スキルが一つ。

　スキル一覧に並ぶ名称に触れると、詳しい説明が見られる仕組みのようだ。

　例えば。

【観察】レベル２
『対象の状態を認識しやすくなる』

　という具合だ。

　どうもスキルにもレベルがあるらしい。スキルの効果と共に、追い追いこれも調べていく必要がありそうだ。

　だが、やはりスキルの中でも気になるのは、固有《ユニーク》スキル。名前からして、俺だけのスキルに違いない。

　で、その効果のほどはというと……

【経験蓄積】レベル１
『過剰な経験を蓄積する。自動で発動。蓄積量：０』

名前：レイ	種族：人間（幼児）	年齢：0歳
レベル47	生命力：17	魔力：28
筋力：5	体力：3	敏捷：1
耐久：3	器用：2	知力：18
通常《ノーマル》スキル：【観察】【空間】		
固有《ユニーク》スキル：【経験蓄積】【○\°　%#】		
称号：【@&☆$】		

えぇぇぇぇ……

もう何と言ったらいいかわからない。使い道が謎スキル。

とりあえず今日わかったことは、期待は裏切られるらしいということだ。地道にやっていけと、言われているような気がした。

だが、逆にそれが今までにない面白みを俺に感じさせる。

これまでは与えられたキャラの個性を活《い》かしていくしかなかった。だが、この体は自分好みに鍛え上げ、自分好みにカスタマイズしていける自由度がある。

今はバリバリの初期値でも、もう強制中断させることがないのなら、いずれはあの夢のキャラたちにも勝るとも劣らない体にするのも夢ではない。

そう、もうここはただの夢ではないのだ。俺にとっての新たな現実。

社会に、法則に、法律に、周りに縛りつけられ、自由のなかった世界で願ったように。

俺は今、夢の世界で生きている。

それが、本当は死の間際に見ている夢でも、現実では永遠に目覚めることがなくても、そんなことはどうでもいい。

醒めないのなら、ここで生きていいのなら。

俺は――自由に生きたい。

もう縛りつけられるのは嫌だ。我慢するのは嫌だ。ただ惰性で生き続けるのは嫌だ。

生きるのなら、全力で、この世界を楽しむ。

かつてはできなかったことを。憧れた夢の生活を。

全部、全部、やってやる。

何の意味があるかはわからないが固有《ユニーク》スキルなんて特典まである。スタートダッシュを切るのは、今だ。

どうせならこの転生チートと謎のスキルを使って、成り上がってやろうじゃないか。
そして、この世界を徹底的に遊び尽くしてやる！

3 断末魔の産声

寒々とした気温が続く今日この頃。

積もりはしない真っ白な雪がヒラヒラと窓の外を上から下へ通り過ぎていく。窓から見える景色外は、もうすっかり冬景色。葉を散らした木々や、なりを潜めた草花。窓から見える景色は秋の紅葉が土に還ってからは、少し色褪《あ》せてしまった。


そんな冬のある日、俺は家の寝室で一人、絵本に没頭していた。

絵本の内容は、魔物を生み出した悪い神を、良い神様と人間たちが協力して、やっつけるお話だ。絵本の主人公は二人いて、最後は悪い神を倒して、二人とも死んでしまうという少し悲しい物語になっている。

まぁ内容は幼稚なので、感動のしようもないが、日本昔話みたいな洗脳教育だろう。幼い子供が魔物は危険だ、恐ろしい敵だと認識できる程度には、魔物と悪い神は悪役として立派に描かれている。

まぁ夢で魔物と戦ったことのある俺に言わせれば、魔物の中身はピンキリだ。子供でも倒せる弱い魔物から、単体で国を滅ぼせるという恐ろしい魔物まで。

魔物との戦闘を経験している俺にとって、この物語の内容から学ぶことは特になかった。

では、何故こんな絵本に没頭しているかというと、文字を覚えるためだ。

喉の発達が追いつき、元々理解していたこともあってすぐにでもスピーキングできるようになった俺は、次は、読み書きができるようになることを目指して、文字の勉強を始めた。

ただ、この世界は紙が貴重で——あくまで日本と比べればだが——落書きや言葉の書き取りに使うにはあまりに勿体《もったい》ない。

そこで、家の前の土道に指で書いて練習するのが基本スタイル。でも、今日は雪が降っていて寒かったので、家の中で絵本の文字をなぞる勉強法を取っている。

ちなみに今日は、朝からミュラとレディクが家の中でバタバタと忙しそうにしている。

まぁ、俺はいい子だから？　何も知らないフリをして、邪魔にならないよう一人で勉強しているが、何故彼らが忙しそうにしているのかは、見当がついている。

実は、今日で俺がこの世界に転生して丁度一年が経つ。

つまり、今日は俺の誕生日。二人が朝から忙しくしているのは、それが理由だろう。

加えて、サプライズでもするつもりなのか、先ほどからチラチラと様子をうかがってくるのが、非常に鬱陶しい。こちらに気を使っているのが丸わかりである。

あまり子供を舐《な》めないでいただきたい。俺ほど空気を読める子供はまずいないだろうが、普段とは違う行動をすれば犬でも反応する。

もう少し上手くやってくれないだろうか。

わかりきっているサプライズを受ける身としては、非常に困ったものである。

俺は小さく嘆息すると、五周して飽きが来ていた絵本を床に置いて、ステータスプレートを取り出した。

この体ではできることも少なく、作業がマンネリ化しがちなので、モチベーションを保つために、よく気分転換にと確認作業をしているのだ。

あれからレベルは30上がって、77になった。

相変わらず幼児をやっていただけなのだが、【経験蓄積】の表示を見る限り、どうやら経験値なるものが存在しているようなので、それが日常生活でも獲得できているからだと思う。

まぁでも、幼児の体の成長は牛の歩みのようで、能力値は半年前の倍になっているのに、実感が殆どない。歩けるようになったぐらいだ。

だから、自然とスキル欄に目が行く。

悲惨な能力値と違い、スキルの方は覚えた前後で明らかな変化がある場合と、意図的に使用できる場合があるので、成長を感じやすい。

その甲斐《かい》あってか、この半年で俺はスキルを一〇以上も覚えた。

ここで少し紹介しよう。

まず初めから持っていた二つのスキルについて。

【観察】は、説明では物の状態が認識しやすくなるみたいな曖昧な感じで書かれていたが、使ってみたらすぐわかる虫眼鏡だった。物を注視すると拡大して見えるのだ。

また、スキルに合ったレベルは使うことによって上昇する。【観察】スキルの場合、レベルによって最大拡大率が変わってくるようで、育て上げれば顕微鏡のように使えるかもしれない。でもまぁ面白いけど……いらないよね。

次に、【空間】のスキル。こちらは非常に便利で、応用の効くスキルだ。

説明では、自分を中心とした一定領域内での動きがわかるようになるとあり、使ってみたら本当にその通りだった。また、一定領域という部分がスキルレベル上昇により広がるようだ。

慣れれば暗闇での戦闘や背後から奇襲への対応もできそうだ。さらに、範囲が広がれば、偵察などにも利用できるかもしれない。

なんにせよ、これからの成長に期待が持てる。

そして、初めにはなかったスキル。つまり、この半年で新しく手に入れたスキルについて、少し紹介しよう。

まず魔法を使うためになくてはならない【魔力操作】。

読んで字の如く、魔力を操作するスキルである。

これがないと、魔法が上手く使えないらしい。最悪の場合、魔力暴走を引き起こし、ボンと爆発したりするそうだ。

とても心当たりがあったので、俺は気をつけようと思った。たぶんそれが死因になった時は、持っていなかったんだろう。

ちなみに、一歳にならずして俺はすでに魔法を使えるようになっている。

というのも、俺が言葉を話し始めて、数日が経った頃、ミュラが魔法の練習をしましょうと、俺に【魔力操作】を教えてきたのだ。

俺も一歳になってもいない子供に何を教えているんだとは思ったが、嫌ではなかったので、彼女に付き合ってあげた。

結果、俺は【魔力操作】を一日で習得し、初級ではあるが火、水、風、土の四属性の魔法を使えるようになった。こちらもスキル獲得済みだ。

まぁ元々できることになっているものが、実際にほんの少しできるようになっただけなので、ミュラの騒ぎように比べ、特段大きな感動はなかった。

でも、それから気を良くしたミュラと魔法の練習をするのが日課になり、魔力も着々と増えてきて、最下級の魔法が五発まで撃てるようになったのは素直に嬉しかった。

それと、魔法の練習をしていて、一つわかったことがある。魔力はスキルでも消費するようだ。全部ではないような感じだが、正直なところ推し量る術《すべ》がないため、よくわかっていない。

でも、【空間】スキルを使った後は、撃てる数が減った。だから、【空間】のスキルには魔力が使用されているのだと思う。

で、話を戻すが、他に手に入れたスキルについて、イマイチなものが多かったので、手に入れた方法と共に、簡単に紹介しよう。

レディクに付き合って、遊んでみた。

結果、【身体制御】が手に入り、バランスが良くなった。また、筋力が微補正された。

絵を描いてみた。

結果、【絵描き】スキルが手に入り、器用値がちょっと補正された。

泥団子を作ってみた。

結果、【作製】スキルが手に入り、【絵描き】と同様に器用になった。

計算してみた。

結果、【算術】スキルが手に入り、暇潰しに二次関数を解いたら、レベル9になり【計算】スキルへと変化。っと思ったらすでにレベル9でカンストしており、【思考加速】スキルが手に入っていた。

……チョロすぎるだろ、通常《ノーマル》スキル。

どうやら、通常《ノーマル》スキルは当たり外れが激しいようだ。いや、何も戦いに焦点を置かなければ、それでいいのかもしれないが、俺としては使い道のないスキルが増えてしまった。

ただ【算術】スキルの進化の過程は、非常に興味深い。【算術】から【計算】へは、単純に上位互換に入れ替わっただけなのだが、【思考加速】は効果がまったく違う。

他のゴミスキルに比べれば、補正値も大きく有用なスキルだ。

もしかしたら、他のスキルも今はゴミのようなものでも、後から非常に強力なスキルへと変化していくのかもしれない。

そう考えると、育てない選択肢はない。しかも、体はまだ小さく、弱っちい。絵を描いたり、泥団子を作ったりで、スキルを育てられるのなら、願ってもない。

それで今、その期待を最も寄せているのが、固有《ユニーク》スキル【経験蓄積】だ。

その効果のほどは、過剰な経験値を蓄積するとある。

しかしだ、経験値を貯《た》めてどうするの？　って話である。

お金を貯めても使い道がなければ意味がないのと一緒で、経験値を貯めて何ができるのだという話だ。

でも、それ故に期待が持てる。今のところ、まったく発動した形跡はないが、レベルが上がり、進化すればその使い道が生まれるかもしれない。

でも、それにはまだ時間がかかるだろう。一年か、二年。使い方すらわからない現状では、どれくらいかかるのかも予想がつかない。

しかし、今、俺が欲しているのは、手っ取り早く強くなる方法だ。

この世界に来て、はや一年。心のどこかでまだ現実に戻されるかもしれないと恐れているのか、俺は焦っている。早くこんな場所から抜け出して、世界を見て回りたい。そのためには、一刻も早く強くならなくてはならない。外の魔物に負けないように、一刻も早く。

だから、手っ取り早く強くなる方法を考えた。

この世界で強さを表すものは、二つあると俺は思う。

一つは単純な能力値。これは、レベルが上がるとよく上がるのだが、それでなくても鍛えたりすれば少しだが上がるようだ。しかし、どちらにしても時間がかかり、ちまちましていて面倒だ。

だから、俺はもう一つの強さに重きを置いて鍛えようと思う。それは、言わずもがなスキルだ。

この世界のスキルは、どうやら幾つかの種類に分かれているようで、今わかっているのは五つ。通常《ノーマル》、希少《レア》、魔法《マジック》、武器《ウエポン》、固有《ユニーク》だ。

一つ一つ説明すると面倒なので、簡単に説明すると、これらは通常《ノーマル》、希少《レア》、固有《ユニーク》の三つと、魔法《マジック》と武器《ウエポン》の二種類に分けられる。

まず、一つ目の区分では、何らかの効果、あるいは技的なスキルの種類で、通常《ノーマル》→希少《レア》→固有《ユニーク》の順に希少度が増し、強力なものが多くなるようだ。

次に魔法《マジック》スキルは、補助的要素が強く、魔力や魔法の威力の向上に役立つようだ。

最後に、武器《ウエポン》スキル。

これは、後天的固有《ユニーク》スキルとでも言おうか。噛み砕いて言うと、自分で、自分だけの技を作れるというものらしい。

剣スキルを持っているからといって、剣が上手くなるという効果はないそうだ。

このように、スキルには色々種類があるようだが、今俺が欲しいのは希少《レア》スキルだ。

固有《ユニーク》スキルは、持って生まれてくるか、余程特別な経験をしない限りは身につかないそうなので、次点で希少《レア》スキルだ。

名前からしてレアなら、きっと強力な効果を持っているに違いない。だから、それを手に入れようと、今必死になってスキルを磨いている最中だ。

しかし、いくら他に比べて手っ取り早いとはいえ、一から育てるとなるとどうしても時間はかかる。気持ちは焦る一方だ。

でも、確実に強くはなっている。ゆっくりだが確実に。

俺は半年の成果を握りしめ、ポケットにしまい込む。それから立ち上がって、大きく背伸びした。

「あーお腹減ったなぁ」

棒読みで、わざと聞こえるように合図を送る俺。

さぁ、もう気づかないフリは終わりだ。普通に腹が減った。

俺は緩慢な動きで背伸びを終えると、寝室から食事をするリビングへと向かった。

しかし、バタン――と俺を偵察していたレディクが扉を閉めて、立ち往生し始める。

「お、おう、レイちょっと待ってろ！　今は、アレだ！　と、トイレだ！」

「トイレは向こうだよ？」

「ば、馬鹿野郎！　トイレは今日からここになったんだ！　いいからそこでちょっと待ってろ！」

そうか、異世界ではトイレは勝手に移動するのか。知らなかった。

「……お、おい早くしろ……レイが来ちまったぞ」

「わ、わかってるわよ。もう少しだから、あなたは何とか時間を稼いで」

「おうよ。任せとけ」

薄い扉だから、コソコソ話も丸聞こえだ。でも、面白いから、聞こえていないフリをして煽《あお》ってやろう。

「ねぇー、まーだ？」

「悪いな、レイ！　今日は出が悪いみてぇだ！　こりゃ長ぇ戦いになりそうだぜ！」

「ばっ……あなたそれで、押し通す気？　食事をする場所なのよ、ここは」

「し、仕方ねぇだろ、咄嗟に言っちまったんだから」

「だからって……」

扉越しに聞こえる夫婦喧嘩《げんか》。良い息子な俺は、聞こえないフリをして、さらに煽ってやる。

「はやーくー！」

「くっ……こうなりゃ仕方ねぇ！　ここを一分でトイレにしてやらァッ！」

「ちょ、落ち着いて、レディク！　手段が目的に変わってるわよ⁉」

何やら扉の向こうでドタバタしている。どうやら、レディクが血迷ったらしいが、これは本当に長丁場になりそうだ。

そうして、煽りは忘れずに挟みながら、二人が準備を終えるのを、俺は大人しく待ってあげた。

——余談だが、その後行われた誕生日会で号泣する二人に挟まれて、俺は【役者】のスキルを手に入れた。

やはりチョロい。


誕生日から一ヶ月あまりが過ぎた頃。

冬が本格化するこの季節に、珍しく我が家にお客さんがやってきた。

「失礼する」

「お邪魔しますね」

やってきたのは、ミュラとレディクとあまり歳は離れていなさそうな若い夫婦。

「おう、入れ入れ。よく来たな、グラハム」

「ラティスさんも、いらっしゃい。大したものはないけれど、ゆっくりしていってね」

どうやら四人は旧知の仲のようで、リビングのテーブルに座って談笑し始める。

俺はというと、寝室の方で一人お絵描きをして遊びながら、遠目にその様子を眺めていた。

「最近、仕事は上手くいっているか？　あの一件以来、お前が出張るような魔物は確認されていないと聞くが……」

「みてぇだな。張り合いがねぇ。まぁ、最近じゃヒヨッコ共を育てるのも、面白くなって来てよぉ。案外悪かねぇぜ」

「そうか。お前が指導している姿なんて、想像もできんな」

「馬鹿野郎、俺ァやるときゃやる男だぜ」

レディクと彼に並ぶほどガッツリした体の男――グラハムは、近況を報告し合い、大層盛り上がっていた。かなり親密な関係らしい。

一方で、ミュラはおっとりとした糸目の女性――ラティスと言葉を交わしていた。

「そういえば、レイくんはもう言葉がペラペラに話せるそうで。近所の方が、熱心に家の前で文字の勉強をしている彼を見て、驚いてましたよ」

「ふふふっ、レイったらとても熱心で、言葉を話し始めたと思ったら、すぐに会話ができるようになって、自分から絵本の文字を覚え出したんですよ。レディクの血が悪さをしていないみたいで安心しました」

こちらは少し硬さが残る感じだった。どうも仲が良いのは、夫同士の方らしい。まぁ俺には関係のないことだが。

俺は客人に興味を失い、自分のことに没頭し始めた。

もうすでに文字はマスターしたので、今はスキル鍛錬ばかりやっている。

残念ながら、まだレアちゃんとは出会えてはいないが、スキルレベルは順調に上がってきている。満遍なく育てているので、そのうち一気にスキルが増えそうだ。

(早く新しいスキル増えないかなぁ)

そんなことを考え、毎日毎日、お絵描きして、泥団子を作って、ジッと床を睨みつけて、目を閉じて片足立ちで瞑想《めいそう》したりしている。

何を目指しているんだろうかね、俺は。たまにわからなくなる。

でも、今は耐える時だ。力を蓄える時なのだ。

そうやって、自分に言い聞かせ、目的を見失わないように頑張っている。

しかし、最近描く絵はもっぱら風景画。部屋中に飾られた俺の絵は、どれもこれも夢で見た世界の絵ばかりだ。

それに囲まれて絵を描いていると、どんどん外に行きたい欲求が強くなってきている気がする。我慢が利かなくなるのも時間の問題かもしれない。

「――おい、レイ！　ちょっとこっちに来い！」

「ん？」

レディクに呼ばれて、絵を描く手を止めた俺は、何だろうと顔を上げると、レディクがリビングに手招きするのが見えた。

面倒だったが、仕方ないと俺は立ち上がり、リビングに向かう。

「レイ、今日は友達が来てるぞ」

「……？」

そんなのいた覚えがないが。

と、首を傾げて客の方に目を向けてみれば、グラハムの背に隠れるように、青い髪の男の子が一人、コソコソと落ち着きなく立っているではないか。

「ほら、初めてのお友達だぞ？　隠れてないで、挨拶しなさい」

「…………」

まだ俺は了承していないのだが、勝手に友達認定され、それを理由に促される少年。

彼は俺を見て、助けを求めるように顔を上げた。

「大丈夫だ。昨日、一生懸命練習したことをやってみなさい」

グラハムは青髪の少年にエールを送る。ラティスもまたグッと拳を握って、言葉はないが応援しているようだった。

そして、それでようやく出てくる勇気をもらったのか、青い髪の少年はトテトテとこちらに歩いてきて、握手でもするように俺に手を差し出してきた。

「ぼくディクルド！」

裏表のない子供らしい顔つきの彼は、俺を見て嬉しそうに笑う。不思議と、嫌な感じはしなかった。

「僕は、レイだよ」

俺は求められた握手を返し、レディクたちの手前、できるだけ目の前の子供と同じように笑う。すると青髪の少年――

名をディクルドと言ったか、彼は一層嬉しそうに顔を綻ばせて言った。

「ぼくディクルド！」

「あ、ああ、ディクルドね。うん、覚えたよ」

まったく同じ調子で名乗りを上げられ戸惑ったものの、何とか様相を崩さず、好意的に努める。しかし、また――

「ぼくディクルド！」

「…………」

三度目はさすがにどう返したらいいかわからなくて、無言でレディクたちに助けを求めた。

何これ、どういうこと？ アホな子なの？

「すまないな、レイくん。ディクルドは、君と違ってまだ言葉を覚えたてでな。昨日、一生懸命練習した自分の名前が伝わって、嬉しいんだ」

「そうなんだ」

なるほど、子供とはこういうものなのか。

まぁ、覚えた言葉が通じたら、大人だって嬉しい。ちょっと英語が話せるようになった時のような感覚なのだろう。俺だって、ここの言葉を覚えた時は、達成感があった。

そう考えると、もう少しこの子に付き合ってやるか、と心を広く持てた。

「僕はレイだよ」

「わぁ！ ぼくディクルド！」

「そっか。僕はレイだよ」

ザ・子供らしさを真似する俺に対し、ディクルドは満面の笑みで何度も、自分の名前を繰り返し言った。

それを見守る親たちは、お互いの子供に友達ができたとでも思ったのか、とても嬉しそうで、ホンワカしていた。

そんな穏やかな空気の中、お互いの名前を告げ合うこと一〇分後――

俺と彼の名乗り合いは、何故か白熱していた。

「僕は……レイだッ！」

「ぼくディクルドッ！」

だって、この子全然飽きないんですもの。付き合ってあげられる限界ってものが、こちらにはあるんです。

「僕はっ、レイだッ！」

「そうだ、お前ェはレイだ！ そのまま押せ！ 押し通せ！」

「いい気合いだ、ディクルド！　その調子で、決して負けるなッ！」

そして、何故か飛んでくる野次。母親たちの呆《あき》れ顔を見る限り、この名前の叫び合いに、意味がわからなくなってきているのは俺だけではないらしい。

と、非常に楽しそうにしていたディクルドが、ふと何か思いついたように、顔を輝かせる。

「ぼく……レイッ！」

「いや、僕がレイィ⁉」

「あははは、ぼくレイ！　ぼくレイ！」

何がそんなに面白いのか、ディクルドは飛び跳ねて俺の名前を連呼する。

それを見て、何だか馬鹿らしくなってきた俺は、心の中で溜息を吐《つ》くと、俺は日向嶺自って名前もあるし、あげても別にいいかと大人な気持ちになって。

「……もういいよ、君がレイで」

「わーい！　ぼくディクルド！」

「どっちだ！」

やはり返してもらおうと思った。

「この勝負、私の息子の勝ちだな」

「くっ……レイ！　男なら、途中で勝負を放棄する奴があるか！」

えぇぇ……何故に俺が怒られてるんですか？

ってか、いつの間に勝負に……

「ぼくディクルド！　ぼくレイ！」

「レイ、今から男の特訓だ！　行くぞ！」

そうして、欲張りな名前泥棒のバックサウンドを聞きながら、俺は謎の男の特訓とやらに連れ回されることになった。わけがわからない。


時は流れて、雪解け水が渇《か》れる頃。

三度目の春を迎えた俺は、西の快晴の空を見上げた。

「……風も悪くなさそうだ」

体に感じる風は、柔らかでそれでいて暖かい。数日は、この穏やかな春の天気が続くだろう。

思わず口元が緩む。

手に握りしめたステータスプレート。今日、この二年の努力がようやく報われる日を迎えたのだ。


ご覧の通り、目標としていた希少《レア》スキルが二つ手に入った。

一つは、【空間】領域内に存在するものを検索するという便利なのだが戦闘用ではない【空間探索】。

一方、複雑な動作や激しい動きを補助する【アクロバティック】は、バリバリの戦闘仕様だ。

実感としては、難なくバク転ができるようになったりとその

名前：レイ	種族：人間（幼児）	年齢：2歳
レベル：99	生命力：154	魔力：245+40
筋力：105+60	体力：103+20	敏捷：107+20
耐久：95	器用：235+100	知力：241+120
通常《ノーマル》スキル：【観察】【百里眼】【見切り】【魔力操作】【魔力感知】【身体制御】【空中制御】【絵描き】【作製】【計算】【思考加速】【役者】【忍び足】【空間】		
希少《レア》スキル：【空間探索】【アクロバティック】		
魔法《マジック》スキル：【火魔法】【水魔法】【風魔法】【土魔法】		
固有《ユニーク》スキル：【経験蓄積】	蓄積量：15,365／【○\° %#】	
称号：【@&☆$】		

程度のものだが、動きに柔らかさが生まれた。

さらに、これは能力補正も兼ねている。筋力、体力、敏捷の複合的な能力補正。むしろ真価となるのはこちらの方だ。

前進となった【身体制御】と【空中制御】は、バランス強化+筋力補正だった。さらには、知力を上げる【計算】と【思考加速】、及び器用強化の【絵描き】と【作製】も、同様に強化される能力値は一つである。

複合的なものは、それだけ珍しい。確かに、レアだ。

兎《と》にも角《かく》にも、そういったスキルによる能力補正のおかげもあって、とても二歳児とは思えない身体能力を俺は手に入れることができた。

見た目もまた、二歳児にしては大きすぎるほどで、村の五歳児と比較しても、見劣りしないぐらいには大きく成長していた。

でも、所詮は幼い子供の体。五歳児と同等だとしても、話にならない。

だから、ここからが本題。

身体能力を決めるであろう筋力、体力、敏捷のスキルの平均はおよそ150程度。そこから換算して、器用、知力、魔力はその次元にないと考えられる。

実際、最も高い知力に関しては、【見切り】スキルの補助もあって、特に動体視力がずば抜けている。ハエのようにすばしっこい虫も、難なく目で追えるほどだ。

また、それに加えて、一〇メートル先の的に百発百中の器用さと、三〇発の初期魔法の使用ができる魔力量。これらを上手く組み合わせれば、低い身体能力を補って余りある。

あとは、問題となる武器だが、こちらも【作製】のスキルがいい仕事をしてくれたおかげで、最低限のものは用意できた。

しかし、最近ではレベルが上がらなくなって、能力値の上昇も微々たるもの。おかげで、【経験蓄積】が余分な経験と断じて、勝手に経験値なるものを貯め込むようにはなったが、それはそれ。やはり今すぐにどうにかなるものでもない。

このままでは、いずれ俺の成長は止まるだろう。


だから、今日——俺はこの村を出る。


二歳の誕生日を迎えた日から、この日のために、入念な準備と仕上げを行ってきた。

外で待ち受ける魔物という脅威に対抗するための武器を、技を、最低限度の力を、用意した。

それでも、まだ俺のやろうとしていることは、無謀か？


……まぁ無謀だろう。

齢《よわい》二歳。誰が聞いたって無謀な試みだ。

でも、だから何だっていうんだ？

俺は、今できるかもしれないという所まで辿り着いた。だったら、迷いなど捨てて俺はやる。

我慢して、我慢して、結局何も行動を起こさないでいるよりは、自分のやり方に殉じる道を俺は進みたい。

決行は、今夜。皆が寝静まった時間帯。

夜の暗闇に紛れて、俺は外の世界に初めて——挑戦する。


——夜。

太陽に代わり、月が村を照らす真夜中。星々が小さな明かりを付け足す比較的に淀《よど》んだ空模様。

それを物陰からコッソリとうかがいながら、薄い雲に月が覆われ、薄暗い暗闇が訪れたタイミングで俺は、家の陰から飛び出した。

事前の計画通り、足音を【忍び足】で消し、周囲の動向を【空間】で読み取りながら、俺は村の中を駆けた。

事前に確認しておいた脱走経路——人の目に届きにくい路地を抜けて、村を囲う柵まで辿り着いた俺は、【空間】で入念に周囲を確認。人がいないことを確認し終えた後、物陰から飛び出して、柵のすぐ側に植えられた一本の木をよじ登った。

木の葉に身を隠しながら、家から持ってきたロープを取り出す。それを手早く木の幹に括《くく》りつけると、反対側を柵の外へと放り投げた。

木と柵の間には、一メートルほどの空きがあった。しかし、登った木の方が高さはある。

俺は両手でロープを持ち、勢いをつけて下降した。ロープと足を上手く使い木の幹の上を飛び跳ねるようにして、柵の外に体を出した俺は、手の握りを緩めて、そのままスルスルと村の外に脱出する。そして、何かと使えそうなロープを回収するため、小さな火球で括りつけたロープの根元を燃やしきった。

これで、第一段階はクリアだ。

見回りはまだここには来ていない。今がチャンスだ。

俺は手早くロープの束を手に括りつけると、【忍び足】で音を殺しながら、一気に村から離れた。

自分の背丈と同等以上の草を掻き分け、時折石に躓《つまず》きながら、草原を駆ける。

そうして、どれぐらい走っただろうか。

「はぁ……はぁ……はぁ……」

気がつけば息は荒く、村の明かりは殆ど見えないくらい小さくなっていた。

あたりは真っ暗闇。伸び放題の草が邪魔をして、先も見通せない。

でも——

「やった……やったぞ！」

この世界に生まれて初めて、視界が開けたような気がした。

それを祝福でもするように顔を覗《のぞ》かせた満月。ほんの少し視界が明るくなる。

でも、その少しで俺には十分だった。

月光に照らされた世界。

そこには、何もなかった。俺を縛りつけるようなものは何も。

柵も、法も、人も。

ここには何もない。あるのはどこまでも続く大自然。原初の掟《おきて》に支配されたどこまでも自由な世界。

ようやく自由になれる。

そんな狭い牢獄《ろうごく》から解き放たれた虜囚のような解放感を抱き、俺は拳を握り締めた。

「俺の冒険の始まりだ」


「――見つけた」

村から離れる方向に、三〇分ほど歩いて、俺は立ち止まった。すぐに茂みに身を隠すと、前方を覗き込む。

そこにいたのは、魔物。

小鬼のような顔つきに、緑の肌。猫背のような立ち姿で、背丈は人間の子供ほど。ゴブリン種の中でも最下級と言われるリトルゴブリンだろう。

わかりやすく言えば、ゴブリンの子供だ。

――さぁ、どうするか。

実力を確かめるには、丁度いい相手だ。初戦闘には御誂《あつら》え向きの相手と言える。しかし、魔法は先ほど一発使ったから、あと確実に撃てるのは二九発。それ以上は時間が経過するか、節約しないと厳しい。

なら、こんな所で残弾数が限られる魔法を使うのは、勿体ない。何より最弱のゴブリンに魔法なしで勝てないようでは、今後に差し障る。

——……やるか。

覚悟を決め、息を殺す。

手に持っていたロープを、足に引っかけないよう体から少し離して置き、俺は近くにあった石を拾い上げた。

ヒュッ——

風を切りゴブリンに向かって真っ直《す》ぐに飛んだ石。相手との距離は、一〇メートルもないぐらい。外しはしない距離だ。

その期待通り、石飛礫《つぶて》はゴブリン頭に当たった。その瞬間、俺は茂みから飛び出し、何が起きたかもわからず頭を抱えるゴブリンの顔目掛《が》けて、下から切り上げるようにして、木剣を振り上げた。

——グギャっ……！

激しく顔面を強打され、後ろに仰《の》け反《ぞ》ったゴブリン。片足を上げ倒れそうになっているところへ、俺は間髪いれず、指と指の合間に木杭《きぐい》を挟んだ左拳を叩きつける。

僅かに血が散った。どうやらメリケンサックの要領で首に刺し込むのに成功したようだ。

と、ゴブリンの腕が動く。倒れ込む瞬間、俺を振り払うように爪を立てて、引っ掻いてきた。俺は上体を後ろに倒し、それを紙一重で躱すと、勢い余って地面に顔面から落ちたゴブリンの背中を上から踏んづけ、抵抗を殺した。

それから、右頸動脈《けいどうみゃく》のあたりに突き刺さった木杭のお尻を、木剣の腹で殴りつける。

首に深く食い込んだ木杭。

それがトドメになり、体を震わせパタリと手を落としたゴブリンは、直後内側から弾《はじ》けるように黒い煙となって霧散した。

そして、その場に残ったのは、数本のゴブリンの歯と、役目を無事果たした木杭。

「いてっ……」

初戦闘を終え気が緩んだからか、木杭を打ち込んだ掌《てのひら》が少し痛んだ。思ったよりも肉を突き破るには、力が必要だったらしい。指の合間に挟むため細く作ったことが災いして、一点に力を受けた掌が円状に赤くなっていた。

「クッションでもつけないと、いつか骨を痛めるな」

皮膚が硬ければ硬いほど、抵抗は強くなる。綿を詰めるなどの改良を施さなければ、逆にこちらが怪我をしそうだ。

まぁ木の杭の時点で、どれだけ頑張っても限度があるのだろうが……今は贅沢《ぜいたく》も言ってられない。

俺はミュラたちの目を盗んで作った貴重な木杭を回収し、大した金にはならないだろうが、ゴブリンの歯と小粒ほどの小さな魔石も忘れずに回収する。

それから、隠れていた場所にロープを取りに戻ろうとした時、周囲の草がガサガサっと音を立てて動いた。

——まずいッ！

咄嗟に茂みに飛び込んだ俺は、慌てて【空間】スキルを発動。暗闇の中動く体を、それで捉えた。

およそ半径が一五メートルほどの俺の空間領域にいたのは、二体の魔物だった。形からして、先ほどのリトルゴブリンと似た形だが、大きさは違う。二体ともリトルゴブリンよりも大きく、細いのと太いのがいる。

たぶん、最も数が多くポピュラーなノーマルゴブリンだろう。成体だ。

といっても、さして強さは変わらない。多少力が強くなり、大きくなっただけ。勝てない相手じゃない。

だが、落ち着いて考えてみれば、ゴブリンが単独行動なんてことはほぼあり得ない。奴らは群れで襲ってくるから、危険なのだ。それを警戒すべきだった。

（……油断した。初戦闘にのめり込みすぎたか）

今度は油断しないと心に決め、【空間】スキルを発動させた状態で、さらに目を使って俺は相手を確認した。

仲間のゴブリンの悲鳴を聞いて駆けつけたのか、勢いよく茂みから飛び出してくる二体のゴブリン。

大きな体の方は棍棒《こんぼう》を、小さな体の方はナイフを手にあたりを警戒していた。

それを確認した瞬間、俺は口角が上がってしまうのを抑えられなかった。

それが良くなかったのだろうか、周囲を警戒していた二体のゴブリンが、茂みに身を隠す俺を発見し、けたたましく吠《ほ》えた。

――グギャギャギャッ!!

折り重なる威嚇の蛮声。それが、飛び出す合図となった。

「先手必勝！　とりあえず細い方からだッ！」

狙いを定めたのは、細身のゴブリン。体格からして、弱そうというのが、先に狙う理由の一つだが、一番の狙いはその手にあるナイフ。

刃はガタガタで、微塵《みじん》も手入れなどされていなくとも、木などよりよっぽど使えそうな金属製である。これを奪わない手はない。

ひとまず体の小ささを活かし、俺は低空姿勢で細身のゴブリンへと直進した。それを見て、ナイフを振り下ろしてくる細身のゴブリン。

俺は木剣を斜め上に突き出す。

木剣の先が丁度ナイフを持つ手の根元を穿《うが》つ。木杭のように突き刺さりはしないが、俺が掌を痛めたのと同じ原理で、ゴブリンの手からナイフを落とさせた。そして、突撃したままの勢いで飛び上がり、ゴブリンの腹を蹴り飛ばすと、その反作用を利用して、転がりながらそのナイフに手を伸ばす。

と、次の瞬間、視界に割り込んだのは、棍棒。俺は咄嗟に手を引き、腕が叩かれるのを紙一重で避《よ》ける。かつ、加速した思考の中で、地面に叩きつけられた棍棒に両手を置き、前転の要領で前に転がり抜けた。

【アクロバティック】スキル様々である。こんな躱し方は初めてしたが、思っていたよりも遥《はる》かに、動ける。体は柔軟だし、相手の動きが遅く感じる。回避力は申し分ない。これなら二対一でも負けはしないだろう。だが。

「チッ」

結果として、目的のものを取り損なった俺は、舌打ちする。

ナイフは大きなゴブリンの足元に転がっていた。その後ろでは、細身のゴブリンが体勢を立て直している。その目の先にあるのは、落としたナイフだ。

——面倒な。

そう思った俺は、後方に飛び退《の》き、右手を前に突き出す。

「ファイアボールッ！」

初級魔法、ファイアボール。魔力を火に変換し、それを塊として相手にぶつける魔法だ。同様に、土、水、風の塊をぶつける『〇〇ボール』というものがあるが、火はその中で最も攻撃的。少ない魔力で効率よく戦うには、最も適した属性だ。

また、本来ならこの種の魔法は敵に向けてぶっ放せば、それで終わりなのだが、魔力を節約したために、発動したファイアボールはゴブリンの体を飲み込むには小さすぎた。

でもそこは、技量で補ってやろう。

俺は魔力操作で、炎塊を大きいゴブリンに向けて射出。顔面を手で庇《かば》おうとするが、炎はそれでは防げない。

手を擦り抜けゴブリンの頭を包む炎塊。

ゴブリンは絶叫した。顔が焼かれる痛みに、棍棒を振り回し、後ろの小さなゴブリンを吹き飛ばしながら、その場で暴れ狂った。

しかし、炎はゴブリンの頭に食らいついて離れない。魔力操作で頭が動くたび、調整しているからだ。

——ギュウォォォッ!!!

それは悲鳴のようだった。生きたまま焼かれる地獄のような痛みは、さぞかし苦しかろう。それに少しは同情もするが、殺し合いに甘さはいらない。

使える手札は全て使う。でなければ、今の俺はすぐにでも死ぬだろう。

俺は冷酷に、ゴブリンに苦しみを与え続けた。

やがて暴れる力もなくしたゴブリンは、その場で膝をつく。それはまるで慈悲を請うかのようで、でも、それを求めるにはすでに手遅れだった。

頭が炭化したゴブリンが黒煙になって、霧散する。

残ったのは、体積を減らした残り火。俺は続いて、それを細身のゴブリンに向けた。

細身のゴブリンは、棍棒で撃たれた腕がへし曲がっていた。また、先ほどの有様が目に残ってたのだろう。

奇声を上げ、火の玉から逃げ出した。

「悪いけど、逃がさねぇよ」

俺は火の玉を射出して、ナイフを拾う。

そして、一刺し。

火の玉に恐怖し、地面に転がったところをナイフで喉を突き、トドメを刺した。

「俺の勝ちだ」

黒煙が霧散する。俺は、周囲にもうゴブリンはいないことを確認してから、警戒を解いた。

「まぁ、悪くはなかったかな？」

戦闘中に周りを見てなかったのは反省だけど、戦闘は割と余裕だった。やはり相手の動きが見切れるのが大きい。背後から攻撃されない限り、ゴブリンから一撃をもらうようなことはないだろう。

「それに、なんと言っても最大の戦果はこれだな」

手にあったのは戦利品のナイフ。木杭や剣よりも遥かに上等な武器だ。

こんなにも早く、手に入ったのは幸運だったと言えよう。まともな武器さえあれば、もう少し強い魔物とも戦えるかもしれない。

俺は初戦闘の余韻を確かめ、遠くに映る山の影に目をやった。

「さてと、次に行くか、次に」

まだまだ足りない。

心が獲物を求めていた。さらに強い獲物を。身につけた力を発揮できる相手を。

それを求め、俺はさらに奥へと踏み入る。草原から、森へ。森から山へと、身を隠し、敵を探し、そして、殺して。

自分が築き上げた力の形を解放する悦《よろこ》びを、噛み締めた。

強い敵を倒した時、達成感があった。自分の考えた技が決まるのが、爽快だった。相手の動きが見切れるのが、痛快だった。

何より自分が通用したことが、嬉しかった。

奥へ進むほど、魔物は強くなった。

ゴブリン、オーク、コボルトと、夢で何度も戦った最弱クラスの魔物ばかりだったが、数は増え、個体の強さも増していった。

でも、俺は勝ち続けた。ロープで罠を仕掛け、背後からの奇襲。数を減らしてからの近接戦闘。

数が多くても関係なかった。少し強い魔物も、魔法で頭を燃やしてしまえば相手にならなかった。

そうなると、自分の力がどこまで通用するのか試してみたくなるというもの。

無謀を戒める理性は時を追うごとに失われていった。

だからか、その時の俺は、勝てない魔物が出てきたらどうしようとか、どうやってここから抜け出すかなんて微塵も考えていなかったのだ。ただただ強い敵を、自分の力が試せる相手を求めて、どんどん奥へと進んだ。

そして、とうとう俺は出会ってしまったのだ。

人々が恐れ、外壁を築くことで遠ざけた本物の魔物に。

月の光も差し込まない鬱蒼とした木々の中からそいつは現れた。

ドシンッと地面が揺れ、木々が葉音を鳴らす。暗闇から伸びてきた俺の体よりも大きな手が、邪魔だとでも言うように、そこにあった木を薙ぎ倒し、月明かりの下にその青い肌を晒《さら》す。

巨木のような体軀《たいく》。下顎から突き出した大きな牙。一歩、足を進めるたび、地面を揺らす重量感。筋繊維が浮き出た太い腕。

「オーガ……」

俺の前に現れたのは、独で中堅冒険者パーティと渡り合うような、正真正銘の怪物だった。

――グォォオォォッ！

耳を覆いたくなるような咆哮。青い肌の鬼は、俺を見つけなるなり、その馬鹿デカイ体を空に放り投げる。腹を下に向け、まるで布団に飛び込むかのように、落ちてくる重量級。

その真下には、唖然として立ち尽くす俺の姿。

「ッ――！」

押し潰されるっ――空を覆った青い怪物から、俺は転がるように離脱した。その一瞬後、巨大な質量が地面に落下し、大地が揺れる。

葉を散らす木々。就寝中であった鳥類が悲鳴を上げ、一斉に空に飛び上がる。

「地震かよっ……！」

バランスを崩しよろけながら木にぶつかった俺は、後ろから伸びてきた丸太のような太い腕を咄嗟にしゃがんで躱す。

そして、短剣を手に反撃に転じようとしたが。

間近で見ると余計に大きく見える手に、こんなもの小さな武器《》がいったいどんな意味を成すというのか。

(無意味にもほどがあるっ……一旦退却だ！　正面からじゃ勝てるわけねぇッ！)

俺は意味のない攻撃はやめ、潰される前にその腕の下から這い出して、一目散に逃げ出した。

思い出すのは、昔一度だけ倒したAランク相当の巨大トカゲ——バジリスクとの戦闘。あの時は、落とし穴に嵌めて倒したが、そんな用意をしているはずもない。

手探りで何かないかと、持ち物を弄《まさぐ》る。石ころ同然の大きさの歯や爪、魔石などのドロップアイテム。あとはロープに、木の杭が数本と、木剣が一本。最後に手にあるガタガタの短剣。

まともにオーガに傷を負わせられそうなものは、何一つとしてない。

「大型級は、これだからっ——！」

やりにくいんだ——そう、吐き捨てようとした時、突然、その場に影が落ちた。

えっ、と顔を上げて見れば、そこには月を隠す木が浮かんでいて、それは呆《ほう》けている間にも頭上を越えて、目の前に落下した。

「くそ……ッ！」

舞い上がった粉塵《ふんじん》に顔を覆う。

バギッバギッと木が折れる音。落下の衝撃で、僅かに後退する体。

目を開けてみれば、そこはもう倒木が折り重なった行き止まり。強引に引きちぎった手の跡が残った木は、その場にあった他の木を巻き込んで、通せん坊でもするように転がっていた。

——グォォオォォッ！

木々を踏み折る足音は、すぐ後ろにまで迫っていた。

俺が足を止めた一瞬の間に、詰められたようだ。

俺は顔を引き攣らせながら、グッと短剣を持つ手を握り締め、振り返る。

案の定、そこには猛《たけ》る鬼がけたたましい咆哮をあげながら、こちらに迫っていて――

「セーブがないってのは、相変わらずキツイな」

逃げ場はもうない。この怪物と正面衝突――無理ゲーすぎて、笑えてくる。

調子に乗ったな。こんな奴がいるとわかっていれば、節約などせず【空間】を使って、もう少し慎重に進んだのに……

というのは、ナンタラは先に立たずというものか。

一瞬の油断が命取り。自由の代償は、後戻りが利かない。どうせなら死に戻りみたいな固有《ユニーク》スキルがほしかったと――

そんな冗談を考えて、俺は短剣と木剣を構えた。

兎にも角にも、戦《や》うしかない。

デカイ分、ゴブリンたちと比べると、動きは速く感じるが、反応自体は遅い。でなければ、もう潰されていて然《しか》るべきだ。だが、まだ辛うじて反応はできる。どうにか逃げる隙を作れば、生き残る道はある。

できなければ――

「行くぞ、オーガッ！」

――死ぬだけだ。

俺は自らオーガに向かって突撃した。

それをモグラ叩きでもするように、オーガによって叩き落とされる大岩のような拳。俺はタイミングを見計らい、余裕を持って拳を躱すと、拳が地面を粉砕するのと同時に軽く飛び上がって、下からの衝撃に足を取られるのを避ける。

そして、狙ってくださいと言わんばかりに、地面に拳をついた前傾姿勢で固まる丁度いい高さの顔面に向けて、掌を突き出す。

「ファイアボールッ！」

ダッダッダッと火球を三弾乱れ打ち。両目と口に一撃ずつお見舞いしてやる。火球は全弾命中し、散布する火の粉。

俺は手応えを感じて、視界を潰した今がチャンスとすかさず、オーガの体の脇をくぐり抜けようとした。

だが――

「なっ――」

驚くべき精度で、逃げようとする俺を掴み取ろうとするように振るわれた腕。炎に包まれた瞳には、逃げようとする俺の体が黒い影として映り込んでいた。

驚くべきは、その耐性。目玉を焼かれてオーガは悲鳴の一つも上げはしなかったのだ。

当然、見切りが遅れた俺は、木剣と短剣をクロスして盾にするので精いっぱい。躱しきることは不可能で、掻き分けられた空気の風圧と剣で受けた指先の力を、後ろに跳ねることで受け流した。

「っ……！」

ズザザッと足が地面との摩擦で擦れる。だが何とか転がらずに耐えられたのは、短剣と木剣の犠牲があってこそのもの。指先と接したそれらの刀身は、俺の代わりに砕け散って、半分も残っていなかった。

「やべ……せっかく手に入れた武器なのに。どんな指先してんだよ。あー、くそっ、勿体ねぇ！」

こうなったら使い物にならない。俺はヤケクソのようにそれをオーガの顔面に放り投げて、再度手を突き出した。

「初めから、こうしてりゃあ良かったんだなッ！」

そう、初めから。

考えてみれば、逃げて態勢を整えたところで、これ以外にオーガに通用しそうなものを俺は持ち合わせていないではないか。

「ファイア――」

火よ、火よ、火よ、特大の火よ。

俺の魔力を全部、空っぽになるまで持っていけッ！

「――ボォォォルゥッッ!!!」

手から飛び出た火球は、これまでとは比較にならない大きさだった。今までのがサッカーボールだったとするなら、それは運動会で使われる大玉。

多量な魔力で出力を大幅に底上げしたそれは、目の前に迫っていたオーガの体を飲み込み、背後にあった大木に打ち当たって爆《は》ぜ飛んだ。

地面に散乱し、引火して燃え広がる火の手。山火事のようなその惨状の中、ノソリと起き上がる黒い影。

「これでも、効かないのか……」

魔力枯渇の疲れが襲ってくる。万策尽きたとはこのことだ。

つくづく怪物。

怪物は腕の一振りで火の手をかき消して、顔に怒り筋を走らせた。

――グゥッオォォォッ!!!

おー、怒ってる、怒ってる。激おこだね。

俺の魔法は、オーガに火傷《やけど》すら負わせられなかったようだが、起爆剤にはなったようだ。嬉しくもないことに。

――これは……死んだな。

夢の中でいく度となく感じたゲームオーバーの兆し。

目の前には何一つ通用しなかった怪物が、怒号を上げて迫ってきている。手には何もなく、魔力も使い果たした。逃げるにも歩幅が違いすぎて、すぐに捕まえられそうだ。

これは、死ぬ。抵抗のしようがない。完全に詰みだ。

「あんまり、痛くしないでくれよ？」

一思いに叩き潰してくれれれば楽そうだ。握り潰されるのも、食われるのも痛そうだから、勘弁。

でも生憎、慣れが生じる程度には死んできた。

だから、この時、俺は微塵も死ぬことを怖いとは、思わなかったんだ。

「次は——殺してやる」

鬼の牙が迫る。俺は身を預けるようにソッと目を閉じた。

閉じかけた視界の端で、血飛沫《しぶき》が舞う。赤く、生温《ぬる》い血が。

……でも、あるはずの痛みがそこにはなくて。

代わりに、俺の頭を噛み砕くはずだった牙は、横から伸びた腕に突き刺さっていた。

「——テメェ、俺の息子に何してやがる？」

刹那、目の前で弾けた打突音。砕け散った牙の破片と黒い血飛沫が舞う。

目にも留まらぬ速度で、吹き飛んだ青鬼の体躯は、木々を薙ぎ倒し、首を不自然に折り曲げながら、地面の上に倒れていた。

「無事か、レイ？」

声がして顔を向ければ、そこにはレディクがいた。

牙の突き刺さった右腕から血が、地面にポトリと落ちる。傷は深かった。根本から折れた牙が、深く腕に食い込んでいる。一目でわかるような、重傷。ともすれば、二度と動かせなくなってもいいぐらいの大怪我だ。

にもかかわらず、レディクはその腕に視線さえ向けようとしない。その目は弱々しく歪み、俺に向けられていた。

——ふざけるな、と思った。

何だ、その心配そうな顔は。ホッとしたようなその表情は。

「レイ、怪我してねぇか？」

「――触るなっ！」

俺は伸ばされた手を、打ち払った。

「おい、どうした？　怖かったのか？」

「怖いわけないだろッ！」

たかが命を落としかけただけで。そんなことが怖いなら、俺は村から出なかった。

何で俺が、家を飛び出した思う？

あれだけ必死になって、己を高めてきたと思う？

耐えられなかったからだ。今までの生活が。

狭い世界に閉じ込められる生活が、もう耐えられなかったからだ。

「俺は、自由に生きたいんだ！　もう誰の助けもいらないッ！」

「助けなきゃ、お前《め》ェは死んでたじゃねぇか」

「……っ！　死んでたからなんだ！　中途半端に生き長らえて、惰性で生きるぐらいなら、死んだ方がまだマシだッ！」

わかれとは言わない。わかるとも思わない。

誰も彼もが、文句を言いながら、結局は現実で生きていた。それが正しい生き方なのだろう。諦めて、愚直に生きていくしかないのだろう。

でも、そんな諦めなければならない世界なら、死んだらいいじゃないか。

その世界を諦めて、別の世界に浸ればいいじゃないか。

どうせ世界からすれば、人一人なんてものはちっぽけで、死んでいようが、生きていようが、何ら世界に影響はない。

だったら、一つぐらい小さな歯車が欠けようが、構わないだろ。

逆に、何故好きでもない世界で、諦めてしまうような世界で、そのちっぽけな歯車になることを、享受できる？

俺にはわからない。わかるつもりもない。

「だから、もう放っておいてくれッ！」

それが、唯一俺が周りに求めるものだ。

それさえしてくれれば、目の前で死にかけていようが、見殺しにしてくれて構わない。

何故なら、それは俺が精いっぱい生きた結果なのだから。死以上に、生を感じる瞬間など、この世にはないのだから。

「お前ェは生きてぇのか、死にてぇのか、どっちなんだ？」

ほら、こんな質問が飛んでくるぐらい、誰にもわからないのだ。俺の気持ちなど。

これだけハッキリと答えを言っているのに、わかってくれない。

「どっちでもないっ、俺は精いっぱい生きて、やりたいことやって、死にたいんだッ！」

生は尊ぶものだと、偽善者は言う。なら、死は尊ぶものではないのか？　――それもまた、尊ぶものだと言う。

馬鹿らしいことに、生と死。互いに対極に位置する概念に、同じ尊さがあるのだと言う。

生が尊いなら、それを終わらせる死は忌むべきものであるはずだ。

逆に、死が尊いのなら、それを先延ばしにする生は忌むべきものであるはずだ。

所詮は死を知らない人間の言った戯言《たわごと》。だから、こんな矛盾が生じる。

もっとストレートに言えばいいのだ。

死は恐ろしい。恐ろしいから、生を尊びながらも、死を少しでもよく捉えよう、と。

そう言えば、幾分かマシになる。

でも、だからこそ相容《あいい》れない。

俺にとって、死は恐ろしいものではないからだ。ただの生命活動の停止。それ以上の意味を持たない。

そうなった時から、俺は死にこそ生を感じるようになった。その生に対する結論を、死の間際に抱く感情で判断するようになった。

俺にとって、死は生の採点である。

死の間際に感じたのが、安堵ならそれは最悪。死んで正解のマイナス評価。

やるだけやって、それでも死んでしまった時の口惜しさなら、やりきった結果なのだから、満点ではないが高評価。

生は、死の間際に高評価を叩き出すための、そう――これはただのゲームだ。

「精いっぱい生きてぇのに、死にてぇのか？」

「そうだよ。わかんないだろ、あんたには」

自分の命に意味を見出せなくなった人間が、生きたくもない場所で生き続けるために出した生存理由など、わかるわけない。

「確かに、俺ァ馬鹿だからよぉ、お前ェが言いてぇことがよくわかんねぇな」

「……なら、もういいだろ。わからないまま、放っておいてくれ」

それが、互いにとって一番いい。俺にはもう、家族ごっこ続けるつもりはないのだから。

「まぁ、そう言うな、レイ。少しは親父の話を聞いてくれてもいいじゃねぇか。お前ばっかり言いたいこと言って、俺がなしってのはひでぇだろ」

親父、とレディクは自分のことを指して言った。

これだけ拒絶して、まだそんなことを思っているのか。心底呆れた。

でも、レディクの言い分はもっともだとも思った。理解はしてもらえなくても、話は聞いてもらえた。

初めてだった。初めてだったから、少しだけ耳を傾ける気になった。

「…………わかった」

俺は、小さく頷《うなず》いた。

「よし！　んじゃ、まずはだな――お前ェの話は、難しい！　馬鹿にでもわかるように説明しねぇか！」

「はっ――？」

飛んできた説教は、生に対する正論などではなく、今は関係のないようなものだった。

「呆けてんじゃねぇ。わかんねぇから、わかんねぇって言ったんだ」

「別に……理解してほしかったわけじゃない」

「じゃあ、何であんなに必死になって、叫んでたんだ？　わかってほしかっただろ」

「それは……」

ただカッとなっただけ。理解されるのは、もう諦めた。そのはずだ。

でも、上手い言い訳が出てこなかった。

「まぁ、それはそれとしてだ。生きるのを途中で諦められる奴を、精いっぱい生きてるなんざ言わねぇんだよ、レイ。何て言うか、知ってるか？」

「……知らない」

「俺も知らねぇ！　そんな馬鹿野郎、見たことねぇからな、がっはははっ！」

その馬鹿野郎が目の前にいるのに、レディクはよく笑う。俺が言ってることが的外れだと、笑われたような気がした。

俺は怒りを噛み殺して、皮肉っぽく言った。

「……だったら、俺が初めてだな。よかったな、超貴重人種だ。村に帰ったら、自慢話でもしてやれよ」

言いながら俺は、立ち去ろうとした。

もうこれ以上は時間の無駄だと思ったからだ。どうせ結論は変わらない。レディクは俺を連れ戻したいのだろうが、俺には戻る理由がない。

でも、やはりというか俺の手はレディクによって摑まれた。

「……離してくれ。もう十分だろ」

「十分なもんか、まだ話の途中だ」

摑まれた腕はビクともしなかった。まるで手首が大きな岩に埋め込まれてしまったかのように、ビクとも。

「……聞いたら、離してくれるのか？」

「離さねぇよ。俺ァ、お前ェの親父だからな」

「だったら――」

聞く理由はない――と、手を無理矢理引っこ抜こうとした俺は、直後持ち上げられ、抵抗は力でねじ伏せられた。

「は、離せ！」

ジタバタと手足をばたつかせ、俺は暴れた。蹴って、殴って、その体を突き放そうとした。

でも……それでもその体は全然離れてくれなくて、レディクの腕は万力のような力で、抱きしめて離さない。痛いぐらい締めつけてきた。

「なぁ、レイ……お前ェにとって生きてたことを喜ぶのは、死ぬより大変なことなのか？」

「お前ェが生きてたことを……俺ァ喜んじゃいけねぇのか？」

耳元でレディクは消え入りそうな声で、そう囁いた。

「――」

どうしてか……胸が少し痛かった。

「そんな悲しいこと言うなよ。お前ェが何を思って、何を考えて、死んだ方がマシだなんて言ってんのか、俺にはよくわかんねぇよ。わかんねぇけどよ……俺ァ、お前ェが生きてくれて、嬉しかったぜ」

腕を牙に貫かれても声一つ上げなかったレディクの声には、痛みがあった。俺の言葉が、態度が、生き方が与えた痛みが。

その痛みが、何故か心に突き刺さる。俺には、関係のないことなのに、何故かどうしようもなく心に響いた。

「なぁ、レイ……嬉しいことを嬉しいって思えねぇ生き方は、本当に正しいのか？」

「………………」

問われて俺は沈黙する。

初めから、正しい生き方なんて思ってはいない。俺の生き方は、周りとは激しくズレていて、それが余計な軋轢《あつれき》を生んでいることも理解していた。

けど……仕方ないじゃないか。

嬉しいことを嬉しいと、思えなくなってしまったんだから。

自分を騙《だま》して生きるなんて器用で、気持ち悪い真似は俺にはできなかったんだから。

いるだけで吐き気がした。

どうしようもなく不自由な世界に嫌気が差した。そんな世界で、笑っていられる人間が、どうしようもなく気持ち悪かった。

だから、正しく生きるのをやめたんだ。やめて、割り切ったから、生きられた。

だから、正しくなくとも、間違いではないはずだ。

そのはずなのに、レディクの言葉が、抱擁が、痛いほどそこを刺激する。

土台から何もかもひっくり返すように、俺の心を深く荒らした。

それで、気づいてしまったんだ。

憧れの世界に、拒絶した世界を持ち込んでいる——自分に。

生きたいと願った世界で、死を求める——矛盾に。


「ぁ——————」


それに気づいた時、急に何もかもが馬鹿らしくなった。突然、自分にまだ命があることが、堪らなく嬉しく感じた。そんな感情がまだ自分にも残っていたことに、驚いておかしくなった。

そして、急に恐ろしくなった。

またあの世界に、吐き気がするような世界に戻されるような気がして、恐ろしくなったんだ。

「ごめん……な、さいっ…… 俺は……僕は——っ！」

だから、縋りついた。情けなく、泣き声を上げながら、今更自分を偽ろうとして。

「……ああ、いいってことよ」

その一言で、急に湧き上がってきた感情の濁流は、胸に漂う数多《あまた》の感情を押し出し、洗い流して、瞳から零れ落ちていく。

「うぅ……ぁぁあああああぁッッッ!!!」

その日——俺はこの世界に生まれて初めて、大声を上げて泣いた。

きっとそれは、産声で断末魔の叫びだったのだ。

レイの、そして、日向嶺自の。

ここで、この場所で。

父の腕に抱かれて、俺は日向嶺自ではなく、レイとして生きようって——そう思ったから。

だから、たぶんこの時初めて、日向嶺自は——死んだんだ。

4 とある村の一日

村の朝は早い。

住人の約九割が、日の出と共に仕事を始めるからだ。彼らの仕事は、農作物を育て出荷すること。いわゆる農家さんというやつだ。

村の外縁部、頼りない木の柵と居住地の間には広大な畑が広がっていて、皆朝からそこへ働きに家を出てゆく。

まぁ俺の知っている農業とは一風変わっているのだが……常識って、世界によりけりなんだなと、つくづく思う。

この世界では、農業は魔法を使うことが当たり前。超人は村人の中にゴロゴロといる。

彼らは土魔法で畑を耕し、種を風魔法で散布。日照りが続けば、魔法で水をやる。収穫時期には、青年たちが山盛りの作物を、台車を使わずに持ち運んで、街へ出て行き金に換えてその日のうちに戻ってくる。

パワフルで、そして、マジカルな農家さんたちだ。

でも、それだけじゃ村の生活は回らない。少ないが村にもお店を開く商人がいたり、村を魔物から守るため昼夜問わず、村の周りを見回る騎士がいる。

商人は朝早くから店頭を整え、騎士は夜番と交代で村の外に出る。みんな朝は早い。大多数の村人に合わせている感じだ。

では、村唯一の冒険者一家である我が家の朝はどうだ。

「ぐぉぉおおお……！」

日が昇って優に二時間。父、レディクは爆睡中である。地響きのようなイビキをかいて、起きる気配すらない。

素晴らしい。この我が道をひたすらに突き進むマイペースっぷり。我が父ながら、感心する。

三歳児の息子ですら、起きているというのに！

毎朝毎朝、村の始まりを告げる鐘をガン無視して、よくぞここまで爆睡できるものだ。

「まぁ、いい加減起きてもらうけどね」

俺は肩を回し、首をコキコキさせて、準備運動を終えると、助走をつけて飛び上がった。

「起きろォッ、父さんっ！」

狙い寸分違《たが》わず、重力加速を得たミニマムボディアタックが炸裂っ！

「ぐぉぉお……！　ぐぉぉお……！」

しかし、親父の腹筋は、子供が真上で飛び跳ねたぐらいではビクともしない。イビキさえ止まらぬ始末である。

しかし、これはまだファーストアタック。これで起きることはまずない。

俺はベットの上に下りると弾みを利用して、再度飛び上がった。そして、そこからの鳩尾《みずおち》エルボォーーッ！

「ぐぅ、ぉお……！　ぐぉぉお……！」

何て頑丈な……これだけやって、まだ一瞬イビキが止まっただけである。いやもう、本当に尊敬するよ。そこまでして寝ていたいか。

……さて。

お次はと、取り出しましたは重りがついた滑車で、その名も、母さん考案の『子供でもお父さんを起こせます』装置。

仕組みは実に簡単。まずは重りを正しい位置にセットし、重りとは逆の方のロープを引っ張りながら、勢いよくベッドから飛び下ります。そして、着地後、パッと手を離すと、あら不思議……でもありませんが、持ち上がった重りが落下します――親父の股間目がけて。

「はぅぁあっ！」

そんな悲痛な目覚めの叫びを聞きながら、俺はタッタッとキッチンに走り去って。

「母さん、父さんが起きたよー！」

「あら、ありがとう、レイ。よくできました」

母さんからのお褒めの言葉を頂く。これが毎朝の俺の仕事である。

「お、お前ェら……いい加減レイの弟か妹かができなくなっちまぉぉううう⁉」

「朝からなんてことをレイの前で口走るの。教育に良くないでしょ」

「かあっ、一気に目が覚めたぜ」

内股になりながら、リビングに登場した父に浴びせられたのは、朝のコーヒー代わりの電気ショック。静電気か寝癖かわからないぐらいボサボサの頭を掻き毟《むし》り、親父は大きく背伸びした。

「ミュラ、朝飯は？」

「もうできてるわよ。早く食べましょう」

「おう、そうか。なら、食おう」

何事もなかったかのように、親父は母さんに促され、朝食が置かれた席に着いた。


朝食のあとは、小休憩を挟んで外で魔法の練習をするのが、毎日の日課。

魔法は、己の内にある魔力を頭の中のイメージを介して、外に放出する。このため、魔法発動に必要なのは、世界の法則を書き換えるに足る魔力を操る能力と事象をより鮮明に思い描く能力だ。

簡単に言うと、魔力操作と想像力。あとは、発動に必要な魔力さえあればいい。

だから、魔法の練習と一言に言っても、やることは大きく分けて二つある。

「じゃあ、今日も牛にしましょう」

もちろんそれは今日の献立ではない。そもそもの話、この村で家畜の肉は高級品。狩人の取ってくる鳥などの小動物の肉が食卓に並ぶことはあれど、牛や豚はガバルディ行きの馬車に乗る。どうも本格的に家畜を育てる家はこの村にはないらしい。魔物のせいで、飼う土地があまりないのだとか。

少し話が逸れたが、母さんの言った牛とは想像力の向上を目的としたイメージのお題である。

「えっと……ファイアカウ？」

唱えた魔法の名が疑問形なのは、牛の形を作る魔法なんてないからである。だから、俺がやっているのはオリジナル魔法と、言えないこともない。でも、実際はファイアボールの球のイメージを牛に変えただけの、なんちゃってオリジナルだ。

「うん、とてもいいわ。昨日よりも上手よ。模様を凹凸で表現するなんて、レイは器用ね」

「何だか牛らしさ足りない気がしたからさ、ちょっと工夫してみたんだ」

「そう。柔軟な発想はいいことよ。こと、魔法においてそれは対応力にそのまま取って代わるから」

ファイア——つまり、火だけで形作られたものに色や模様を付け足すのは非常に難しい。そのせいで、俺がイメージした黒白の牛は、一色になってしまっていた。

そうならない方法としては、火魔法で言えば、青白い炎を一部混ぜるという方法はすぐに思いついたし、できないこともないと思ったが、火力というのは魔力に依存するため、造形に無駄な魔力を使ってしまうのは如何《いかが》なものかと、凹凸で表現する方法に変えた。これなら、形状を僅かに変えるだけなので、余計な魔力消費はない。

まぁ、自分の中のイメージを崩さないための工夫ではあるものの、無意味といえば無意味だ。

でも、母さんにはなかなかの好評。柔軟な思考力は、魔法使い的に、褒めるポイントらしい。

「じゃあ、もう歩くのは簡単にできるでしょうから、次は水で同じように牛を作って、闘牛のように戦わせてみようかしら」

「えっ……」

「大丈夫、できるわ。だって、私の子だもの」

おかしいな？

昨日、歩けるようになったばかりなのに、この子牛たちもう闘牛の真似事をさせられるらしい。何てスパルタ教育だ。

案の定、子牛たちはそれはもう見るに堪えない泥沼な戦いを演じ、俺は泣きたくなった。

そんな無茶振りの多いスパルタ魔法訓練は、母さんが、一足先に昼食を作りに家に戻るまで続く。

「はい、今日はここまで。続きはまた、明日。私は、お昼を作りに戻るから、好きに遊んでいて」

「うん、わかった。じゃあ、いつもみたいに家の前にいるよ」

「そう、わかったわ」

昼ご飯ができるまでの隙間時間は、呼ばれたらすぐに戻れる家の前で、剣を振ったり、スキルを鍛えたりと、自由に過ごすのが日課。

魔法の練習は、母さんがいる時にしかやってはいけないと言われてるため、それ以外のことで時間を潰す。

基本的に、朝起きてから、昼までは鍛錬の時間だ。

自分でそう決めた。

でも、そんなことを言ったら、まだお前は逃げ出す気なのかと、思われるかもしれない。以前は、そのために朝から晩まで、鍛錬に明け暮れていたのだから、そう思われても仕方がないと、思う。

まぁ実際全てが変わったわけでもない。

相変わらず俺は村の外の世界に憧れているし、死に対する慣れがそう簡単に消えるわけもない。

ただ今一度、見回してみただけだ。俺が目を背け、見ようともしなかったすぐ側にあった世界を。

「——おーい、レイ！」

親父が俺を呼ぶ声がして、俺は絵を描く手を止めた。

「飯の時間だ。遊ぶのはそろそろやめて、昼飯にしようぜ」

「わかった、ちょっと待って」

　玄関から顔を出して手招きする親父に、俺は絵を描き散らかした地面を足で消す。

「ほれ、早く片づけて帰ってこねぇと、ミュラが怒るぞ。怒らしたら怖《こえ》えんだぞ、あいつ。そりゃもう鬼のように怖え。鬼ババアだ」

「聞こえてるわよ、鬼ババアで悪かったわね。金棒か、包丁、どちらがお望み？」

「ほれ、鬼がお怒りだ。早く戻ってこい」

「たぶんその矛先は俺じゃないよね」

　だって、親父の背中に金棒を振り上げる母さんがいるんだもん。

「――イッテェッ！　たんこぶになるじゃねぇか！」

「まったく……頑丈すぎて、嫌になるわ。次、ババアなんて言ったら、これで往復ビンタするわよ。それと、レイ。私は怒ってなんていないから、早く戻ってきなさい。ご飯が冷めてしまうわ」

「う、うん」

　何故か玄関にあった金棒はこういう時のためのものなのか。

　俺は、あれが振り下ろされるような真似はしないと心に誓い、騒がしい親父とそれを冷たくあしらう母さんの待つ家に、小走りで戻った。

　――まぁ、俺の一番近くにあった世界は、こんな金棒や魔法が乱れ飛ぶような物騒な世界だったけど、そう悪いもんでもなかった。

　自分の周りに目を向けるようになって、もう一つ俺の中で変わったことがある。

「そういえば、そろそろじゃないかしら？」

お昼を家族で取っている時、ふと思い出したように母さんが呟《つぶや》いた。

今日の昼食は、異世界式のシチュー。日本のものとは違い色は白くないが、味は限りなくそれに近い料理だ。絶妙な塩加減と、子供の俺の口にも優しい細かく切り揃《そろ》えられた野菜に染み込むシチューの味。

これが母の味というやつだろうか。俺の胃袋が、ガッチリと料理スキルカンストの母さんにホールドされて久しいが、今は味わう余裕もなく、俺はがぶ飲みする勢いでシチューを食していた。

「プハァッ！　うん、そうだよ。だから、早くしないと。ごちそうさま！」

「ふふっ、慌てて食べるから顔に黄色いお髭がついているわよ」

「えっ、本当に？　……あっ、ほんとだ」

「こら、ダメでしょ、袖で拭いたりしたら。服が汚れるじゃない」

いっけね、と口を袖で拭うと、お叱りが飛んでくる。ごめんなさいと俺は反射的に言いながらも、逃げるようにダンッと椅子から飛び下りて、急いで奥の部屋に荷物を取りに向かった。

「あっ……こら、ちゃんと顔を拭いてから行くのよ！」

「わかってるよ！　タオルで拭くから！」

危ない危ない。軽く命の危機だった。

それもこれも、奴のせいだ。奴は必ず昼食後にやってくる。奴のせいで、俺は昼ご飯を味わえないと言っても過言ではない。

と、慌てて荷物を取って、戻ってきたところで。

「こんにちはぁ――！　レイ――！　遊ぼ――！」

バンと勢いよく扉を開けて現れたのは、近所に住む悪名高きランチブレイカー。毎度毎度、食い終わるか終わらないかの瀬戸際を狙ってやってくる常習犯である青髪の子供は、端的に言うと村唯一の幼馴染である。

しかし、勘違いすることなかれ。

俺とこいつが幼馴染として共に育ち、互いに恋をして、甘く辛い青春を駆け抜けるみたいな青春ラブコメ的展開になることは絶対にない。

何故なら、そいつは男だから。

「すぐ行くよ、ディク！」

そう、彼はかつて俺の名を盗もうとした前科持ちのディクルド・ベルステッドである。

愛称はディクで、家は数軒隣とご近所さんであり、以前からちょこちょこ顔を合わせていた。特に三歳になってからは、親が放任主義だからなのか、小さな村だからなのかはわからないが、村限定で自由な外出を許されるようになり、それからは毎日のように遊びに誘ってくるようになった。

だが、可哀想なことに、彼には俺以外に友達がいないらしく、遊ぶ時はいつも俺と二人だけだ。将来がとても心配だ。

――えっ？　ブーメラン？　ああ、あの投げたら手元に返ってくるやつね。それがどうかした？

まぁ何はともあれ、一応彼のことは友人と呼べなくはない。時々おじさんのような気持ちになって心配になったり、言動が幼すぎてついていけなくなったりもするが、ディクとだけはいい友人関係を築けている気がする。他は、まぁ……察してくれ。

言い訳をするなら、ついこないだまで世捨て人みたいな人間だった俺が、良好な人間関係とか無理難題。むしろ友人と呼べるような存在ができただけでも、大きな進歩ではなかろうか、と俺は思うわけである。

まぁそんな言い訳は抜きにしても、互いに唯一のような友人関係を築けたのは、他に目が行かないぐらい、根本の所で俺たちは非常に馬が合ったからなのだろう。

「やっぱはじめはコレだよな」

「僕、今日は負けないよ！　今日は僕が勝つからね！」

「言ってろ。今日も俺が勝つから」

村の中心には、村人の憩いの場がある。そこは広場と呼ばれていて、おば様たちが井戸端会議に花を咲かせる傍ら、子供たちが元気に走り回っている、賑やかな場所だ。

そんな広場の中心で、俺とディクは木剣を構え向かい合う。

ディクの家は、騎士の家系だ。だから、すでに剣の訓練を積んでいる。同じく俺も、独学のようなものだが、親父と模擬戦をしたりしているので、剣に覚えはある。

だから、自然と遊びの一環で、木剣を使った模擬戦闘をするようになったのだが、それはいつの間にか習慣化されていて、遊びではなくなった。


これは、勝負である。


本気も、本気。その場に落ちる雰囲気は、真剣そのもの。子供だからと、手を抜くような気はさらさらない。

大人げないと思うかもしれないが、それは違う。

この幼馴染、ディクルド・ベルステッドはハッキリ言って、異常だ。

――九七九勝九七八敗一引き分け。

それが、俺とディクの勝負の戦績。これだけ言えばわかるのではないだろうか?

このディクルド・ベルステッドという子供の異常性が。

この世界に俺が生まれ落ちて、三年。この世界では一年は一二ヶ月、三六〇日。月にすれば、一ヶ月は全て三〇日だから、俺が生まれてから一〇〇〇日以上が経過した計算だ。

その間、俺はこの転生チートを生かし、毎日精進してきたつもりである。

実際、とうの昔にレベルはカンスト。低級の魔物だが、戦って勝ったという実績も俺にはある。

だというのに、この戦績が二つ以上離れたことは今まで一度とない。

単純に考えればあり得ないだろう。

むしろ、俺がよっぽど才能がないのかと考えてしまう。しかし、俺とディクはすでに村の子供の中では群を抜いている。

今周りにいる年上の子供たちに、恐れられ避けられてしまうほどに。

だから、俺が他に比べて劣っているというわけではないはずだ。

この場合、疑うべきは俺の才能のなさではなく、その真逆。

ディクの異常性を疑うべきだ。

初めは、ディクの転生を疑いもした。でも、それにしては彼の言動は幼すぎる。出会った時から、ディクは子供だった。

至って普通の、時々ついていけなくなるような奔放で、裏表のない無邪気な子供だった。

もし俺がチート使いなのだとしたら、彼は紛れもなく天才だ。戦績がそれを証明している。

先ほど、ディクは騎士の家系に生まれたと言ったが、彼の父は騎士でも、元騎士団長らしい。

役職からしてかなり強そうだ。実際、実力的には親父と同等。自ら自分たちの関係を永遠のライバルと称するほど、実力は変わらないらしい。

こうして俺たちが競い合うようになった一因に、この二人のどちらの息子が強いか勝負に巻き込まれたことが関係しているのは明白だが、どうやら強さは遺伝するようだ。

正直言って、悔しい。悔しくて、悔しくて、負けたくないと、子供相手に手加減なしに全力で毎回勝負している。それがこの馬鹿げた数の戦績に繋《つな》がっているのだが、それでも勝ち越すことができなくて、何度も負けた悔しさを糧に勝負を重ねるうちに、俺は競い合う楽しさを覚えてしまった。

それはたぶん、ディクの方も同じだ。

向かい合うと感じる何とも言えぬ高揚感。昂《たかぶ》りが発露して、口元には自然と笑みが伝う。

ディクの顔からは幼さが消えていた。そこにあったのは真剣勝負に臨む男の顔。その凛々《りり》しい表情が、勝利への渇望をさらに強める。

賑やかだった広場は、今や固唾《かたず》を飲む音が通るほど静まり返っていた。周囲の視線は全て俺とディクへと注がれていて、話をする者は誰もいない。

緊張が高まる。空気がやけにピリピリしていて、そして熱い。

間合いは一〇歩といったところか。

正中線を守るように両手で木剣を体の前に構えるディクの目は険しく、俺の瞬きすら見落としはしないと言わんばかりの気迫を纏っている。

一方で、俺は木剣を手にした右手を後ろに流した低姿勢。体の力は抜き、いつでも飛び出せるように膝を曲げている。

一〇分に思える長い硬直。しかし、実際は一分にも満たない短い時間が経った時、俺とディクの間を柔らかな風が吹き抜けた。

落ち葉を巻き込み、間を横断した風が通り過ぎようとした瞬間、俺は動き出す。

強く地面を蹴り、接近した俺に一瞬遅れてディクも間を詰めてくる。数秒と経たず間合いが重なり、どちらからともなく剣を振るった。

俺は腰の回転を乗せた薙ぎ払いを。

ディクは型に正確な上段からの振り下ろしを。

ゴンッ——と激しく木剣が交わり、剣を持つ手が痺《しび》れた。初撃の威力は拮抗《きっこう》し、鍔迫《つばぜ》り合いになる。そうなると不利なのは、片手で剣を持つ俺だ。

ディクの剣技は父親直伝の騎士団仕込み。数多の使い手たちが、何代も何代も積み重ねてきた技を集約し誕生した剣技を、元騎士団団長であった父から教わっているのだ。

俺としては羨ましい限りだが、正統派な剣技故、その動きはどこか固く、型の定まっているものが多い。

それが良いことなのか悪いことなのか、口にして語れるほど俺は剣を習熟しているわけではないが、こういった鍔迫り合いなどのよくある光景では、過去の経験が積み重なった剣技を学んでいる方が優勢か。

その一つに、両手持ちか、片手持ちかの差異も入るのだろう。俺は片手で剣を振り、一方でディクは両手で振るう。速さや機転が利くという点では俺の方に分があるが、一方でこうした鍔迫り合いのような力を必要とする場合、不利なのは俺だ。

初めの威力を殺された木剣が、かかる圧力に耐え兼ねてジリジリと押し返されてきている。

そんなディク優勢の状況を見て、周囲がディクの勝ちかと緊張を解こうとした時。

優勢であったはずのディクが、突如としてその場を飛び退いた。

「ッ！」

こめかみに薄く筋を残し、ディクを飛び退かせた拳。それはもちろん俺の拳だ。

俺の剣術は、体術と剣技の組み合わせ。騎士の父を持つディクと違い、俺の父親は冒険者で碌に剣技を教えてはくれなかった。習うより感じろと言わんばかりに、ひたすら模擬戦だ。

だから、俺は自己流で剣を覚えるしかなかった。ある意味それが、最も俺に合った剣術へ繋がるのかもしれないが、一からというのはなかなかに大変だ。

しかし、幸運にも俺には毎日のように剣を競い合える存在がいた。負けたくないと意固地になっているうちに、自然と今のような体術と剣を組み合わせる自己流の基礎が出来上がっていたのだ。

まだまだ完成には程遠いお遊びみたいなものかもしれないが、剣の振り方、腰運び、連体と、体が少しずつ剣を覚えてきていると実感している。

それを知っていたからこそ、ディクは俺が拳を放つことを事前に察知し、紙一重で躱してみせたのだ。

だがしかし、それは俺も同じこと。

ディクが俺の動きを読むことなど、初めからわかっていた。

拳を素早く引き戻した俺は、後方に飛び退いたディクを追ってすぐさま体を前に。ディクが着地するよりも早く、剣を突き出す。

が、木剣でそれを受け止めたディクは、着地と共にクルリとターンを決め、突きの勢いを受け流すと、俺の間合いの内側へと侵入。さらには、回転の最中、剣を頭上に掲げ、流れるような動きで攻守を入れ替えてきた。

一方、突きの勢いを受け流された俺は、その振り下ろされようとしている剣に正面から突っ込むような形で、前のめりにバランスを崩していた。回避は、不可能だ。体勢が悪い。剣で受け止めるのも無理だ。腕を引き戻していては間に合わない。

ならば、と俺は攻撃を選択。足を前に踏み出し、受け流された勢いを突進の勢いに変え、がら空きの胴体に体当たり。

組みつかれ、思うようにディクが剣を振れないでいる隙に、腰を強引にねじ込み、足をかけた。

「ドッセェッ――！」

背中に回した腕とねじ込んだ腰でディクの体を持ち上げ、前屈の要領で投げる。

「かはっ……！」

柔道技でも何でもないが、力任せに投げただけあって、受け身では流しきれなかった衝撃に、肺から押し出された空気が、呻き声となってディクの口から漏れ出た。

――勝負ありだ。

そう確信して、喉元に向かって無造作に剣を伸ばす。だが、それはディクの足蹴りによって、寸前のところで脇に逸らされた。

「くっ！」

硬い地面の感触が剣先より伝わる。すぐに腕を引き戻そうとしたが、それよりも早く上体を起こし、その腕を摑み取ったディクに引き寄せられ、俺は首に剣を添えられた。

「――僕の勝ちだね、レイ」

研がれていない丸い刃が首に食い込む感覚。それは二日に一度は味わうような敗北を告げる感触だった。

対して、勝利を告げる手の感触を味わっているであろうディクは、先ほどのような大人顔負けの気迫を散らし、無垢《むく》な笑みを浮かべて、とても満足そう。憎たらしいったらありゃしない。

「あ～、くそ～。また、負けた」

俺はディクから解放されると、地面の上に大の字になって倒れた。情けない格好だが、俺の心情を表すには最適だ。

大の字に寝転がって目を開ければ、青い空と眩しい太陽が映る。その何度となく見た同じ光景に、俺は深々と溜息を吐く。

また、勝ち越せなかった、と。

何度も味わった敗北。けれど、そのたびに悔しさが込み上げてくる。俺はまだそれに慣れない。きっとこれからも慣れることはない。

俺はたぶん負けず嫌いだから。

負けるたびに、腹の底から叫びたくなるような悔しさが込み上がってくるのだろう。これからも、ずっと。

「父さんが言ってたよ、油断大敵だって」

「くっ……」

何も言えない。最後の一瞬、勝ったと思い、油断したのは事実だった。

「はぁ～、また同点かぁ～」

もう何度目か数えるのも面倒な同点。俺のどこか気の抜けた呟きは、賑やかなギャラリーの喧騒に掻き消されていった。

名前：レイ	種族：人間（幼児）	年齢：3歳
レベル：99	生命力：245	魔力：560+40
筋力：215+60	体力：208+20	敏捷：210+40
耐久：188	器用：378+100	知力：365+220
通常《ノーマル》スキル：【観察】【百里眼】【真眼】【魔力操作】【魔力感知】【身体制御】【空中制御】【絵描き】【作製】【計算】【思考超加速】【役者】【忍び足】【俊足】【空間】		
希少《レア》スキル：【空間探索】【アクロバティック】		
魔法《マジック》スキル：【火魔法】【水魔法】【風魔法】【土魔法】		
固有《ユニーク》スキル：【経験蓄積】	蓄積量：36,525【○\°　%#】	
称号：【@&☆$】		
新スキル効果：【真眼】動体視力が大きく向上する。 【思考超加速】思考がさらに加速する。知力が200上昇。 【俊足】足が速くなる。敏捷が20上昇。		

5 冒険者のお仕事

突然だが、こんなバカ親の話をしよう。

ある日のことだ。バカ親Aは、古くからの友人にこう言われたそうだ。

「先日、息子を仕事に連れていった際、そこで運悪く……いや、運良くA級と出くわしてな。息子に危害が及ぶ前にと瞬殺したのだが、その時言われたのだ。『父さん、かっこいい――ッ！』とな」

そう自慢げにバカ親Bが話すのを聞いたバカ親Aは、猛ダッシュで家に帰って、ラスボスに言った。

「俺も、息子にかっこいいと言われてぇんだぁっ！」

力強い土下座だった。それはもう、いいと言われるまで、その場を動かないと言外に主張するような。

そんな土下座を夕食前に突然されたラスボスは言いました。

「馬鹿も休み休みに言って。お願いだから、本当に。真剣に、休み休み言ってほしいの」

バカ親Aの仕事は冒険者。冒険者とは、魔物退治から街の雑用まで多岐にわたる仕事を引き受ける、いわば何でも屋だが、その仕事の大半は危険に自ら飛び込むようなものばかり。

そんな所へ子供を連れていきたいとは正気かと、ラスボスはバカ親Aを諭すが、彼は止まらない。息子にかっこいいと言われるために涙を流し、その足に縋《すが》りつくことさえ厭《いと》わない。

「お願いだ！　この通りだ、ミュラっ！　レイを、仕事に連れてかせてくれぇぇっ！　後生だぁっ！」

それから、一五分。

足についた重りのせいで、夕食の席に着くこともできなかったラスボスは、根負けして渋々首を縦に振ったのだった。

――かくして。

俺は今村を出て、近隣の街ガバルディへ向かっている。道中は何故か馬車を使わず、親父の肩に乗っての移動であったが、それは置いておこう。

俺は子供らしく、親の言うことに逆らいはしないのだ。

そうして、マジかと思うような速さを身をもって体験して首がもげそうになり、後でラスボスへ報告することを心の中で誓いながらも、ガバルディへと辿り着いた。

まだ朝だというのに大勢の人で賑わうガバルディの街。シエラ村と違って人通りが多く、子供一人では踏み潰されてしまいそうな混み具合。

そんな人の多い道を通り、酒場のような場所に、俺は連れていかれた。

「さぁ、着いたぞ。ここが父さんの仕事場だ」

「おおーっ！　でっかーい！」

ディクを見習い、必殺『元気ハツラツ子供らC』を発動。さながらリアクション豊かな子供を演じつつ、建物の全貌を目に映す。

やはりというか、このボロい酒場っぽい場所がいわゆるギルドと呼ばれる場所のようだ。【冒険者ギルド】と看板に書いてある。全体的に建物は古くボロボロだが、いいね、雰囲気があって。年季が入ってる感じがする。

親父は、俺を肩に乗せたままギルドの扉に手をかけた。

「おう、今日も元気にやってるか、お前ぇら？」

扉を開け、慣れた様子で軽く手を上げ挨拶を飛ばす親父。

ギルドの中には、様々な装備に身を包んだ冒険者たちがいた。彼らは入ってきた親父に気がつくと、実に気安い感じで、言葉を返してくる。

「おはようございます、レディクさん」

「今日は仕事っすか？」

そんな感じで、誰も彼もが親しげに話しかけてくるが、その中に親父と同年代と思われるような中年の冒険者の姿はなかった。

総じて年齢は一〇以上違うように見える若い冒険者ばかり。中には、本当に冒険者になりたてというような背の伸びきっていない少年の姿もあった。

そこで、ふと母さんが親父の仕事について話してくれた時のことを思い出した。

冒険者は危険と隣り合わせの仕事だ。毎年、他の職と比べるのも愚かしいほどに、多くの死者が出る。

その代わり、実入りはいい。平均的と言われるB級以上の実力者ならば、それなりの暮らしをするのは難しいことではないらしい。

だが一方で、B級にまでなれる冒険者は、全体の二割ぐらいだという。大半が志半ばで命を落とすからだ。

だから、おそらく親父の歳になるまで冒険者をやっていられる人たちは限られているのだろう。あるいは、別の職を探して去っていく人もいるかもしれないが、長く冒険者を続けることが、容易なことではないのは何度も魔物に殺されてきた俺にはよくわかる。

それはまた、魔物の生息域に自ら踏み込んでいく冒険者である彼らも同様だろう。気安さの中に、尊敬の念が入り交じっているのは、きっと気のせいではない。

何せA級下位と言われるオーガを瞬殺したほどだ。冒険者としての実力は確かなのだろう、とは思う。

ただ正直なところ、滅多に仕事に行かず、家でダラダラしているダメ親父っぷりを普段から目の当たりにしている俺には、親父のこのアイドルか、というような人気ぶりは、少し信じられない気持ちが残っているのだが。

「レディクさん、また剣を教えてくださいよ！　最近上手くなってる気がしなくて」

「あっ、俺も俺も！　俺も教えてほしいです！」

「馬鹿野郎、今日はお忍びだ。そんな暇はねぇよ。また今度にしろ」

「いや、全然今度でも俺はいいですけど、堂々と正面から入ってきて、お忍びはないでしょう？　というか、自分から話しかけてきましたよね？」

「うるせぇ、お忍びはお忍びだ。俺ァ、今日は依頼を受けに来たんだよ」

「は、はぁ……？　冒険者がギルドに顔を出したら、普通は依頼を受けるもんじゃないんすかね」

「ん？　そんなの当たり前じゃねぇか！　仕事でなけりゃぁ、何でこんな場所に来るんだよ、がっははは っ！　お前ェ、面白れぇこと言うな！」

若い冒険者の肩を叩き、豪快に笑う親父。俺はその肩の上で、こめかみを押さえた。

これだからなぁ……いまいち実感を持てないんだよ。

周りの冒険者たちも、困ったように笑っている。俺は早くも、母さんの冷たいツッコミが懐かしくなった。

しかしながら、的外れなことや無茶苦茶なことを言って、相手を困らせる親父に話しかけてくる冒険者は後を絶たなかった。それは、入り口の近くからしばらく動けなくなるほどで、慕われているのはよくわかった。

と、しばらくしてようやく人集《ひとだか》りが減ってきたかというタイミングで、身なりが他とは異なる女性冒険者がこちらに歩み寄ってくるのに気がついた。

軽装ではあるが、ツヤのいい革製の服に、胸と手には硬そうな鱗《うろこ》がびっしり編み込まれた装備を身につけている女性冒険者。

見たところ他と同じくらい若いが、ゲームで言う初期装備の皮から鉄へと鞍替《くらが》えしたばかりといった他の冒険者とは雰囲気が違った。

腰には少し長めの剣が下げられており、一目で冒険者なのだとわかるが、整った顔立ちで、胸もでかい。普通に美人だ。

彼女は目の前まで来ると、下から覗き込むように俺を見上げた。

「レディクさん、その子ってひょっとして前に言ってた息子さんですか？」

「おうよ。俺に似ていい面してるだろう？」

どの辺がだ。親父は顔傷だらけじゃねぇか。

未《いま》だ鏡を見たことのない俺は、自分の顔を知らないが、まさか傷が遺伝するなんて馬鹿な話はあるまい。……異世界なのが若干怖いが。

「ふふっ、レディクさんもすっかり親バカですね。抱っこしてもいいですか？」

「ああ、いいぜ」

脇下にスッと手を入れられて、肩から下ろされた俺は、カバンのように手渡され、両手で抱っこされた。

コツンと当たる冷たい胸当てが怨《うら》めしい。剝ぎ取ってやろうか。

俺は内心そんなゲスいことを考えていたが、【役者】スキルのおかげで、そんな様子は微塵も見せず、ケロケロっと笑っていた。

「かっわいい～！　何て名前なの？」

「レイ」

「レイちゃんかぁ～。いい名前ね？」

「おねぇさんは？」

「私？　私はシャラよ。シャラ姐《ねえ》って呼んで」

遠慮なく呼ばせてもらうことにしよう。

「お腹空いてない？　お菓子食べる？」

「食べるー！　ありがとう、シャラ姐！」

そうして、しばしその腕の中で甘やかされていると。

「その子がお前の息子か、レディク？　お前に似なくて良かったな」

「うるせぇよ、毛むくじゃらが」

不意に近くから野太く低い声が聞こえて、視線を上げると、黒い狼《おおかみ》が俺を見下ろしていた。

「ひっ……！」

情けなくも、小さく悲鳴を上げた俺。その視線の先にいたのは、黒毛に覆われた獣人。口からはみ出た二本の犬歯。獲物を見つけた狼のようにギラついた金の瞳。

普通の子供が見たら号泣ものだろう。名子役である俺は、それを見事に再現し、あたかも怯《おび》えるような仕草を取ったが、夢のおかげで事前知識があったため怖いとは感じなかった。

しかし、数年前に手に入れた【役者】スキルが日々磨かれ続けている俺の仕草は、基本甘々な親父の目を騙くらかすには十分すぎたぐらいで、グワッと大口を開けて親父は怒鳴りつけた。

「オイ、コラッ、ウルケル！　お前の厳つい面に、レイが怖がってんじゃねぇか！　レイの前に現れる時は、レイが見てるだけで笑顔になれるようなお面でもつけてきやがれ！」

「むっ……」

なかなかに無茶苦茶言う親父だが、確かに厳つい顔をしていると言わざるを得ない獣人の男性は、顔を強張らせた後、素直に親父の言葉に従い、奥の部屋に引っ込んだ。

その扉の上には、ギルド長室と書かれていて。

「父さん、あの人誰？　偉い人？」

「うん？　あの毛むくじゃらか？　あいつはな、ウルケルっつって、俺と母さんがいたパーティのリーダーだった奴だ。

まぁ、今じゃこのギルドのギルド長やって、椅子にふんぞり返ってるがな」

「へぇ、じゃあ、すごく強い人なんだ。ギルド長になるぐらいだもんね」

そういえばだが、昔そんな話を聞いたことがあったような、なかったような……よく覚えてないけれど。

と、その時ギルド長室の扉が開く音と共に、親父の説明に物申す声が響いた。

「誤解を呼ぶような説明はよせ、レディク。ギルド長は、椅子にふんぞり返っているわけではない」

そんなことを言って出てきたウルケルさんの顔には、タコのような口に、間抜けな顔が描かれたお面がついていた。細部は異なるが、ひょっとこに近い。

「…………」

周囲の冒険者は口を揃えて閉じ、何も気づいていないフリをする。シャラ姐は苦笑いというか、失笑していて、俺はすいませんと心の中で謝った。

そんな中、親父だけは……

「がっはははっ！　いいじゃねぇか、それ！　厳つい面のお前には、最高の防具だぜ！」

大笑いしていた。我が父ながら、本当に失礼な奴だと思う。


パパかっこいい大作戦の下、Aランク相当の魔獣討伐依頼を受け、街を出た俺たちは魔獣が出没するという山に向かってだだっ広い平原を進んでいた。

目的地の山までは、馬車の定期便が出ているはずもないので、徒歩での移動となるが、俺は先ほどのように肩車されてはおらず、自分の足で歩いている。その代わり、親父の一番弟子だという理由で、ほぼほぼ強制連行されたシャラ姐に手を引かれ、甘やかされていた。

「レイちゃん、飴《あめ》ちゃんいる？」

「いるー！」

「はい、よく舐めて食べてね」

どうやら子供好きらしいシャラ姐は俺のあざと可愛さに親バカAと同じく騙されて、フニャフニャに頰が緩んでいた。

この世界の大人は、どうしてみんなこんなにチョロいのだろうか。簡単に詐欺れそうな気がしてならない。俺はとても心配だ。

まぁ、母さんは結構しっかりしてるから、騙されるようなことはなさそうだが、真面目な顔で馬鹿なことをのたまっている親父は別だ。

「――作戦はこうだ、ウルケル。まず依頼の標的を探す。んで、見つけたら、俺がぶち殺す。お前とシャラは、レイの安全を第一に、レイが俺の戦闘を見ることを第二に、お前らの命を第三にやってくれ」

「……レディク、お前はパーティリーダーに向いていない」

シャラ姐と同じく強制連行されてきたギルドマスターは、お面の上から頭痛を堪《こら》える素振りを見せた。もちろん俺も同じ気持ちである。

親父は基本馬鹿なので、周りは大変だ。今日のこともそうだが、基本その場の思いつきで生きている自由人である。巻き込まれる周りは、苦労が多い。

そして、その暴走を止めるのが上手いのが母さんだ。しかし、残念ながらここにはいない。

なので、今日は代わりに、俺が親父の舵《かじ》を取らねばなるまい。

まったく世話の焼ける親父だ。

ここは一つ、苦労を被《こうむ》っているウルケルさんたちに、俺が守られるだけのガキではないことを、見せてやろう。

「シャラ姐。俺、魔物と戦ってみたい」

「…………えっ？　ま、魔物と？」

フニャフニャしていたシャラ姐が一瞬固まって、困ったような笑みを浮かべて、聞き直してきた。

それに俺は、家から持ってきた愛剣を取り出して。

「ほら、ちゃんと剣も持ってきてるんだ」

「うわぁ、すごぉい！　よく使い込まれてるねぇ。お父さんに教えてもらったの？」

「うん！　だから、魔物と戦いたい！」

「えっと……」

無垢な子供を演じる俺に、どうしたものかと苦笑いを浮かべたシャラ姐は、数秒言葉を詰まらせた後、ウルケルさんと話をしている親父に助けを求めた。

「レディクさん、レディクさん。レイちゃんが、魔物と戦いたいなんて言ってるんですけど……」

「あぁ？　そんなことわざわざ俺に聞くのか？　まったく師匠として情けないぜ」

「レディクにしては、まともな答えではないか。シャラ、それは我々に聞くまでもないことだろう」

「うっ……すいません」

二人に怒られ、ションボリするシャラ姐。

やれやれと首を振った親父は。

「まったく俺が息子のやりたいことに反対するわけがないだろうが。もちろんオーケーだ」

「ええっ⁉」

驚愕の声を上げたシャラ姐。その横で、またお面を押さえて、頭痛に耐えるウルケルさん。

「あの子、まだ四歳なんですよね？　いいんですか、レディクさん？」

「何をトチ狂っているんだ、お前は。あの子が怪我をしたらどうする気だ」

そんな風に馬鹿を言い出した親父を止めようとする二人だが、親父はそれを無視して俺の前で腰を下ろす。

「レイ、魔物と戦いてぇのか？」

「うん！」

「そうか、さすがは俺の息子だ。だがな、今からぶっ殺しに行く奴は、レイの体じゃ攻撃が届かないぐれぇ、デケェ奴だ。だから、その辺にいる奴で我慢してくれるか？」

体がでかければ、お前はいったい何と戦わせる気だったんだ。そんな果てしない疑問を心にしまいつつ、俺は頷いた。

そうして、手頃な獲物を探し始めた親父に、シャラ姐が。

「いやいやいやいや、本当に戦わせるんですか⁉」

「もちろんだ。子供がやりたいと思ったことには全力で応える。それが親の仕事だ」

「ううっ……なんか微妙に正しいような……」

「この馬鹿の言葉に耳を貸すな、シャラ。この男に何を言おうが無駄だ。人の話が頭に入らん。我々が、レイ坊に怪我を負わせぬよう気をつければ、いいだろう」

「はぁ、まぁ、そうですね……」

ウルケルさんの言葉で渋々納得……いや、諦めた様子のシャラ姐。何を言っても無駄なことを悟ったようだ。

しかし、あまり納得していなさそうなのも事実。俺は強制終了される前にと、【空間】により手頃な獲物を見つけると、親父の手を引いて指差した。

「あれなら、俺がやってもいい？」

「ん？　ありゃぁ、ゴブリンか。よく見つけたな。いいぜ、やってこい、レイ」

「うん！」

一応は許可をもらってから、俺は数百メートル先の茂みに隠れていたゴブリンに向かって走り出す。

「おい、シャラ。俺ァ、今父親してねぇか？」

「レディクさん、父親ならいい顔して見送ってる場合じゃないと思いますよ！　レイちゃん、一人で行っちゃいましたよ⁉」

「はっ……！」

「シャラ、その馬鹿は放っておけ。行くぞ」

「あっ、は、はい！」

後ろで三人が慌てて追いかけようとしてくる声が聞こえる。このままでは、途中終了させられかねない。

俺はかなりの距離を置いて立ち止まると、ゴブリンに向かって、手を翳《かざ》した。

「ファイアボール！」

以前にも説明したが、ファイアボールは実に単純なイメージで発動できる初級魔法に分類される。しかし、初級だからと侮るなかれ。

イメージが単純ということは、少ない魔力でも発動可能なほど、魔力の変換効率がいいということだ。つまり、消費魔力に応じて、その威力は比例的に増大する。

以前、家出をした時はオーガ戦を除き、魔力の消費を抑えるため、火力も大きさも、抑えていた。だが、四属性の魔法スキルが上位スキルへと変化したことで、魔力の補正値が大きく増加した今、少しばかり威力を底上げしたところで、すぐに魔力が尽きるようなことはない。何より、節約する理由もないときた。

生まれた火球は、俺を飲み込んでも余りある大きさで、かつ、その放熱で顔が熱くなるほどの熱量を内包していた。

それが二つ。同時に、俺を挟み込むようにして、浮遊する。

「「「なっ……！」」」

背後で足音がなくなり、代わりに聞こえた驚愕する声に、何で親父までと内心ツッコミつつも、俺は三体いるゴブリンの二匹に向けて、火球を放った。同時に、その火球を追いかけるように、再び足を駆り、一気に距離を詰める。

俺は腰に下げた木剣を右手で抜き放ち風を切りつつ、左手は前方に向け、【魔力操作】で火球を操った。

本当は魔法に手など必要はないのだが、こうやって手の先に魔法を動かすと意識することで、より簡単に使えるのだ。

まぁ、逆に言えば、習熟度がまだその程度ということだ。

残り五〇メートルといったところで、ようやくこちらに気がついたゴブリンは、グギャギャギャと何やら雄叫びを上げた。

俺はそれに構わず速度を上げ、火球を後ろの方にいた二体に着弾させる。

「グギャ⁉」

「余所見《よそみ》とは、余裕だな」

火球に飲み込まれ、地面を転げる二体のゴブリン。その前にいたゴブリンが、後ろの二体に注意を逸らした瞬間、一気に加速して、ゴブリンの懐に入った。

「グギャ！」

俺の頭より高い位置にある顔が醜く歪み、爪が振り下ろされた。それに対して俺は、ゴブリンの肘関節に木剣を叩き込むことで軌道を逸らすと、膝を踏み台に飛び上がり、華麗に飛び膝蹴りをお見舞い。すぐさま逆足で胸を蹴りつけると、その頭上へと飛び上がった。

最近手に入れた空中版アクロバティックスキル――通称【エアロバティック】の賜物である。こんな空中殺法も今やお手の物だ。

「ギャゥ……！」

大きく上半身を仰け反らしたゴブリンは、体勢を崩し地面に倒れ始める。それを追随するように、俺の体もまた落下し――

「終わりだ」

空中で振り上げた剣を、着地のタイミングに合わせて振り下ろす。

バギッっと鈍い音が鳴り、頭を地面と木剣のサンドイッチにされたゴブリンは、小さな断末魔を上げ、燃え尽きた他のゴブリンたちと同じく、魔石だけを残して黒い靄《もや》となって消えていった。

俺はそれを見てから、ゴブリンの血を払うように、木剣をバッバッと二振りすると、腰に戻す。

「今の俺はこんなものか」

案外、前と変わらない。いや、魔法をぶっ放しただけで仕留められるようになっただけ、成長はしているのか。

まぁ、どちらにしろ、最下級のゴブリン相手に三発入れるようでは、力も剣の腕もまだまだといったところか。

しかし、目的は十二分に果たせたようだ。

「さすがは俺とミュラの息子だな！」

「……すごい。四歳の子供が……最弱とはいえ、魔物を……将来有望ですね！　いや、有望すぎますよ！」

「……S級冒険者の二人から生まれた子供はこうなるのか……」

誇らしげに胸を張る親父。興奮気味に叫ぶシャラ姐。そして、どこか呆れた様子のウルケルさん。

俺はその三人に、この後照れ臭くなるほど散々褒めちぎられた。


さて、ゴブリンを難なく撃破した俺は、親父たちに散々もてはやされてちょっといい気分になったまま、本題の魔獣討伐へと連れていかれた。

目的地は、先ほども言ったように近くの山だ。山は、魔物の群生地であり、それ以外の危険も多く潜む場所である。だから、この世界の人々は山などに立ち入るのを本能的に避ける傾向にある。基本街を出れば、普通に魔物がその辺を歩いているような世界だが、山などは一味違うらしい。

山は自然豊かなため、隠れる場所も多い。だから、小動物に限らず、捕食の対象となるものが多く生息している。となると、自然と捕食者たち、ここで言えば、肉食の獣、魔物、魔獣といった生き物が集まってくる。もちろんその中での争いも起き、その中から最も強い者が、食物連鎖の頂点に立てる。無論、それは山に限ったことでなく、その他の場所にも言えることだが、単純に数が多く、その分より強い者が頂点に君臨する食物連鎖のピラミッドが出来上がりやすい。

そして、今回の討伐対象は正にそれ。この山の頂点に君臨する魔獣らしい。何でも最近になって、この山に住み着きだして、たちまち牛耳ってしまったのだとか。

そんな恐ろしい魔獣に、たった三人。いや、親父は一人で挑む気のようだが、果たして大丈夫なのだろうか。

確かに親父は、俺の測れるレベルを超えている。だが、日がな一日中家でゴロゴロし、時たま思いつきで何かし始める親父一人で、本当に大丈夫なのか。不安は尽きない。

しかし、そんな不安を抱えているのは、この場では俺一人のようだった。

「それにしても、四歳で魔法を使える子供なんて、私初めて見ました」

「がっははは、俺も初めて見たぜ！　ミュラが教えてたのは知ってたが、まさかゴブリンを倒せるまでになってたとは、思わなかった。さすがは俺の息子。しっかり俺の血を引いてやがる」

「馬鹿め。どう考えても、ミュラの血であろう。あの子は昔から、魔法の才に恵まれていたからな」

……という具合には、緊張感がない。

聞けば、親父と母さんは二人揃ってS級冒険者らしいし、心配する必要など何もないのかもしれない。

母さんのつけた条件で、護衛として、シャラ姐たち二人もついてきてくれているのだし、万が一などそうは起こらないだろう。

「それにしても、お前たち夫婦はやりすぎというものを知らんのか。確かにこの子は優秀だが、突出しすぎた力は時に軋轢を生むのだぞ」

「ハッ、そんなもん叩き潰しちまえば、それで終わりだろうが。お前ェは昔から細けぇんだよ。強くて困るこたぁ、この世にゃねぇ。逆はあるだろうがな」

「……お前はたまに真面目なことを口にするな」

「ウルセェ、たまには余計だ」

いや、たまにだと思う。

「あははっ、けど、レディクさんの息子なら、納得できちゃいます。私、今までレディクさんがピンチになったところ見たことがないですから」

「がっはははっ！　俺も記憶にねぇ！」

なるほど、親父はやはり相当強いようだ。人生で一度もピンチに陥ったことのない冒険者などそうはいないだろう。

……と、思っていたのだが。

「ここまで馬鹿だったとは……シャラよ、この男は己の窮地も理解できんのだ。どうせ、死にかけたことすら忘れているのだろう」

「あはは……ありえそう……」

どうやら馬鹿なだけらしい。死にかけたことすら忘れるとは、逆によく忘れられたなと尊敬してしまう。

だが、親父が強いのは本当だろう。今の和やかな雰囲気がそれを物語っている。馬鹿だ、馬鹿だと口では言いながらも、二人は親父のことを心の底から信用しているからこそ、普段通りでいられるのだろう。

そう思うと、無意識に頬が緩んだ。

けれど、その緩みを戒めるように、事態は一変する。

――ピタッ。

「…………」

突如、先頭を行く親父の足が止まった。それに続いて、ウルケルさん、シャラ姐と険しい顔をして立ち止まり、二人の手が俺の行く手を遮るように翳された。

周囲の木々が恐れを抱いているような、不気味な静けさ。

聞こえるのは鳥が羽ばたく音と、木々が揺れる音だけ。

高まる緊張感。俺はその雰囲気に感化され、緩んだ頬を引き締めた。

そんな俺の前に立ち、左右に注意を払うのはウルケルさん。シャラ姐は後ろを振り返り、俺を間に挟む形で、ウルケルさんに背を預ける。

そして、親父は――

――グゥォォォォォッ!!!

大木を薙ぎ倒し、それを踏みしめて悠然と姿を表した巨大な影。岩でも簡単に嚙み砕いてしまいそうな大きく太い牙がビッシリと敷き詰められた、ワニのような大きい顎を、見せつけるように開き、獰猛《どうもう》な叫びを上げた。

「ッ……！」

咆哮が空気を震わせ、全身を叩く。その声にはまるで、威圧系のスキルでも入っているかのように、俺は体の奥底から湧き上がる感情に、体を震わせた。

――こいつは、違う。

食物連鎖の頂点。かつての世界で、それは肉食動物だった。

ライオン、白熊、虎。

ベタなところで言えば、このあたりだろうか。

しかし、ここにそいつらを放り込んだら、瞬く間に全滅、あるいは捕食の対象と化す。そう言いきれてしまえるほどの化け物が、俺たちの前にはいた。

俺たちの前に現れたそいつは、ファンタジー世界には欠かせない――竜《ドラゴン》だった。

比べるまでもない。

地球の肉食獣を遥かに上回る巨躯《きょく》。その巨体にあった大きな牙と爪。さらには、飛行を可能とする翼。

もはや生身の人間が敵《かな》う次元を超えている。ここに鉄砲があったとして、その鉛玉がいったい何の意味を持つというのだろうか。戦車は最低でも欲しいところだ。

そんな相手を前に、親父は剣も抜かず、微動だにせずに立っている。それどころか……

「はんっ、期待外れにもほどがあるだろ。まだ成体にもなってねぇ、幼竜《リトルドラゴン》じゃねぇか」

期待外れと言ってしまう始末。

「馬鹿め、成竜がこんな街の近くにいれば、国が動くレベルだ。お前は、そんな化け物相手に、子供を連れて挑むつもりだったのか」

「馬鹿野郎、相手は強ぇ方が燃えるんだろうがよぉ」

そういうことじゃないんだよ、親父……！

俺、今、確信した。あんた頭オカシイ！

俺は正直言って、ビビっていた。オーガとはものが違う圧力と存在感。絶対的な強者の威厳ある風貌に圧倒されていた。

一方で、俺の前で堂々と仁王立ちする親父や、竜を前にして周囲に警戒の目を向けるウルケルさんたちの目には、一切の怯えが見られない。

「――じゃあ、始めるか、トカゲ野郎」

不敵に笑い、親父が抜刀した。瞬間、敵意の籠もった咆哮が轟《とどろ》き、振り下ろされた巨大な腕。

ドガァァアアアアッ！

山が震えた。それは比喩ではなく、木々が衝撃に葉を揺らし、大地は地響きと共に悲鳴を上げた。

たった一撃。されど、竜の一撃。

竜の腕が振り下ろされた場所は、激しい土煙に覆われ、さながら爆発が起きたかのように覆い隠された。

気がつけば俺はシャラ姐に抱きかかえられ、空を飛んでいた。殆ど目が追いつかず何が起きたのか事後的にしか理解できなかった俺は、眼下で吹き上がった土煙に目が釘《くぎ》づけになる。

「っ……！」

まさか直撃したんじゃ⁉

俺は、息を飲み、必死に目を凝らした。すると、茶色く濁った空気が一転、赤く赤く燃え上がる。

「危ねぇじゃねぇか。レイに石飛礫が飛んだらどうすんだ」

剣が燃えていた。その剣が添えられている強大な腕はプルプルと震え、明らかに親父の力に押し負けているように映る。

「だから、子供を連れてくるようなクエストではないと、言ったのだ」

「うっせぇ、もうやらせねぇから大丈夫だ」

シャラ姐に支えられ着地した俺は、竜の腕を片手で支えながら普通に会話する二人に唖然とした。

「よぉく見てるんだぞ、レイ」

親父は自分の足で立った俺に、そう言って笑いかけると――消えた。

次の瞬間、凄まじい斬撃音が耳に突き刺さる。

――グァァァァアァッ⁉

噴水のように血が噴き出す竜の腕。その腕の先は、無残にも切り離され、空を舞っていた。

前足を失った竜はバランスを崩し、地面に倒れ込みながら悲鳴を上げる。

「喰《く》らえッ、緋炎《ひえん》！」

消えた親父の声は頭上から聞こえた。思わず顔を上げた俺の目に飛び込んできたのは、太陽のような熱の輝き。赤く赤く燃え盛る剣の熱が、俺の瞳を焦がす。

羨望という熱をもって。その猛火の輝きを網膜へと焼きつけた。

振り下ろされた剣から放射されたのは、業火の渦。俺のチャチな魔法とはモノが違う。その猛炎は、竜の全身を包み、その体を燃やし暴れ狂った。

全身を焼かれる痛みに叫びを上げる竜。体皮に纏わりつく火から逃れようと足掻《あが》くが、すでにその両手両足は灰になりかけていた。

親父の姿を見失ってから、殆ど一瞬の出来事で、何が起こったのか俺にはわからなかった。

けど、この時、俺は知ったんだ。

人の可能性を。

人が到達できる境地を。

そして、俺にもある可能性を。

「カッコイイッ、父さんっ！」

それは心からの言葉だった。

親父がその言葉を言わせるために、俺を連れてきたのを知っていて、けれどもそんなことどうでもいいと思うほど、俺はこの目に焼きついた光景に激しい興奮を覚え、叫んでいた。

「これだ……この言葉が聞きたかった」

感極まった様子で親父は、空を仰ぎ呟く。その目に、うっすら涙が浮かんでいるのは気のせいではないだろう。

「ははは……さすがはレディクさんの息子ですね……普通、こんなもの見せたら泣くと思うんですけど……」

「それよりも、レディク！　貴様っ、竜の素材がどれだけ貴重かわかってるのか！　全部燃やしてしまって、これでは素材の回収ができないだろう！　おい、聞いているのか、レディク⁉」

「俺ァ……今日はもう満足だ。泣けてくる」

シャラ姐の呆れ声も、ウルケルさんのお怒りの言葉も、父さんカッコイイの言葉を受けたレディクには届いていないよ

うだった。

最後の最後で、締まらない親父だ。でも、瞼に焼きついた熱は、冷めることを知らなかった。

――――て。

「えっ？」

その時、不意に声が聞こえた気がした。

――こ――よ。

俺は思わず振り返り、そして、自分でも無意識のうちに駆け出していた。

耳を撫でる風のように、微《かす》かだけども、何故か聞き覚えがあるような声。でも、知っている人の声ではない。

「あっ、おい、レイ！」

駆け出した俺に制止をかける親父の声が聞こえていた。

でも、どうしてかその時、俺は止まらなかった。止まってはいけないと思った。

俺は燃え尽きたドラゴンの死骸を乗り越え、その先にある茂みへ――手を伸ばす。

伸ばした先で、ガサガサと茂みが揺れ、その中から黒い物体が飛び出してきた。

「ピイィ」

それは――竜だった。

真っ黒な体に、手に乗るほど小さな体。その体には、粘ついた液体がついていて、虚《うつ》ろにも見える力のない目はまるで寝起きのよう。

「ピィ？」

手の上で、小さな幼竜が首をコテンと傾げた。それはまるで、呆然とする俺を気遣っているかのように見えて……

どうしよう……物凄《ものすご》く可愛い。

俺はその仕草に完全にやられていた。

だから、俺はその小さな竜を手に乗せたまま振り返り、自然と口にしていた。

「この子飼っていい？」

いずれは先ほどの竜のようになるであろう竜を飼う？

愕然とし、俺と幼竜に交互に視線を送るシャラ姐とウルケルさん。

自分でも何を言ってるんだろうと思ったが、それに対する親父の答えは——

「——もちろんだ」

お願いした本人よりも迷いがなかった。


——その夜。

『この親にして、この子ありだな』と大層失礼なお言葉をウルケルさんから頂戴しつつ、母さんの待つ家へとペットとなった幼竜を連れて帰った。

怒られる覚悟はしていた。でも、俺たちの懇切丁寧な説明《いのちごい》の甲斐あって、母さんは渋々ながら、幼竜を飼うことを許してくれた。

それで、安心したのも束《つか》の間《ま》。

母さんが俺と幼竜が戯れているのを余所に、すぐ戻ってくるからね、と普段の一〇倍ぐらい優しげな顔で親父を連れて外に出ていった。

その時の親父は、脂汗たっぷりで目が死にかけていた。

聡《さと》い子供である俺は悟った。これから行われるであろう惨劇を。

「待ってくれ、母さん！　父さんは何も悪くないんだ！　俺がお願いして、父さんはそれを許してくれただけなんだ！

だから、怒るなら俺を叱って！」

そう、心から母さんに懇願できれば、どんなに良かったことか。

けど、ごめんなさい。言えませんでした。

言い訳はしません。怖かったんです。あの明らかに怒っているのに、ニコニコとした笑みを崩さない母さんが。

そして、若干震え出す竜殺しの親父を見て。

「うん、いってらっしゃい」

俺の口から出たのは、お見送りの言葉でした。

でも、さすがに気になって、僅かながら親父を救わなければという使命感に駆られて、俺は幼竜を連れて二人を探して、村の広場に来た。

そこにいたのは、顔を引き攣らせながら十字架に磔《はりつけ》にされる親父と、青白い炎弾を山のように背後に控えさせて立つ母さん。

「私はね、色々とあなたに言いたいことがあるのよ。ねぇ、わかる？」

「あっ、はい」

親父は敬語だった。

「そう、なら、何に私が怒ってるか、言ってみて」

「そ、そりゃぁ、やっぱり竜を連れて帰ってきたことだろ？　でもよ、レイの望みはできるだけ叶えてやりてぇじゃねぇか。お前ェもそうは思わねぇか？」

親父ィィイッ！　何も考えてないようで、そんな風に思っててくれたなんてっ……！

すまない、俺は今からでもあんたを助けにっ――

俺は親父の救出のため意を決して、変わらぬ笑顔のまま佇《たたず》む母さんを見た。

「――だけ？」

ごめん、やっぱ行けない！　動かねぇよ、足が震えて動いてくれねぇよ！

「私が怒ってるのはね……」

炎玉が一つ、弾丸のようなスピードで親父の頬を掠めた。

「一つ……どうしてAランクの依頼なんて危険なものにレイを連れていったの？」

逆の頬を先ほどと同様の速度で、炎玉が掠めた。

「二つ……よりにもよって竜なんて、あなたは昔痛い目にあったのを忘れたわけ？」

残り全弾がレディクの腕、足、首といたる所を掠めた。

「三つ――いつの間に、女の子の弟子なんか取ったのよッ！　聞いてないわよッ！」

……どうやら俺はこの件に関して、あまり関係なさそうです。

たぶん何度聞いても、三番目の割合がかなり大きそうなので、俺はこの辺で失礼しようかと。

そう思い、空中待機する散弾の数々に背を向け、立ち上がったその時――颯爽《さっそう》と勇者は現れた。

「これこれっ、お前たち二人は、こんな夜中に何をやっとるかっ！」

その勇者の名は、ソン・チョウ。またの名を村長という。

「あら、村長さん、こんばんは。今、レディクにお仕置きをしようかと、思っていたところなの。騒がせてごめんなさいね」

「待て待て待て、何があったかは知らんがの、少し落ち着けい。夫婦喧嘩で、手を出すのは良くなかろう」

ソン・チョォォォォッ！

俺は彼の勇気ある行動に感動した。たぶん、それは俺だけではない。いつの間にか集まってきていた村の男たちが、特に怖い奥さんを持つ男たちからの村長コールが鳴り止《や》まない。

しかし。

「口で言ったことを、あの人が覚えていると思いますか？　自分が死にかけたことさえ、覚えていないんですよ？」

「…………十中八九忘れるだろうの」

「おい、そりゃねぇだろ、ジジィィッ⁉」

磔にされた親父の悲痛な叫びが、コールを打ち消すように響き渡った。

「そういうわけで、村長さん。それと、夜遅くに騒がしくてしまい、ご迷惑をかけてしまった皆さん。一度しか言わないからよく聞いてくださる？　――避難するなら、今だけよ」

「――すまぬな、レディク！　こんな時に腰痛じゃ！　帰って療養せねば！　歩くこともままならん！」

「おい、待て、ジジィィ！　思いっきり走れてんじゃねぇか！　他の奴らも、一斉に逃げてんじゃねぇ！　誰か一人くらい、残る奴はいねぇのか⁉」

村長完全敗北。村の男どもは、一斉に家に逃げ帰った。

「さぁ、反省しなさい、馬鹿レディクッ！　今度こそは、忘れさせないわよッ！」

それは後に、村の中でこう語られることになる惨劇。

――燃える十字架事件。

雨あられのように降り落ちる青い炎。その火の夜に、村の広場は一日でその姿を変えた。

夜の闇より黒い墨で覆われた大地に立つ金髪の魔女。

俺はそれを建物の陰から見て、心に刻んだ。

母さんに逆らってはいけない。あの人の言うことは絶対だ。

その日、俺は絶対の服従を誓った。

<table>
<tr><th>名前：レイ</th><th>種族：人間（幼児）</th><th>年齢：4歳</th></tr>
<tr><td>レベル：99</td><td>生命力：362</td><td>魔力：873+200</td></tr>
<tr><td>筋力：332+80</td><td>体力：311+40</td><td>敏捷：324+60</td></tr>
<tr><td>耐久：271</td><td>器用：526+100</td><td>知力：514+220</td></tr>
<tr><td colspan="3">通常《ノーマル》スキル：【観察】【百里眼】【真眼】【魔力操作】
【魔力感知】【身体制御】【空中制御】【身体強化】【絵描き】
【作製】【計算】【思考超加速】【役者】【忍び足】【俊足】【空間】</td></tr>
<tr><td colspan="3">希少《レア》スキル：【空間探索】【アクロバティック】【エアロバティック】</td></tr>
<tr><td colspan="3">魔法《マジック》スキル：【火魔法Ⅱ】【水魔法Ⅱ】【風魔法Ⅱ】【土魔法Ⅱ】</td></tr>
<tr><td colspan="2">固有《ユニーク》スキル：【経験蓄積】</td><td>蓄積量：79,513【○\°　%#】</td></tr>
<tr><td colspan="3">称号：【@&☆$】【怒れる魔女の忠犬】</td></tr>
<tr><td colspan="3">新スキル効果：【身体強化】　肉体を一時的に強化する。効果は小さい。
【エアロバティック】非接地条件において、高い運動性能を得る。また、筋力、体力、敏捷が20上昇。
【火魔法Ⅱ】【水魔法Ⅱ】【風魔法Ⅱ】【土魔法Ⅱ】
各属性魔法の操作性と威力の向上。
また、魔力が一属性につき50上昇。</td></tr>
</table>

6 シエラ村のお祭り

──夏。

何を置いても、暑さが先に立つ汗の絶えない季節。人は少しでも涼しく過ごそうと、日陰に籠もったり、家屋の風通しを良くしたりと、暑さを避ける努力をする。しかしながら、このうだるような暑さを作り出している太陽からの贈り物は、皮肉なことに植物たちにとっては大変ありがたい命の源となっているようで、村の周りに広がるだだっ広い草原は、今や日照権の奪い合いで荒れ放題。人や馬が踏み慣らした道は、まるで緑の壁に挟まれているかのようである。

しかし、それが逆に良いコントラストになって、緑の大地から青い空に道が続いていくような、どこか幻想的な風景を作り出している。

そんな風景を上から一望できる木の枝に、俺は腰を下ろしていた。

「……ダメだな。魔物が、全然いない」

「僕もそれらしいのは、見えないなぁ。草に隠れてるのかな?」

葉に身を隠すようにして、暑さを和らげながら、村の外を見下ろす俺の隣には、幼馴染で悪友の、ディクルド・ベルステッドの姿があった。

「いや、隠れてるんじゃない。スキルを使って探索してもいないから」

「便利だよね、レイのスキル。僕も教えてもらって使えるようにはなったけど、まだ全然ダメだよ」

「スキルの鍛え方が甘いんだよ、お前は」

周囲の動きを感知する【空間】は、その熟練度に応じて感知可能な範囲が増大する。初期からそのスキルを有していたこともあり、【空間】のスキルは今や俺の持つスキルの中では、一、二を争うほどに卓越しており、今では何百メートル先でも間近で見るのと変わらぬ精度で知覚できるまでになった。

だが、そんな超広範囲の探索スキルをもってしても、魔物と思わしき、存在を確認できない。ダメ押しに、俺の知識にあるものに限り、【空間】の領域内にいくつ存在するかなどの検索をかけられる【空間探索】のスキルも合わせて試してみたが、やはりヒットしない。

まぁ動かない石ころならまだしも、動きのある魔物なら、【空間】だけで十分わかる。ここらには本当に魔物一匹いないのだろう。

「暑くて死んじゃったのかな?」

「魔物もさすがにそこまで馬鹿じゃないだろ。たぶん水場のあることとか、木陰の多い山に引っ込んだよ、俺たちみたいに」

「そっか！　だから、いなんいんだ。レイは頭いいね！」

ポンと手を打ったディクは何でもない考察をすごいと褒めてくるが、魔物が夏の暑さで干からびて死ぬくらい間抜けなら、わざわざ街を要塞化したりはしないだろう。

魔物がどれほどの知能を持っているかは定かではないが、絶滅していない以上、必要最低限の本能は持ち合わせている証拠だ。

ならば、夏の季節、水場の近くに狩場を移動するのは自明の理。それを避ける意図があるのか、川や湖などの水場にも魔物がいるからなのかはわからないが、村の周りには水場が一切ない。ないからこそ、夏に限らず村にまであまり魔物が出てこない。

厳しい世界に生きる人間の知恵だな。

なくても、魔法があるこの世界では生活用水などはどうにでもなってしまうからできてしまう暴挙とも言えるけれども。

しかし、今は都合が悪い。

「撒き餌でもあれば楽なんだけど……サメでもないし、血の匂いじゃ無理だろうなぁ」

「血って……怖いこと言わないでよ、レイ。でも今更だけどさ……僕らこんなことして怒られないかな？」

「何で？」

ポツリと不安げに零したディク。俺は、即座に理由を聞き返した。

「えっ……だって、魔物と戦うんでしょ？　絶対怒られるよ」

「お前何言ってんだ？」

いったい何を言い出すのかと俺は、溜息を吐く。

そして、ディクの肩を叩き、吹き込んだ。

「ディク、大事なことだから覚えとけ。悪いことをしても、バレなければ怒られないんだ」

「悪いことなんだね、やっぱり！　僕、嫌だよ！　怒られたくないよ！」

ほう、これで惑わされないとは、君も成長したではないか、ディクくん。俺の言うことは何でも信じてくれた昔が懐かしい。

「まぁまぁ落ち着けよ、ディク。今のは俺の言い方が悪かった。別に、俺たちのやってることが悪いことなんて言ってないだろ？　ちょっと聞くけど、お前は親に何をしたらダメって言われてる？」

「えっ……それはね、えっと、暗くなる前には家にいなさいって、あと村の外は危ないから出たらいけないって、それと他の人を傷つけたり、泣かしたりしたらダメだって、言われたよ」

なるほど、だいたい俺と同じだ。

「じゃあ、ディク。上を見てみろ」

「うん、見たよ」

「どうだ、空は暗いか？」

「えっ？　明るいよ、だってまだお昼ご飯を食べたばっかりじゃないか」

「だろ？　じゃあ、次は下を見てくれ」

「うん」

ディクは真上に上げていた顔を、今度は下に向けた。

「そこに木の柵があるだろ？」

「うん、あるね」

「その柵の向こう側が、村の外ってわけだ。で、俺たちは村の外と中どっちにいる？」

「それは中だけど、出ようと思えば出られるね。……あっ！」

ディクは何かを思い出したように声を上げた。

「僕、もう一つしたらダメって言われたことがあったよ！　だいぶ昔に言われたから忘れてたけど、レイみたいに家出したらダメだよって言われたことがあったよ！」

「それは、今は関係ないから忘れていようか」

できれば永遠に。もう思い出せなくてよろしい。

「それで、話を戻すけど、残りのやったらダメって言われてることは、人を傷つけたり、泣かしたりしないってことだ。ここで問題。俺たちが今やろうとしてることは？」

「魔物を見つけて、それをどっちが先に魔法で仕留められるかの勝負、だよね？」

「そうだ、魔物だ。人じゃない」

つまり、魔法でドカンとしてオッケー。何も問題はない。

「わかったか、ディク？」

「うん、レイは屁理屈が言いたかったんだね」

「そうそう、屁理……違うわッ！　俺たちは何も怒られる理由がないって言いたいんだよッ！」

これぞまさに合法。俺たちは何も悪いことをしていない。

それを屁理屈などと……正論すぎて、怒鳴《ご ま か》らずにはいられない。まったく……なんて奴だ。

「まぁとにかくだ。俺たちはやったらダメなことは何もしていない。だから、怒られたらこう言えるわけだ。言われた通り、昼間に遊んで、村の中から人じゃない魔物を倒してましたって！」

「だから、屁理屈だよね、それ」

まだそれを言うか。ディクは呆れた目をして言ってきた。

よし、だったら俺にも考えがある。

「じゃあ、この勝負は俺の不戦勝な」

「えっ、それは嫌だよ！　普通になかったことにしようよ！」

「嫌だよ、お前が新しい勝負がしたいって言うからせっかく考えてきたのに、やらずに文句だけ言うんだもん」

これ以上ないほどに恨めしい目でディクを見てやった。それも、煽るようにディクの負けず嫌いの性格を刺激して。

「うヴぅ……じゃあ、今日だけ、今日だけだよ！　もう二度としないからね！」

「よしきた！　さすがディク！　話《チョロい》がわかるな！」

とうとう折れたディクに、俺は心の中で思った。

——俺の勝ち。

木陰に隠れて待つこと、数時間——

「ねぇ、まだ見つからないの、レイ？　僕なんだか、飽きてきちゃった」

【空間】スキルを使って、しらみつぶしに目の前の草原の探索を続けていた俺は、正式な勝負になってから一度も魔物を発見できていなかった。

「我慢しろよ、これでも限界まで範囲を広げて探してるんだぞ。それでもいないんだから、このあたりには本当に魔物がいないんだよ」

以前、村の外に出た時は、割と簡単に見つかったのに、今日は本当にいない。俺の【空間】は、村全体をカバーできるほど広範囲になっているのに、それでも見つからないとなると、この暑さに相当まいっているとみた。

「もう諦める？」

「その場合、俺の不戦勝ってことに……」

「やっぱりもうちょっと頑張ろう！　うん、夕方になって涼しくなったらきっと出てくるよ！」

なるほど、と俺は頷く。

もちろんそれはディクの扱い方ではなく、夕方になって気温が下がればの方に、ではあるが。

「長丁場になりそうだ」

日の入りはまだまだ遠い。

缶コーヒーでもあれば、張り込みみたいな雰囲気が出て、その場限りのモチベーションぐらいは保てるだろうが、そんなものがここにあるはずもない。なので、喉の渇きを癒すのに水袋に入った味も何もない純水を飲みながら、魔物が現れるのをただ待つ他ない。

まぁ……暇だな。

そんな風に手持ち無沙汰になっていた時。

「ピィイ」

笛の音のような声が聞こえてきて、ふと後ろを振り向けば、村の居住区の方から、一匹の黒い幼竜が飛んできていた。

今年の春から我が家の新しい家族になった、今も赤子同然に小さい黒竜である。

名前は、ハク。俺が名づけた。何で、白《ハク》と真っ黒な見た目に正面から喧嘩を売るような名前にしたかというと、名前にささやかな願いを込めたからである。

竜と人との関係は、良くも悪くも不可侵が基本らしい。竜と人は、住む場所が明確に分けられているそうだ。しかし、どこにでもはぐれ者というのはいるようで、そういった生息地を離れて暮らす竜もいる。

こういったはぐれ竜は、人に友好的な竜か、そうでないかで大別できる。

前者の多くは人語を操る成体となった竜――いわゆる成竜が多く、彼らは一体で一国の軍に匹敵する強さを持つため、好んで争うという人間はいない。そのため、交渉して些《いささ》か竜寄りではあるものの、友好的な関係を築けている地域も少なくはないそうだ。

逆に、後者は人の言葉を扱えない場合が圧倒的に多い。人を捕食対象としてしか見ていないため、覚える気がないのだ。だから、戦う以外に取れる道はない。

丁度、親父が倒したリトルドラゴンのような竜だ。

で、話は戻るわけだが、人と共に暮らすハクもまたはぐれ竜である。そんなハクには人と敵対するような竜にはなってほしくない。

だから、単純なイメージの話、黒竜は邪竜っぽいが、白竜は良い竜っぽいという理由で、ハクと名づけた。

ハクは、フラフラと覚束《おぼつか》ない飛び方で、一生懸命に木の上にいる俺の下に向かってやってくる。その姿はなんともいじらしくて、愛らしい。

俺はハクに向かって手を伸ばした。

「まぁた、お前は俺のこと探しに来て……フラフラ飛ばれたら、心配だから、大人しく家で待っててくれよ」

「ピィ！」

俺の心配はよそに、ハクは伸ばした手の上にチョコンと着地して、嬉しそうに鳴いた。

「今日はもう寝なくていいのか？」

「ピィ？」

俺が聞くと、ハクは首を傾げた。よくわかっていない様子である。でも、代わりに俺の指をペロペロ舐めて、それから欠伸《あくび》をして俺の頭の方を見ながら、ピィと鳴いた。

「ほら、まだ眠いんだろ。まったく仕方のない奴だな」

そう言って俺は、指でハクを小突くと手を頭の上に持っていって、乗せてやる。

ハクのお気に入りは、生まれたての頃からずっと俺の頭の上だ。まだ小さいこともあって、ハクの一日は八割以上が睡眠で構成されているが、その二割程度は俺の頭の上が寝床である。俺は別に頭に最新鋭の布団も枕も備えているわけではないのだが、ふと起きて俺がいないと、まだちゃんと飛べもしないのに、こうやって匂いを辿って俺を探しに来るのだ。

可愛いが、心配なのでやめてほしいというのは、最近親心に目覚め始めた俺の心境だ。

「それにしても、お前はちっとも大きくならないな。エサが悪いのか？」

「ピィ？」

頭にのしかかる重さは、生まれたての頃と殆ど変わらない。毎日三食キッカリ食べさせてはいるのだが、あのリトルドラゴン、あれでも成体ではないらしいが、同じぐらいの大きさになるまでに一〇〇年単位かかりそうなほど、成長が見られない。

よく寝る子は育つと言うが、どうやら竜には当てはまらないらしいというのは、この数ヶ月でわかった竜の生態だ。

「ねぇ、レイ。ハクが来たってことは、ミュラおばさんたちが捜しに来ないかな？　来たら、怒られちゃうよ」

「大丈夫、大丈夫。何だかんだいつも俺のとこに飛んでくるから、母さんたちは見て見ぬ振りをしてるよ、最近は。飛ぶ練習には丁度いいしな」

飛ばない竜はいない。いつまでも過保護にしたら、ダメというのは、俺に激甘な母さんの言葉だ。時に厳しく、時に優しく、親は見守らなければならないのだという。

なるほどと、俺は毎日グータれる親父の尻を蹴飛ばし、仕事に行かせる母さんを見て思った。

「まぁだから捜しには来ないから大丈夫だよ」

「でもさぁ……」

チキンなディクは不安そうに、食い下がる。

「わかったわかった。そんなに心配なら、ハクに手伝ってもらおう。ハク、匂いで誰か来たら教えてくれ」

「ピィ～」

「なんか眠そうな返事だな……」

「だ、大丈夫かな?」

話が通じているのか、通じていないのか、よくわからない微妙な返事。

最強種だから、きっと人間の言葉を理解できると思うのだが、まだ生まれて数ヶ月の幼竜には厳しいのかもしれない。

自分の名前はわかっていそうだが。

「まぁ大丈夫だろ。最強種なんだ。やる時はやってくれるさ」

「その時々レイが言う『最強種だから』っていう根拠がどこから来てるのか、僕はよくわからないんだけど……」

何を言う。ドラゴンといえば、古今東西どころか、世界を超えて最強の代名詞になっていると言って過言ではない存在だ。

実際、成長した竜は人語を操るという。人にできて、竜にできないことはない。だって、最強種だから。

これくらいのことは朝飯前さ。

「じゃあ、ハク頼んだぞ」

「ピッピィ」

「いや、誰が髪に噛みつけと?　ベタベタになるし、痛いから……ってぇ!　ちょ、グルグルすんな、その状態で!　抜

ける っ、抜けるっ！　おいっ、やめろっ、ハゲるだろうがっ！」

「ほら、絶対わかってないよ」

ディクの疑いの目がさらに強まったような気がしたが、俺は最強種だから大丈夫だと、ディクをちょろまかした。

スー、スー、という小さい寝息が聞こえ始めて、数時間。

ただ待つだけという苦行に耐える俺たちは、その寝息に眠気を誘われていた。実際、ディクはウトウトし始めていて、とても危なかっしい。そろそろ諦める頃合いかもしれない、とそんなことを考え始めた時、眠そうにしていたディクが、ポツリと零した。

「……僕ね、騎士になりたいんだ」

「急にどうした？」

「ああ、うん。眠いから、話でもって……」

ディクは目を擦《こす》りながらも、頑張って起きようという意思を示した。俺も暇で眠気は感じていたので、それに乗っかることにする。

「騎士って、何をするんだ？　街の警備か？」

「うん……それも、あるね。でも、もっと大変で、立派なお仕事なんだよ。この国の人を、守るのが騎士の仕事なんだ」

ディクの話を掘り下げると、はにかみながらも遠慮して様子見でもするように、視線をこちらに寄せながら、顔を俯《うつむ》かせた。

何だか、いつも真っ直ぐなディクらしくない。

「それで、騎士になって、お前はどうしたいんだ？」

「僕は、父さんみたいな強い人になって、みんなを守れる騎士になりたいな。なれる自信はないんだけど、頑張りたいんだ」

「なれるさ。まだ四歳で、そんなにちゃんとした夢を持ってるんだから」

というか、冗談抜きにディクならいつか騎士団長にでもなれてしまうと思う。何故か、本当に何故か、ディクは時折、自信なさげに『僕なんか……』みたいなネガティブさを発揮させるが、ディクの戦闘に関する天性の才能は俺が保証する。

それは、馬鹿みたいに負けん気が強いからとか、勝負が三度の飯より好きだからとか、そんな副次的なものでなくて、客観的に見てディクは俺が知るどの子供よりも優れているからだ。転生チートと夢の知識を持つ俺が、ディクにだけは勝ち越せない。これで自信がないとか、面と向かって言われたら、俺の立つ瀬がないだろうに。

「自信を持ったらいいさ。お前は強い。これからもっと強くなる。必ずお前の思う騎士像に、いつか届くさ」

「うん……」

「だぁっ、何でお前そんなに自信ないんだよ？　自信持てよ。自信ない騎士なんて、カッコ悪いぜ？」

励ましても俯いたままのディクに、俺は少し発破をかけてやるつもりで言った。すると、ディクはようやく顔を上げて。

「…………あのさ」

「ん？」

「もし……レイがなりたいものないなら、一緒に騎士にならない？　僕、レイ以外に友達いないし……ずっとこうやって、勝負していけたら、強い騎士になれると思うんだ。だから、その……一緒に騎士を目指さない？」

さっきから俯いていたのは、ずっとそれが言いたかったからなのか、どこか縋るような目で、ディクは一緒に騎士にならないかと誘ってきた。

その誘いを聞いて、俺は頭の中でふと騎士になった自分を思い浮かべた。

重厚な鎧《よろい》を着て、ディクが思い浮かべるような人々の盾になる自分を。

「いや……無理だな」

おそらく勝手な思い込みとか、偏見とかそういうものが多分に含まれた想像だったのだろうが、それを考慮しても、試しに騎士になってみてもいいかなとは、まったく思えなかった。

それはやはり――

「俺は、冒険者になりたい」

あの網膜に焼きついた火の熱が、未だにこびりついているから。

ディクが騎士に憧れたように、俺は冒険者に。

あの馬鹿でグータラでダメダメな親父だけど、本物に憧れたから、それ以外になりたいとは、いくらディクのお願いでも、思えない。

「……そっか」

ディクはちょっぴり寂しそうに、無理して笑った。

「じゃあ、あと二年と少しでお別れだね」

「お別れ……？」

「うん……騎士になるためには、七歳から騎士学校に行かないといけないんだ」

「……そうか、七歳からか」

随分と早い。その歳ならたぶん、ディクのように夢を抱いて騎士になろうというのは少数で、殆どが親に言われて騎士になるようなものではないか。

何だかそういうのは、嫌だな。自分の道は自分で決めて歩きたい。

窮屈な世界で生きる苦痛を知っているからこそ、俺はそう感じてしまう。ディクに言ったところで、それは理解してもらえないだろうし、ディクがなりたいものになるために、騎士学校に行くというのなら、それに口を挟むのは余計なお世話を通り越して、押しつけというものだ。

引き止める気はなかった。

でも……

「……寂しくなるな」

七歳までは、あと二年と半年ほど。

俺にはその年月がとても、短く思えてならなかった。

「騎士学校に行くには、試験を受けなきゃならないんだ。だから、五歳になったら僕は受験勉強ってものをやらなきゃいけないらしくて、そうなったら今みたいには遊べないかも……」

「そりゃな……した方がいいよ。それがお前の夢なんだったら、俺なんかのことは放っておいて、全力でやるべきだ」

「……うん、そうだね。でも、ごめんね、レイ」

「そこで謝られると、俺にお前以外の友達がいないみたいじゃないか」

まぁ……いないのだが。

という、俺の渾身《こんしん》の自虐ネタは、その場に落ちた何とも言えぬ沈黙に潰された。

ディクは顔を地面に落とし、俺も渾身のネタが潰されたとあっては、すぐに持ち直せるメンタルは持っていない。

だが、それ以上に短い時間、無駄にできる時間はないと頭では思っているのに、いざとなると言葉が浮かんでこなかった。

だから、自然と口を噤《つぐ》んで、思い出したように魔物を探し始める。

すると、この重たい空気を読んでくれたかのようなタイミングで。

「っ――、いた！」

【空間】が、草原で動く生物を捉えた。それも、形状は知覚したことのある魔物に似通っていて。

「いたぞ、今ちょっと見えた！　ゴブリンだ！」

「えっ、本当に!?　どこどこ!?」

「ほら、あそこ。あの草の陰のところ」

「えっ、どれ!?　どれが魔物なの!?」

落ち込んでいたディクも、少し興奮気味に身を乗り出すが、落っこちそうだったので、俺はその首根っこを引っ張って、枝の上に戻した。

「落ち着けって、逃しはしないから。ほら、あそこの草、少し揺れてるだろ？　見えるか？」

「あっ、あれ!?　今ちょっとだけだけど、姿が見えたよ！　わぁ、すごい！　すごいね、レイ！　僕ら、魔物を見つけたよ！」

「一番ポピュラーな奴だけどな」

すごいのは数だけだ。そこにいたのは、どこにでもいる超メジャーなゴブリンである。

でも、子供らしいというか、素直というか、ディクはゴブリンでもこのテンションの上がりようである。

「いやぁ、よかったよかった。見つかっても強すぎたら、勝負にならないしな」

「あの魔物は弱いの？」

「あれ？　お前魔物を見たのは初めてか？」

ゴブリンすら知らないとは、どこの田舎者だ、君は。

あっ、いや、逆か。外壁で囲まれた街中で暮らしている人ほど、魔物を見る機会はなさそうだ。

つまり、どこの都会者だ、君は。

「ううん、前におっきいのなら見たことあるよ。でも、あの魔物は初めてかな？」

「普通逆だと思うけど……まぁ弱いよ。十分倒せる。あれは、ゴブリンっていうんだ」

「あっ、それなら聞いたことあるよ、僕！」

よかった、俺と同じ田舎者で。とても安心した。

「じゃあ、ディク、勝負だ。ゴブリンは見えてるよな？」

「うん、もちろん」

「よし、なら、この葉っぱが地面についたら、スタートだ」

俺は【空間】のスキルを切断した。

公平にいかねばならない。ズルして、四歳児に勝ったとか、そんな情けない勝利などいらない。

俺は、正々堂々――ディクに勝つ。

俺は枝から引きちぎった一枚の葉っぱを、手から離した。ふらりふらりと、読みにくい軌道で落ちていく木の葉。

俺とディクは、その葉とゴブリンを注視しながら、その時を待った。

「――ファイアボールッ！」

「――ロックランスッ！」

木の葉が地面へとついた瞬間、一斉に自分が得意とする魔法を発動。そして、速攻でゴブリンに向けて、それをぶっ放した。

初期加速は、ほぼ同じ。平行に飛んでいく、火球と岩槍《がんそう》。速度の乗った火球は風に揺れ球形を僅かに崩すが、先の尖った槍はその先端で空気を掻き分けて草原を猛スピードで飛び抜けた。だが、速度が上がれば上がるほど、遠のけば遠のくほどに、如実に飛行速度に差が現れる。それは、魔力操作の練度というよりは、空気抵抗の差で、僅かながらにその抵抗で速度が低下した岩槍は、火球に後れを取る。

そして――火球が背後からゴブリンを飲み込み、そして、数秒遅れて岩槍がその胸を貫いた。

よしッ！

俺は手を握りしめ、宣言した。

「俺の勝ちだな」「僕の勝ちだね」

…………………はぁ？


「いや、ディク。今のはどう見ても、俺の勝ちだったろ。ひょっとして、見えてなかったのか？」

「いや、ちゃんと見えてたよ。僕の魔法が、ゴブリンの胸を突き刺したのを」

「だったら、先に俺の魔法が当たったのも見てただろ？　この勝負は俺の勝ちだ」

「早く当たっただけだよ。この勝負は、どっちが魔物を早く仕留めるか。僕の魔法が当たってから魔物は消えたんだから、僕の勝ちだね」

「いいいや、違うね。お前の魔法が当たってから数秒間あいつは生きてた。つまり、俺の魔法がゴブリンを焼き殺したんだ。だから、俺の勝ち」

「違うよ、僕の魔法が致命打になって、魔物は死んだんだよ。だから、僕の勝ちだね」

「いや、俺の魔法が致命打になったんだ。だから、俺の勝ち」

「いいいや、僕の魔法だよ。だから、僕の勝ち」

ディクは一向に己の負けを認めようとしない。

何て負けず嫌いなやつなんだ。

俺とディクは頭を突き合わせ、どちらも一歩も譲らなかった。

「いい加減にしろよ。だったら、今から剣で決着でもつけるか？　俺の勝ちだって、証明してやるよ」

「望むところだよ！　僕こそ、レイを負かして、僕の勝ちだったって証明してあげるよ！」

「よし、じゃあ地面に――」

下りろと、そう言おうとした時だった。

「コレッ、お主ら、そこで何をしとるかァッ！」

怒鳴り声がしてビクッと肩を跳ね上げる。恐る恐る声がした方を見ると、そこには村長がいた。


「「ハクぅぅぅぅぅっ⁉」」


「……ピィイ？」

ハクは欠伸しながら、鳴いた。


――急転直下の大ピンチ。

足を踏み外せば、火山の噴火口に直行するような、綱渡りの状況。だが、火口に転げ落ちた今、脱出するには、この危ない道を歩みきるしかない。

ならば今こそ、俺は断固として主張しよう。


「俺は母さんたちの言いつけ通り、昼間に！　村の中で！　人じゃない魔物を！　倒してただけだよ！」


うわっ……本当に言ったよと、ディクが勇者を見るような目で俺を見ていた。そんな彼の前には、腰に手を置き、説教を垂れるラティスおばさんの姿が。

そして、恐ろしいことに俺の前には、ゴゴゴッという背景つきで立つ母さんの姿があった。

鬼バ――母さんは、言う。

「それで、あなたの屁理屈は終わりなのかしら？　他にも、何か言いたいのなら、聞くけれど、レイ？」

「ひっ……ご、ごめなさぁ――――いッ！」

俺はその日、屁理屈はもうやめようと思いました。

その後、俺とディクはこっ酷《ぴど》く叱られ、一週間外で遊ぶことは禁止になった。

遊びたい盛りの子供にはこれ以上ない重い罰。でも、あわや磔の刑かと、ちびりそうになっていた俺は、思わず狂喜乱舞してしまい、反省していないようね、と説教第二弾が始まってしまったのはまた別の話。

――さて。

そんな恐怖の夕刻時を過ごした俺たちは、今日だけは特別と、夜の村に連れ出されていた。

というのも、今日はオリンピック的周期で行われるお祭りの日。悪いことをしたから、と祭りに行かせないのは、母さんたちもさすがに可哀想と思ったのか、今日だけはと、執行猶予をくれたのだ。

べ、別にそうなることを見越して、今日なら失敗しても何とかなる気がするなんて考えの下、実行に移したわけじゃないんだからね！


――ごほん。


えー、そんなわけで、やって参りました祭り会場。

俺とディクが毎日のように遊ぶ広場は、早朝から祭りの準備に追われた大人たちのおかげで、いつもとは一風違った盛り上がりを見せていた。

どこを見ても、人、人、人。この村にこんなに人がいたのかと、思わず唖然とするほどだ。

とりわけ俺や子供たちの心を擽《くすぐ》るのは、出店。いつもは食べられない珍しい料理や、輪投げなどの子供でもできるゲームの数々。どの世界の人間でも結局思いつくものは似たりよったりなのか、日本のお祭りでも見られるような、よく似た内容のゲームを出す店もある。

ふふふっ、テンションが上がるではないか。

日本で見たことがある、つまりは明らかに有利な条件にあるのは俺。

ようやくこの日が来たのだ。魔物狩りはいわば、この前哨戦《ぜんしょうせん》に過ぎない。

俺は、今日ここで、未だに二勝以上離れたことのない戦績を一気に引き離し、ディクとの勝負に決着をつけてやる。

「どうしたの、レイ？　僕の顔に何かついてる？」

「いや、何でもないさ。それより、ディク」

「うん、勝負だね！　どれにしよう？」

ふっ、どれでもいいさ。どのみち勝つのは俺だ。好きに選ばせてやろう。

「ちょっと、二人とも。ゲームは一人三回までよ？」

な、何だとぉぉッ！？

それはねぇよ、おっかさん！

何ということだ、養われているこの身が恨めしい！

しかし、そんな反抗的な言葉を、怒られたばかりで、母さんに向かって言えるはずもなく、ディクもまた駄々をこねず素直に言うことを聞いてしまう子供なので、頷いてしまう。

「じゃあ、一つ目はアレにしようよ、レイ」

そう言って、ディクが指さしたのは、ニワトリレースだった。

ニワトリレースとは、つまりどのニワトリが一番早くゴールするかを当てて、商品をもらうゲームのことであり、言ってしまえば競馬のようなものだ。

つまり、完っ全っな運ゲーじゃないかッ！

しかし、選ばせてやると言ったのは俺だ。今更その発言を撤回するのは、男らしくない。

「よし、勝負だ、ディク！」

昔、バイト先の先輩から聞いた競馬の極意を活かしてやらぁッ!!!


――一〇分後。


「やったぁ！　僕の勝ちだよ、レイ！　すごいね、速いねっ！　圧勝だったね！」

俺は惨敗していた。

チクショゥ……そういえばあの先輩の推し馬に、これならもう働かなくて済む、と全財産を投資して惨敗したんだった。

あの時の二度とあいつの言葉は信用しない、という誓いをどうして忘れてしまっていたんだ……

しかし、まだまだ一敗。今日のゲームはあと二回許されている。もはや戦績を大きく引き離すことは無理でも、大敗は何ともして避けねばなるまい。

となると、次の出店選択にかかってくるわけだが。

「よし、じゃあ次は俺が選ぶ番な」

早口に俺は選択権を奪取すると、水の入った桶《おけ》にボールを浮かべる出店――ボールすくいを指差した。

「あれにしよう」

あれならば負けることはあるまい。幼すぎたせいかやった覚えはないが、誰でも一度はやったことがあるはず。経験は体に染みつくとも言うし、何より【画家】と【職人】という上位互換の器用上昇スキルを手に入れた今、繊細な作業が要求される分野で、よもや人生初体験のディクに負けはしまい。

そう考えた上での、選択だった。

「うん、いいよ」

ディクは、そんな風に軽く了承した。俺が裏で何を考えているかも知らずに。

はっはっは、馬鹿め！ ――いざ、勝負！

俺とディクは、お互いに正面切って向き合った。

挑むは、桶の中。所狭しと浮いているボールだ。

見た目の質感で言えば、日本のスーパーボールとは少し違うようだ。おそらく、木の実を加工して、色をつけていると見た。

俺は慎重に、薄い紙の貼られたよく見るアレ――ポイと日本では言うらしいが、それとよく似たものの縁で、ボールを突いた。コツコツと、スーパーボールのような弾力性はなく、硬い。素早く掬えば、紙が破れてしまいそうだ。

いや……待て。冷静になれ。これは、水に触れていない表だ。

裏はどうなんだ？

水を含んでフニャフニャになっているのではないか？

俺は、慎重にボールを叩き、回転させ裏を突いた。

――コツコツ。

ふむ……どうやら思い過ごしだったらしい。実に硬い実だ。

となると、次の問題はやはりこの紙の質。

こればかりは、濡らしてみないとわからないが、一見したところそう酷いものでもないらしい。紙質は日本と比べるまでもなく酷いが、分厚い。村の祭りらしく、子供に優しい仕様になっているようだ。

これならば、そうそう破けはしないだろう。

だが、油断は大敵。初めてとはいえ、敵の実力は未知数。ここはより、確実を期すべきだ。これ以上の負けは許されない。

俺は、次に様子見に移った。

やはり誰かが実践しているのを見るのが一番早い。とても、上手いとは言えないが、他の子供が実践しているのを観察すれば何か摑めるはずである。

一人の少年が、ボール掬いを始め、その紙が破れるまでの間、俺はその手の先を注視し続けた。

その結果、俺はこのゲームの極意を見抜いた。

そうか……そうだったのか！

俺はそこでディクをチラリと見た。

ディクもまた同じように他の子供のやり方を見て、学んでいたようだが、俺と同じく何か摑めたのか、その目には勝機の光が灯《とも》っている。

さすがはバグキャラ。それでこそ、潰し甲斐《がい》があるというものだ。

いいだろう、いざ尋常に決着をつけようではないか。

俺が会得した極意と、お前が見つけた極意、そのどちらが上なのかをっ！

俺は、祭りの喧騒を払うように、己の手とその先のポイ擬《もど》きに意識を集中させた。

いい感じだ。今なら、どんなものでも掬える気がする。

俺は水面が落ち着くのを待って、意を決して水にポイ擬きを差し込む。狙うのは大小様々あるボールの中でも、一際小さな軽いボール。そして、間違っても多量の水で紙にかかる重さを増やしてしまわないよう、斜めからアタックする。決して横へは動かさない。挙動は最小に、紙を気遣って。

俺は、ボールが最適な位置に来るのを座して待った。

そして、いよいよという時——突如、水面が爆ぜた。

「はっ?」

思わず水を避けるのも忘れ唖然とした俺。ザバァンと頭から水を被り、全身がずぶ濡れになる。

もはや飛び散る水とボールは散弾銃。屋台の壁に穴が開き、運悪くもそれの餌食となったのは俺だけだったが、賑やかだった広場は一瞬にして、静まり返った。

ポツリと、水滴に混じって、鼻血が地面に落ちる。

そんな中、ディクは一人、満面の笑みを浮かべて無邪気に喜び、手を握り締めて声高々に叫んだ。

「やったぁッ、二連勝!」

「反則負けだよ、お前のッ!」

その後、俺が本気でキレたのは言うまでもない。


いったいあいつは何をしたのか。

水ごと桶の中身を全て吹き飛ばしたディクが、今日二度目の説教を賜っている間、俺は母さんに連れられ、家に一度着替えに戻った。

そして、びちょびちょになった服を、新しい服に替えた俺は、祭り会場へと引き返した。

その半ば考える。

子供は時々、恐ろしい。加減を知らない。

ディクもこうやって怒られながら、良識のある大人になっていくのだろうかなどと考えつつ、来た道を引き返すと、案の定ディクはお冠な母上に怒られ号泣していた。

頭を木剣で叩かれても泣かないあいつが珍しい。そんな感慨に耽《ふけ》って、説教が終わるのを見守っていると、見兼ねた村長が近寄ってきた。

「これこれ、楽しい祭りの雰囲気を壊すでない。子供の仕出かしたことじゃ。そう、ガミガミ言わんでも良かろう。のぅ、レディク？」

「何で俺に振りやがるんだ、ジジィ？」

「言わにゃわからんのなら、お主こそ反省が足りとらん。……まぁ、今となっては懐かしいがの。それより、ディクルドはこの馬鹿たれより遥かに反省しとる。せっかくの祭りじゃ。もう許してやれぃ」

「村長さんがそう言うのなら……でも、ディクルド。次同じようなことを仕出かしたら、この程度では済ませませんからね」

「は、はぃ……」

ディクは目を擦り、涙を拭っている。それを見てると、少し寛容な目で見たくなるのは、友達の心情か。

俺は、最後の一勝は譲ってやるかと、大人な気持ちになって――

――やめた。

「ところで、力が有り余っとるようなら、この二人。一つ余興がてら、競わせてみるか？」

それは、ちょっとボールすくい勝負とは話が違ってくる。

祭りの余興――つまりは、人前でやるということ。そこで負けてみろ、周りからディクの方が強いだなんのと、余計な噂《うわさ》を立てられる。

それは、我慢できない。これは、男の意地だ。

「昼間、この二人は、魔物を隠れて狩ってたそうだのぅ。それも、その歳で魔法を使って。そこで二人に魔法で競い合ってもらうというのは、どうじゃ？」

「どうだと言われても……調子に乗ってまた同じことをするキッカケになるんじゃないかしら？」

いやいや、そんなことはないよ、母さん。同じ失敗を繰り返す奴は学ばない奴だ。俺は違う。

今度は屁理屈など言わない。理路整然と、魔物を倒す意義を説こう。

「そうは言うが、明日魔物の大群に襲われないとも限らない世の中じゃ。隠れてやっていたこと自体はこの子ら自身、悪さをしていた自覚があったということじゃから、確かにいかんことじゃ。だがのぅ、この子らのおかげで助かった命もあったかもしれん。一概に悪いこととは言えんからのぅ」

そう、そういうこと。付け加えるなら、魔物を倒すと経験値がもらえる。一石二鳥とは、まさにこのことだ。

俺は村長の言葉に深く頷き、それを見られて『反省しなさい』と頭を軽く叩かれた。

頭を押さえ、またお冠かと顔を上げると、母さんは俺の顔を見て深々と溜息を吐く。

「はぁ……わかりました。私はいいですよ。今、その催しをやろうが、やるまいが、この子はまた仕出かすと確信しましたから」

「そ、そうか。レディクといい、レイといい、苦労するのぅ……儂《わし》としては、他の子供たちの刺激にもなるじゃろうから、魔法で競い合ってほしいのじゃが、どうかのぅ？」

「あら、それなら騎士の試験に丁度いいものがありますわ。ねぇ、あなた？」

そう言って、ラティスおばさんはグラハムおじさんに目を向けた。

「確かに、試験としてならそういうものはある。しかし、齢四歳の子供ができそうなものとなると、私には思いつかない」

「できますわ。ディクルドは、私が直々に教えているんですもの」

その進言に、むっと対抗心を燃やしたのは、何やらどちらの息子の方が強いかで勝負している父親たちではなく、まさかのミュラ母さんだ。

「それなら、レイだってできるわ。だって、私の子だもの」

「まぁ、確かに。ゴブリン程度なら、一撃だったな」

便乗する親父。しばし、両親たちの間で話し合い、もとい言い合いが白熱した。内容はもちろん勝負の内容……ではなく、どちらの息子が優秀かだ。

「よし、では、騎士団方式の試験法で、決めるとしよう。異論はあるまいな？」

「当たり前だ！」

「ええ！」

「もちろんですわ！」

どうやら纏まったらしい。まったくこの親たちときたら。

これも、息子の俺が優秀すぎるせい……あぁ、なんと嘆かわしいことだろうか！

などと、一人罪作りな女性風の演技で遊んでいると、もう一人の罪深き息子がジッと俺を見てきた。

「僕、負けないよ！」

その目は若干まだ赤かったが、その瞳はいつものような火が灯っていた。

闘争心を隠しもしない子供の、でも、男の目だった。

俺はふざけるのをやめて、ディクに正面切って向かい合う。

「俺だって、負けない」

いつだって、受けてやる。この延々と続く勝負が決するまで。

一度たりとも負けるつもりで、挑みはしない。

それが、こいつと俺の間の礼儀なのかもしれないと思ったのは、この時が初めてだった。


「第一種目『属性数』」

さて、いよいよ始まった真剣勝負。本日は、『属性数』『操作性』『威力』の三本立てでお送りしまぁす。っということで、ジャンケンポン。

はい、俺の勝ち。

えっ？　何を出したかって？

文面からのご想像にお任せします。

「二人とも頑張れー！」

「どっちも負けるなよー！」

祭りというだけあって、広場の中央を貸し切った俺とディクの周りには大勢の人集りができていた。時折、村の人間から飛ぶ声援にディクはタジタジだ。俺は芋だと思っているため、通常運転だ。

そんな風にドンっと仁王立ちで構える俺と、しきりに目を動かしオドオドしているディクに、グラハムおじさんが近寄ってきた。

「二人とも、そう緊張するな。本来の力が出せないぞ」

「き、緊張なんかしてない！　ディクだけだよ！」

「ぼ、僕もしてないよ！　そういうレイこそ、さっきから固まってるじゃないか！」

固まってるのではなく、構えているのだ。それがわからないとは、やれやれだ。

芋だ、芋。周りは全て芋なのだ。芋に囲まれて、俺が緊張しているはずがない。

だというのに、ディクは俺の方が緊張しているのだと言い張る。この野郎、と思わず俺も反撃し、ギャー、ギャーと言い合いに発展した。

「フッ……」

顔を突き合わせ張り合う俺たちを見て、グラハムおじさんは意味深な笑みを零す。

「二人とも、その決着はこの勝負で決めたらどうだ？」

「「それっ！」」

俺とディクは、思わずその提案に唸《うな》った。

毎日のように遊んでいる俺たちは、互いに使える魔法の属性ぐらい知っている。結論から言えば、それは基本属性の四つ。

つまり、普通にやればこの勝負は、引き分けるのだ。

故に、緊張している方が負けるというのが道理。俺はもちろん通常運転なので、失敗などするはずもないが、ディクはきっと緊張でミスをするだろう。

この勝負はいただいた。

「では、始めるとしよう。まずは、小手調べだ。好きな属性を一つ使いなさい」

……結論から言おう。

引き分けた。

それすなわち、あれほど緊張していたディクと俺が同じぐらい緊張していたということだ。納得がいかない。

勝負が始まった途端、持ち直しやがって。まったくあいつはどこまで負けず嫌いなんだ。

そんな不満を抱えながらも、逆にそれを闘争心に変え、俺は次の種目へと意識を切り替える。

「では、第二種目『的当て』を始めます」

司会は、代わってミュラ母さん。

そして、俺たちが狙う的は――

「――さぁ来い！　当てる場所によって点が変わるから、よく狙えよ、二人とも」

いや待て待て。

「えっ、丸い的じゃないの？」

「馬鹿野郎、実戦形式だ！」

「違う、勝手なことを言うな！　どれだけ正確に人体の弱点に魔法を上手く当てられるかを見る試験だ。レディクは動くのも禁止だ」

それなら、せめてカカシにしよう。実の父に平気で魔法をぶつけられるほど、俺は反抗期ではない。

その旨を親たちに伝えると。

「心配はいらないわ、二人とも。レディクは、多少本気で魔法をぶつけても、擦り傷も負わないぐらい頑丈なのよ」

確かに、あなたは遠慮もなしにぶち込んでいましたもんね。

「さぁ、遠慮はいらねぇ！　全力で撃ち込んでこい！」

手を広げて大の字に立ち、あまりに無防備な体勢で待ち構える親父。

はてさて、どうしたものかと、俺はディクと顔を見合わせる。ゴブリンとはいえ、一撃で魔物を殺したことのある魔法を人に向けるのには、抵抗がある。ディクもまた、躊躇《ためら》っているようだった。

「……確認だけど、本当に大丈夫？」

「大丈夫だ。この男は、マグマの中を平気で泳げるぐらい頑丈だ」

「いや、それはさすがに火傷しちまうぜ、がっはははッ！」

なるほど、あの折檻《せっかん》受けてケロッとしていたのは、母さんが手加減していたからではないらしい。むしろ本気で撃ち込んで、やっと罰になるぐらい我が父レディクは人間をやめなさっているようだ。

あるいはこの世界の人間は、全員そうなのかもしれないが……よくよく考えてみたら、齢四歳でオリンピック選手もビックリな身体能力を持っている俺とディクも大概人間を卒業してしまっている気がする。

そう考えると、あの竜を倒した親父が俺の魔法如きでどうにかなる気はまったくしなかった。

「……じゃあ、俺からやるよ?」

カルチャーショックから脱した俺は、まだショック状態のディクに代わり、先に実戦してみることにした。

「ウォーターボール」

魔法の指定はされていなかったため、俺はファイアボールの水バージョンを選択した。火や土は痛そうだし、風は肌を切ってしまう。その点、消火や水汲《く》みに使われる水球はずぶ濡れになるだけで、安全だ。

魔法の操作性を見るだけなら、これでいいだろう。

「いくよ」

一応合図してから、俺は手を親父に向けて押し出すように動かした。それにつられて、俺の頭の横あたりに浮かんでいた水球が動きだす。

狙いは、親父の胸。人体の弱点である心臓を狙う。

バシャア――――!

操作は完璧だった。遠慮がちながらも、正確に狙い通りに親父の胸に当てた。

「ふむ、操作性は悪くはない。速度も及第点、と」

どうやら、採点はグラハムおじさんがするらしい。割と本格的に何かを、書き込んでいる。

「次、ディクルドがやりなさい」

「う、うん」

ディクは、父親に急《せ》かされて、深呼吸してから魔法を発動させた。

「ロックボール」

ディクが発動したのは、土属性バージョンの球。

まぁ、四歳の子供に安全な属性を自分で考えて選べというのも難しい。ひょっとしたら昼間も使っていたし、ディクは土魔法が得意なのかもしれないし、恐る恐るゆっくり動かしているので、威力はさほどでもないだろう。

ただ——

「……ディク。お前どこ狙ってんの？」

「えっ？　弱点っていったら、股間じゃないの？」

ディクはとことん無邪気な子供だった。

この後、目前まで迫ったそれに『おいおい』と青ざめた親父。そして、思わず動き出そうとした親父に、動くなと鬼の命令を下すグラハムおじさん。

最終的に、男性陣がサッと股間を引き締め、女性陣が顔を背ける中、何故か最後に急加速したそれに、親父が悶絶《もんぜつ》したことは言うまでもない。

子供って恐えぇぇ！

「では、最終種目『威力』」

先ほどの的当ては、操作性を競うものであったので、威力は度外視していた。その分、ぴょんぴょん飛び跳ねるぐらいで済んだが、今度はそうもいかない。さすがに次の的は人ではないだろう。

「次の的の役は私がやる」

……っというのは、甘い考えだったらしい。

次の的は、グラハムおじさんだった。

「でも、威力だよ？」

つまり、全力だ。魔法の初歩の初歩であるファイアボールなどとは、話が違う。ゴブリンなど歯牙にもかけない、人を殺し得る魔法だ。だが――

「心配はいらない。古典的だが、騎士団でもこれを取り入れている。昔はよく、これで部下を厳しく採点したものだ」

グラハムおじさんは、昔を懐かしみ、何ということはないという様子で、その場に立ち続けた。ふと、視線を横に逸せば、我が子が人に向けて魔法を放とうという時に似つかわしくない微笑《ほほえ》みを浮かべる母さんと、視線でやってやれと煽る親父がいた。

……まじか。こいつらまじか。

うちの親たちは、どっか頭のネジがぶっ飛んでる気がしてたが、騎士団までそうなのか。いや、まぁ剣で言えば模擬戦みたいなものなのかもしれないが、いくら何でも、子供だと舐めすぎではないのか？

などと、またカルチャーショックを受けていると、シャツと短パンだけだった親父と違い、グラハムおじさんは近くの木に立てかけていた盾を手に取り、構えた。

大きな盾だ。縮こまったら、大人一人隠れられるぐらい大きい。

造りは縦長の五角形。下のとんがった部分は、地面に容易に突き刺せそうな具合だ。おそらく地面との摩擦で威力を殺せる仕様になっているのだろう。

グラハムおじさんは、盾の上から顔を出して、言った。

「的は、多少外れても心配する必要はない。私が合わせる。二人は、全力で魔法を撃ってきなさい」

盾って……すごい。何というか安心感違う。

全力で魔法を撃っても、大丈夫な気がしてきた。少なくとも、普段着の人間に向かって打つ時よりは遥かに安心できる。

「じゃあ、俺からいくよ？」

俺は細く息を吐くと、木剣に魔力を集中させた。木剣が俺の魔力の色――赤に染まる。

それは、特段珍しい光景ではなかった。誰もが一度は目にする機会があるような【魔力操作】に並ぶメジャーな【魔力充塡】のスキルがしっかりと作用している証《あかし》。しかし、そのありふれた光景で生まれたのは、唖然とするような、静かなどよめきだった。

【魔力充塡】は、物質に魔法を注入するスキルだ。普通は、魔法を得意としない前衛が、武器や防具を補強するために使用する。だから、魔法の行使において、このスキルが使われるようなことはない。しかし、俺は敢《あ》えてこのスキルを魔法に応用した。

魔法の威力は、使用する魔力の量に依存する。特に、イメージ過程が簡単であればあるほど、その威力は使用する魔力量に左右されやすいが、多量の魔力を扱うには、それなりの技量が必要だ。その点、このように器に魔力を注ぎ込むだけで多くの魔力を一ヶ所に集められる【魔力充塡】は、未熟な俺には都合がいい。魔法発動のイメージに余力を割くことができる。

赤の輝きが最高潮に高まる——すなわち、魔力の蓄積限界に達した。

ここまでは、単なる充塡。ここからが本当の魔法。この溜め込んだ魔力を、一気に火へ。

あの日、親父が見せた火の剣のように、木剣が火に覆われた。

「なんだ、その魔法は……いや、剣技か……？」

「私……こんな魔法は教えてないわ」

目を見開く親父と、手を口に当て唖然として呟く母さん。

俺は、一度そこで発動を止めると、手に火がかからないように、気をつけて木剣を持つ手を真横に伸ばす。

そして——

「灼熱《しゃくねつ》魔《ま》翔《しょう》斬《ざん》ッ！」

勢いよくそれを振り翳した。

火が渦を巻き、螺旋《らせん》の荒波を生む。横に向かって渦を巻く気流が生まれ、その中を火炎が駆け抜ける。

複合魔法と言えば聞こえはいいが、実際は初級程度の風魔法で風の流れを作り、そこへ溜め込んだ火を一気に放出しただけだ。難易度で言えば、初級魔法を二つ発動させる程度。魔力充塡で溜めた魔力を火に変化させることと、風の流れを生み出せれば、発動できる。

まぁ、魔力操作がもっと上手ければ、わざわざ充塡して魔力を溜めずとも、必要な量を使用すればいいだけのことだから、母さんのような魔法使いから見れば、実に珍妙な魔法に映ることだろう。言ってしまえば、魔力操作の未熟さを他のスキルで補っているに過ぎないのだから。

されど、その補助なしにはいくら鬼才のディクといえども、この威力の魔法は出せないだろう。大人げないかもしれないが、この勝負は俺の勝ちだ。

だが、チラリとディクの方を見ると、赤々と顔を熱射で染めながらも、俯いても、悔しげに口元を噛んだりもしていなかった。ただただ、その目は魔法の火を灯し、熱く燃えていた。

「ハアッ！」

気合い一閃《いっせん》。散らしていた気を元に戻すと、魔法が気合いに押し負けるその瞬間が目に入る。

「なっ……」

思わず唖然とした。自信があった魔法を、盾を使うことなく気合いだけで弾き飛ばしたグラハムおじさんに。

「なるほど……末恐ろしいな」

おじさんはポツリと呟く。だが、全然実感が伴わないのは、気のせいか。俺は果たして、転生チートを活かしきれているのだろうか、と圧倒的な力の差というものを思い知らされた気分だった。

そんな俺の隣で、ディクはブツブツと呟く。

「……めて……ン」

何を言っているのか聞き取れなかったが、そのまま前に出てきたディクに、俺は後ろに下がりながら、場所を譲る。

そして、ディクの集中を乱すような真似はしないように、だが、さすがにディクには無理だろうと、舐めてそれを待った。

「溜めて……バン。溜めて、バン。溜めて――」

その剣の輝きを――俺は知っていた。

色は少し違う。だが、同じ赤の輝きが木剣を満たしていく。それは、まごうとなき魔力の蓄積を示す証。【魔力充塡】のスキルを使用した結果だ。

まさか――

「――バン！」

拳銃の発射音を真似たように、だがそれよりも口径は遥かに大きく、そしてガトリングガンのように沢山の土の弾丸が猛スピードで飛び抜けた。

おそらくは模倣された。だが、そんなことをとやかく言う前に、そりゃないだろ、と戦慄する。

俺がそれなりに苦労して作った裏技を、一見だけで完全にモノにしてくる異常児に、言葉もなかった。

でもその時俺は。

「あはははっ」

これ以上おかしなことはないだろうと言うほどに、笑っていた。

何て言えばいいのか。予感がしたのだ。

ずっとそう。

死ぬまで永遠に引き分け続けていくような、そんな予感が。

「勝負は引き分けだ」

そんなはっきりしない決着も、今日ばかりは愉快に思えた。

名前：レイ	種族：人間（幼児）	年齢：4歳
レベル：99	生命力：405	魔力：981+200
筋力：384+80	体力：365+40	敏捷：371+60
耐久：312	器用：651+200	知力：615+220
通常《ノーマル》スキル：【観察】【百里眼】【真眼】【魔力操作】【魔力感知】【身体制御】【空中制御】【身体強化】【計算】【思考超加速】【役者】【忍び足】【俊足】【空間】		
希少《レア》スキル：【空間探索】【アクロバティック】【エアロバティック】【魔力充填】【画家】【職人】		
魔法《マジック》スキル：【火魔法Ⅱ】【水魔法Ⅱ】【風魔法Ⅱ】【土魔法Ⅱ】		
武器《ウェポン》スキル：【剣術】 自己流剣術／『火剣』《灼熱魔翔斬》		
固有《ユニーク》スキル：【経験蓄積】	蓄積量：157,231／【○\°　%#】	
称号：【@&☆$】【怒れる魔女の忠犬】		
新スキル効果：【魔力充填】物質に魔力を蓄積し、強化する。蓄積可能な量は物による。 【画家】あなたはもう画家です。器用が100上昇。 【職人】大工仕事をお探しではありませんか？ 器用が100上昇。		

7 一世一代の大博打

ディクと引き分けたお祭りから九ヶ月が過ぎた。

オラもとうとう魅惑の五歳児。でも、グラマラスなお姉さんをナンパしたり、水着美女のオイル塗りに精を出す暇もないのが、世知辛いこの世界の常識である。

この世界において、五度目の誕生日というのは特別な意味を持っている。五歳になった子供には一つの選択が課せられるからだ。

それは、一般に【進化の儀】と呼ばれている。これは、【誕生の儀】に続く、この世界独自の成長過程の一つだ。

【誕生の儀】は己の成長を測るための儀式。一方、【進化の儀】とは成長限界に達した器を昇華させ、より高次元な存在へと生まれ変わる儀式のことを指す。この場合、成長限界は完全にステータスの伸びが打ち止めになった状態を指しているのではない。レベルが99、つまりカンストしてしまった状態のことを指している。

ややこしいかもしれないが、地球人が青春時代に迎える体の成長期が、ここではより細かく設定されているとでも、考えてくれたらいい。

肉体の成長に合わせて伸びる部分もあれば、普段の生活に合わせて伸びる部分もある。前者がレベルによる伸びで、後者がそれ以外の伸びだ。

ここで、少し思い出してほしい。俺のレベルがカンストした時期を。

俺が成長限界に達したのは、二歳になるよりも前の話だ。確かに俺の肉体の成長は早かった。一般的な五歳児の体の大きさになったのはその頃で、成長限界を迎えてからは目覚ましい体の成長はなかったように思える。

それはまた、ステータスの方も同様に。レベル上昇に伴うステータスの増加がなくなった時期には、ステータスの伸びに悩まされたこともあった。今では、消化的に鍛錬をこなすだけでは、身にはつかないということがわかっているので、伸び悩むというほどでもないが、レベル上昇に伴う安定的な成長は、捨て難いものがある。

だというのに、俺は五歳の誕生日を迎えるまで、それを知らされなかった。早く言えと、思わず俺がちゃぶ台をひっくり返したのは言うまでもないことだが、正座して話を聞くうちに、何故秘密にされていたのかはわかった。

初めての進化の儀は、五歳で行う。これは慣習ではなく規則だ。

理由は二つある。

一つ目の理由はレベルの上昇に個人差があるからだ。レベルは満五歳でカンストするのが普通らしい。

でも、それならステータスプレートを確認すれば、済むだけの話に思える。

確かに、家族といえども、個人情報の塊みたいなステータスプレートを、自分以外の誰かに見せたり、情報を漏らしたりするのは、あまり良しとされていない。危険だからだ。手の内も、弱点も、ステータスさえわかれば、推測ができてしまう。そういう意味では、年齢で統一を図ることで、有耶無耶《うやむや》にできる部分も大いにあるだろう。

だが、あまりにも効率が悪い。

特に、俺の場合は三年間レベルがカンストのままだったから、尚更強くそう思う。

しかし、そこでもう一つの理由が出てくる。

進化の儀は、ただ成長の上昇が上がり、体が新しくなるだけではない。その後の成長を左右する大事な儀式である。極端な話、それで将来が決まることにもなり得る。

だから、たとえ子供といえども、自分の意思で選んでもらわねば困るのだ。

無論、親の言いなりになる子供も多いだろう。親には親なりの、子供の将来を思う気持ちがある。

しかし、それは親の都合であり、子供の意思とは関係ない。されど、あまり進化を遅らせると、その後の成長に支障が出ないとも限らない。

そこで、進化の儀を執り行う教会は、神の名の下に初めての進化は五歳になってからというルールを定めた。つまり、いくら成長が早かろうと、五歳になるまでは進化はできなかったわけだ。

だから、秘密にしていたのではなく、今言ったと言われたが、母さんの目に浮かんでいたのは、間違いなく警戒の色だった。家出の時のように、俺が暴走でもすると思っていたのだろうか。

それなら、母さんが秘密にしていたのも頷ける。もし五歳になる前に知っていたら、何か抜け道はないか、確実に探していただろうね、俺は。

で、具体的に何をするのか。

曰《いわ》く、神の加護をもらい、肉体を昇華させるのだとか。だから、その後の成長には加護の影響を受けることになるらしい。どの神からもらうか、決めなさないというのが、五歳の誕生日、プレゼントと共に贈られた言葉だ。

期限は、一年。

もちろんそんなに長く、成長を止める気はない。三年もインターバルを挟んだのだ。早々に進化したい。

しかし、誕生日を迎えてはや三ヶ月——俺はまだ決めきれないでいた。

「あー……どうしよう。本気でどうしよう」

春の晴れ空の下、俺は広場のベンチで頭を抱えていた。

今の俺の心境は、デザートが並べられたショーケースに張りつくスイーツ女子の気持ちに近い。あれもこれもと、目移りして、最終的には全部！　と言ってしまいたい気分だ。

そんな俺の隣には、悪友ディクが澄まし顔で絵本をペラペラとめくって、俺の悩みを聞き流していた。

「うん、もうどれでもいいんじゃないかな。そんなに悩むことでもないよ」

以前は俺と共に勝負漬けの毎日を送っていたディクは、五歳になってから遊ぶ時間を削って、勉強漬けの毎日を送るようになった。

時たま時間が空くと、勝負しようと家に飛び込んでくるのは、前と変わらないが、以前に比べれば一緒にいる時間は短くなった。

それなのに、勝負の合間の休憩中にすら、絵本で文字を勉強するこの受験の鬼っぷり。

俺はとても良くないと思う。幼馴染がこんなに悩んでいるというのに、そんな他人事のような顔で聞き流すのは。

たとえ二ヶ月前から、俺が頭を抱え続けていたとしても、真摯に聞いてくれる姿勢は継続してほしかった。

「だいたいさぁ、神が多すぎると思わないか?」

この世界には、神は一〇柱もいるらしい。

呼び方は、創世神、精霊神、獣神、鍛冶神、女神、竜神、妖精神、死神、海神、そして、邪神だ。

昔、教会で【誕生の儀】を行った時、建物に九つのシンボルが描かれていたのを覚えているだろうか?

あれが、邪神を除いた神々のシンボルマークらしい。邪神は魔物を生み出し、世界を滅ぼそうとした悪神なので、人々に崇められることはないそうだ。

また、善神である九柱の神々のうち、加護をくれるのは、女神と死神を除いた七柱の神だけらしい。八百万《やおよろず》と比較すれば少ないが、それでも目移りしてしまうぐらいには多い。

「しかも、その割には、加護の効果が曖昧だし……何かのスキルに目覚めるとかならわかりやすいのにさ」

もちろん、どんな神がいて、どんな加護があるのかはあらまし聞いた。しかし、その結果わかったのは、約束された未来を得られるわけではないということだ。

例えば、生産職向きと言われる鍛冶神の加護をもらった人が、不器用な人であることはよくある。この狭い村の中にすらいた。

他にも、魔獣と仲良くなれるという竜神の加護を授かった人が、ハクの頭を撫でようとして噛まれたり、方向感覚と生命力を向上させるという妖精神の加護を受けた村の狩人が、近くの山で迷子になり、一週間後に親父に救出されるまで、ギリギリのところで生き延びていたという、判定が微妙な例もあった。

そして、極めつきは、海の上にいると調子が良くなるという海神の加護。知り合いにその加護をもらった人はいなかったが、それはたぶん気のせいではなかろうか。ラッキーアイテム感がすごい。

とまぁ、このように加護の効果は、イマイチ実感できないことはよくある。

一方で、身近に逆パターンの例も存在する。

母さんはいく度かあった進化のたびに、魔法が上達するという精霊神の加護をもらい続けた。親父は、身体能力が向上するという獣神の加護ばかり。

子供の俺が見ても、並外れた力を持つ二人が、共にそれを裏付けするような加護を授かっている。これは、加護の効果が嘘っぱちではないと証明する実例だ。

おそらくだが、神の加護には相性のようなものが存在するのだろう。

わかりやすく言えば、一に一〇を掛けたところで一〇にしかならないが、五に一〇を掛けたら五〇になる。これを繰り返しやることで、その差はより顕著なものになっていく。

つまるところ、最大の成長を望むのなら、元々の素養に合った加護を選び、かつそれを継続するべきなのだ。

だが、世の中はそうスイーツのようには甘くできていない。曖昧さは残るが、経験的に加護の効果はわかっていても、相性を推し量る術は存在しない。

それが今、とてもネックになっている。

自分を卑下するわけではないが、俺は何かに秀でてはいない。転生チートがあるから、同い年ぐらいの子供に比べれば、一見秀でているようには見える。でも、本当に特別な才能を持つような人間は、転生チートなど必要なくても、頭角を幼い頃から現してくる。

例えばそう、俺の隣に座るディクのように。

俺は頬杖をつきながら、絵本に熱心なディクの顔を見入る。

「……うん？　どうかした？」

「いや別に……お前全然話聞く気ないんだなって思って」

ジト目に近い視線に気がついたディクは、絵本から顔を上げて、ようやく俺の方を見た。

「さすがに、二ヶ月も横で頭を抱えられたらね。もういっそのこと、僕が決めてあげようか？」

「やだよ、絶対。お前に選ばせたら、どうせ一択だろ？」

「何で僕が何も考えてないみたいに言うのさ。僕だって、ちゃんと考えたよ。言わなくてもわかっているだろうけど、レイだけだよ？　そんなに悩んでるのって。早く決めたらいいのに」

「お前と違って、俺は受験で焦る必要もないし、悩む時間はいっぱいあるんだよ」

「そう言って、三ヶ月だけどね」

「うるせぇ、お前には何も言われたくない」

そもそもの話をしよう。

何故、俺はこうも悩んでいるのかを。

確かに、俺は何かに秀でてはいない。でも、逆に苦手なことも少ない器用貧乏な人間だ。だから、加護の効果で得意になりたい部分を伸ばすことも考えた。

しかしだ、目の前の奴を見てみろ。

ディクは身体能力に関して、他の追随を許さない。素の能力値もさることながら、スキル使用可条件においては、俺はあらゆる面でディクの動きについていけない。

重ねて言うが、転生チートがあってこれなのだ。そんなディクを毎日、相手にしていた俺に、才能の差を思い知るなと言う方が無理な話ではなかろうか。

魔法に関しても、ディクは優秀だ。俺と同じで苦手な属性があるわけでもなく、この歳で中級魔法も扱える。知識が多い分、魔法はまだ俺に分がある分野だが、生来の負けず嫌いの性格で、付かず離れずの差を保ち続けている。

逆に、ディクは俺と違い、苦手な分野が存在する。

それが、弱点と言えるかはわからないが、ディクは不器用だ。応用力もあまりない。

そのあたりは、器用貧乏な俺にも勝てる部分だとは思っているが、戦闘に重きを置いて考えた時、それがアドバンテージになるのかは、微妙なところだ。

そんなディクだが、考えたという割には、五歳になってすぐ進化してきた。何の加護をもらったかは秘密とかぬかしていたが、獣神の加護をもらったに決まっている。

ディクは間違いなく、獣神の加護と相性がいいからだ。逆に他の加護を選んでいたら、『お前、夢は諦めたのか?』と素で聞いてしまいそうになる。

だが、そこから考えるに、俺が獣神の加護を取ったところでと、考えてしまうわけだ。ついでに、差のない精霊神の加護を取ったところで、とも。

するとどうだ。

俺が伸ばしたい部分――すなわち、冒険者向きと思われる最有力候補が消えてしまったではないか。

残るは、次点と考えていた竜神と妖精神の加護。

しかし、悲しいかな、これもまた消えてしまうのである。

理由は単純に旨味《うまみ》を感じないから。

俺は別に竜神の加護に頼らないといけないほど、ハクとの仲は悪くはない。むしろ寝床として選ばれるぐらいには、懐かれている。だから、必要性を感じないというのが、正直なところ。

では、妖精神の加護ならどうか?

残り物ではあるが、生命力の向上は生存率に直接関わる大事なファクターだ。でも、加護の効果が曖昧で、複数の効果が挙げられる加護は博打の要素が高い。それに、正直なところ、【空間】スキル持ちの俺に、方向感覚が必要か？

さらに言うなら、何十回も死んでおいて、実は生命力に優れていましたなんてオチはないだろう。

よって、これも消える。

さて、そうなると、残りは三つ。

しかしながら、凄腕《すごうで》の生産職にも、ラッキーアイテムを持って海賊になる気もないので、二つは消える。

そして、最後に残るのは、創世神の加護。

先ほど、この加護については説明しなかったが、創世神の加護は、人の可能性を広げると言われている。深く掘り下げるまでもなく、加護の曖昧さにさらに拍車がかかったような加護だ。

ただ、そう……加護の効果はどれも経験則で、裏を返せば試行回数が多いほど確実性が高い。そして、創世神は、その名の通り世界誕生の頃から存在する最も古い神だ。必然、どの神より試行回数は多いと考えられる。

でも、やはり効果自体が曖昧だ。

で、そうなると、二択に戻ってしまうことになる。

実例のある精霊神と獣神の加護の効果は間違いではないと思うが、魔法を取るか、身体能力を取るか。

その選択はどちらかに秀でていない俺にはとても難しい。

俺は、その堂々巡りの思考に見事に嵌ってしまった。

一方、その悩みの種を植えつけてくれた元凶のディクは、進化して背がまた伸びだしたと、煽るような発言をしてくる始末だ。終《しま》いには、話を聞く気すらなくして、受験勉強に邁進し始めた。それはまた、焦りすら感じさせる真剣さで。

「もうお前、勉強なんてやめろよ……するだけ無駄だって」

「ひ、酷いこと言わないでよ、いきなり」

酷いも何も……俺は客観的に見てする必要がないと思っているだけなのだが。

「確かにまだわからないところはいっぱいあるけど、初めの方は読めるようになったんだから」

「そうじゃな……いや、やっぱり頭の方は足んないから、勉強はした方がいいかもな」

「やっぱり酷い……」

「何だよ、どっちでも酷いのかよ」

止めても、勧めても同じ感想とはこれいかに。

「まぁ、今はお前のことはどうでもいいんだよ」

「……さっきから何だか僕に八つ当たりしてない？」

「してない」

だって、元凶は君だもん。

「それより、俺の加護をどうするか考えないと。いい加減に進化しないと、みんなに遅れちまう」

「あっ、うん、頑張って。僕は、父さんとの稽古に遅れちゃうから、先に帰るね。その続きは、また明日で」

「おう、明日こそはどれにするか決めてやるぜ」

俺が親指をグッと突き出すと、ディクは呆れたように溜息を吐く。

「……父さんが言ってたよ。人が長く悩む時っていうのは、本当はもうその人自身の中では答えは決まっているけど、踏ん切りがつかない時だって」

「……お前、ほんとお父さん子だよな」

「それはレイにだけは言われたくないかな。それより、踏ん切りがつかないだけなら、今日決めなよ。どうせ悩んでも答えは変わらないんだし」

と、ディクは少し大人ぶりたい年頃なのか、諭すように言ってくる。俺は、生意気に成長してしまったものだと、おざなりに手を振った。

「わかったわかった。今日決める今日決める。それより、早く帰らなくていいのか？　鐘の音が鳴ってるけど」

確か、この鐘が鳴ったら特訓開始ではなかっただろうか。

「あっ……じゃ、じゃあね、レイ！　僕、帰るから！　本当に今日決めなよ！」

大人ぶっていた顔を仰天させたディクは、慌ててベンチに立てかけてあった木剣を取ると、猛ダッシュで家に帰っていった。

それを見送って、一人になった俺はいつも二人で腰掛けるベンチに横になって、空を見上げる。

「ちぇっ……」

空は嫌味なほどに、晴れ晴れとしていた。

「本当は、俺の中じゃ決まってるけど、踏ん切りがつかないだけ、か……」

人の気も知らずディクは、あたかも俺がすでに心を決めたようにそう言っていたが、それは違う。

俺はまだ決めちゃいない。正確には、定まらなくなった。

冒険者になるのなら、才能がないとわかっていても、精霊神か獣神の加護を取るべきだ。頭ではそうわかっている。

もし俺が加護を選ぶだけだったら、こんなには悩まない。努力でカバーするしかないと、開き直っていただろう。

でも、違うんだ。俺が五歳の誕生日に迫られたのは、加護の選択だけじゃない。あの日、俺は気がついてしまったんだ。

ただの行きすぎた妄想かもしれない。あるいは、意味なんてないのかもしれない。

ただ気がついてしまったから、頭から離れなくなった。


――何故、俺はこの世界に転生できたのだろうか？

今更だと思うかもしれない。でも、今更だ。今更そのことが、気になって仕方ない。

目を閉じていれば思い出す、何もかも手探りで自分の中の好奇心や遊び心のままに冒険した日々。出会うもの全てが新鮮な世界。現実とは違う自分の姿、力。比喩でも何でもなく、本当に夢中だった。

だから、この世界に転生した俺が、まず初めに考えのは、俺はまた現実に戻されてしまうのかどうかだった。

今更ながら、妄想のような推論を重ねるより、もっと他に考えるべきことはあったように思える。

盲目的だった。いや、盲目というよりは、視界に入れることすらしなかった。

どうなろうが、知ったこっちゃない。そう、思っていたから。

普通であれば、当然のように辿り着くであろうその疑問に、俺は今更になって辿り着いた。

「人に加護を与える……神か」

背教者とでも罵られそうだが、俺が持つ神に対する印象は、胡散臭《うさんくさ》い。それに尽きた。

それは俺自身、神の存在を感じた経験がなかったからだ。逆に、自らを鑑みて神なんてものは存在しないと確信していた節がある。

でも、この世界の神は違う。

誰もが当たり前のように経験する進化の儀。それは、人の限界を突破させ、より高次元の存在へと昇華させる加護を授ける存在がいて、初めて成立する儀式だ。

いわば、進化のたびに人は神の御技《みわざ》を経験する。それで、存在しないと考える方が難しい。

ならば、この中に俺をあの世界から連れ出してくれた神がいてもおかしくないのではないか?

そう思ったのがキッカケだった。

一度、堰《せき》を切った疑問は留まることを知らなかった。時間を追うたびに膨らんでいった。

夢でいく度となく訪れた世界に、死んだ後に転生する。

どちらか一方なら、俺は偶然で片づけていたかもしれない。でも、二つ揃えば、偶然と片づけるにはあまりに行きすぎているように思えてならなかった。

言うなれば、これは神の所業とでも言うべきものだ。でも、俺はその神をついこないだまで会ったことどころか、信じてすらいなかった。

それなのに何故、俺を――いや、平凡で優れた才も持たない俺をこの世界に呼んだのか。

考えたけど、わからなかった。あるいは、そもそも神ではないのかもしれない。でも、どちらにしろ何故俺をという疑問に対して、己自身に俺は答えを見出すことはできなかった。

他の可能性も、もちろん考えた。

これまでの全てが本当はただの夢で、都合のいいように俺が勘違いしていただけだと。

でも、頭より先に心がそれを否定する。

この大好きな世界が、親父が、母さんが、ハクが、ディクが、全部夢だなんて、俺は絶対認めない。

だから、心が理由を求めている。俺がこの世界に生まれた理由を。

馬鹿らしいだろう？

人が自分の生まれた意味を探すなんて。そんなものあるはずがないって、頭の中ではわかってるのに、どうしようもなく心が乾くんだ。

だから、そう、これは仕舞っておかなくちゃならない。心の奥深くに。

この問いは、俺の心を傾ける。傾いた心の先にあるのは、冒険者を目指す俺には相応《ふさわ》しくないものだ。

だから、俺は決めてなどいない。頭と心が別の方向を向いているから、決められなくなった。

でも、ディクの急かす気持ちもわかる。ウダウダ悩み続けたところで、意味はない。

俺は目を閉じ瞑想して心を落ち着けると、バッと勢いをつけて起き上がった。

「よしっ！」

頬を叩き、一つ気合いを入れる。

「今日、決めてやる」

そう、決意して俺は、家路へとついた。


家に戻った俺は机の上で丸くなるハクを撫でながら、昼ご飯を作っている最中の母さんに、一つ疑問を投げかけた。

「ねぇねぇ、母さんは何で冒険者をやってたの？」

母さんたちは、どのようにして自分の道を選んできたのだろうか。

それを参考にしたくて、昔は冒険者だったという母さんに話を聞いてみた。

「私が、冒険者になった理由？　そうねぇ……端的に言えば、その場の流れかしら。もう辞めたも同然だし、深い理由はないわ。敢えて言うのなら、居心地が良かったからかしらね」

母さんは深い理由はないと明言し、その後に取ってつけたような理由を出してきた。

「冒険がしたかったとか、お金がほしかったとかじゃなくて？」

「冒険とお金ね……そういう気持ちは人並みにしかなかったかしらね。レディクを見てたらわかるでしょうけど、冒険者って適当で、細かいことは気にしない人が多いのよ。今は……辟易《へきえき》しているけれど、それが当時の私にとっては、生きやすい環境だったんでしょうね。そのままズルズルと冒険者をやってたわ」

居心地と言われても、ピンと来なかった俺は一番多そうな理由を挙げて、確認を取った。

しかし、母さんはそれには思い当たる節がなかったのか、やはり居心地の方に話を持っていく。その中で、一瞬親父がいる奥の部屋へと視線を向けた母さんには、苦笑いするしかなかったが、今度はピンと来た。

「働きやすかったってこと？」

「そうね、悪くはなかったわ。危険は常について回るけれど、そういう仕事だから、自分に正直に生きられる。でも、そういう意味じゃ、変わった人が多いのも、難点かしらね」

なるほどと、母さんを見て頷く度胸はなかったので、奥の部屋を見て頷いておいた。

「けど、そういうことは、レディクに聞いた方がいいんじゃないかしら？」

「えっ、父さんに？　忘れたって言わない？」

「ふふっ、そうかもね。でも、そうじゃないかもしれない。あの人から冒険者を取ってしまったら、穀潰《ごくぶつ》しのグータラでしかないわよ？」

「……？　どういうこと？」

いつになくご機嫌な笑みを覗かせた母さんは、日々の不満だけには聞こえない含みのある言い方をした。

俺は首を傾げて聞き返したが、母さんは『本人に聞いてみなさい』と、それ以上語ろうとしなかったので、今日も今日とて穀を潰す親父の下に行き、再度同じ質問を投げかけた。

「ねぇねぇ、父さんはさ、何で冒険者になったの？」

「何でかって、んなもん決まってんだろ。俺に、それ以外の仕事ができるわけねぇからだよ」

「なるほど！」

すごく納得してしまった。

「じゃあさ、他の人はどうして冒険者になるの？」

「なりてぇから、なったんだろ」

「いや、そういうことじゃなくて……」

聞きたいのは、なりたいと思った理由なのだ。それをどうこの人に説明しようかと、頭を悩ませたその時、不意に親父が立ち上がった。

「出かけるぞ。すぐに着替えてこい、レイ」

「えっ、今から?」

「当たりめぇだ、朝のうちに出ねぇと、帰ってこれねぇだろうが」

だったら、明日行こうよ、明日。もうすぐ昼だよ?

そんな風に、止めたい気持ちはあったが、言って聞く人じゃないのは、もうよくわかっている。

それは、俺よりも母さんの方が、重々わかっていて。

「ミュラ、悪いが弁当を作ってくれ! 出かけてくる!」

「そう言うと思って、作っておいたわ。私は予定があって行けないから、二人分ね」

「おう、ありがとよ」

親父の思いつきを予測する境地にまで達していた。

そんな驚きの未来予知能力を披露する母さんを見て、俺は思った。

さっき母さんは親父から冒険者を取ったら何も残らない的なことを言ってたが、母さんにとっても同じことが言えそうだと。


村の外に出るのは、いつ以来ぶりか。

いつもは村の中から眺めているだけの草原の上を、俺は歩いていた。

「ねぇねぇ、どこに行くの⁉ 街⁉ 山⁉」

久しぶりの外とあって、俺のテンションはすこぶる高い。それも、明らかにガバルディとは違う方面に進み出したとあっては、先が気になって仕方がなくなるというもの。

「とっておきのいい場所だ」

「えー、それじゃあわかんないよ！　ヒント、ヒント！」

「馬鹿野郎、言っちまったら、面白くねぇだろ。こういうのは、自分の目で確かめるからいいんだろうが」

俺は、誕生日に買ってもらった斜めに背負ってやっと地面に擦らずにいられる大人用の真剣を、チャカチャカ鳴らしながら興奮気味に目的地を聞いた。

しかし、後ろを行く俺が歩きやすいように草を踏み折って道を作りながら進む親父は、行き先を教えてはくれなかった。

「それより、その装備の調子はどうだ？　キツくねぇか？」

「むしろ緩いぐらい？　でも、成長期だから、そのうちピッタリになるはずだよ」

俺は、剣の他にも五歳の誕生日に買ってもらった冒険者装備に身を包んでいた。村の外ということで、誕生日に着て以来、大事にしまっていた装備を持ち出してきたのだ。

まぁとは言っても、服の上から付けるタイプの軽装備で、胸当てと膝と肘のカバー。それから革のグローブに守られている部分以外は、村の中でいつも着ているボロ着が顔を覗かせている。

ちなみにだが、俺よりも早くに誕生日を迎えたディクは、騎士装備一式をもらっていた。一度それを着たところを見せてもらったが、騎士のフィギュアのようだった。ミニチュアサイズの。

「そうか、そりゃあよかったぜ。似合ってる似合ってる。駆け出しの冒険者みたいだ」

ディクに笑われたからか、あまり褒められた気はしない。

「それは、褒めてるの？」

「当たりめぇだ」

「ほんとかな？」

そう言う親父は、仕事に行く時の格好に着替えている。まぁ似たような感じで防具は薄いと言わざるを得ないが、魔法も効かない天然の鎧が服を着て歩いているようなものなので、あろうがなかろうがあまり関係なさそうだ。しかし、それでも一見して質のいい装備を身につけている。

やはり褒められた気がしない。

「あっ……」

「ん？　どうした、レイ」

「魔物がいる。これは……ゴブリンかな？」

【空間】のスキルに、ゴブリン反応があった。まったく……倒しても倒しても、ゴキブリのように湧いてくる。まさにゴキブリンだ。語源はきっとそこにあるに違いない。

「父さん、どうする？」

「どうもこうも、試しに戦ってみればいいじゃねぇか。使わなきゃ、慣れねぇからな」

確かに……この背中にかかる剣の重さにはまだ慣れない。毎日の鍛錬のおかげで、振り回すこと自体に問題はないが、ついつい木剣と同じ調子で振ってしまい、剣の重さの違いから振り回されそうになる時がある。慣れは、大事だ。

俺は、ゴブリンがいる方向へと足を向けた。そして、五分ぐらい進んだところで、グギャギャッと可愛い可愛いゴブちゃんが現れた。

「レイ、俺が見ててやるから、新しい剣で倒してみろ」

「うん！」

俺は頷き、背中から剣を抜こうとした。

だが……

「あ、あれ……？」

持ち上げたのに、剣が鞘《さや》から抜けない。そうなって、初めて気がつく驚愕の事実。

手が短くて、これ以上持ち上げられない！

何てことだ。重さではなく、長さで躓くとか、さすがに予想外すぎる。

それでも何とか背中の剣を抜こうと四苦八苦する俺を、親父は微笑ましげな顔で見ていた。

いや、助けろよ。

そう俺が思う一方で、完全に背中を向けられ無視されているゴブちゃんは、こっちを向けと言わんばかりに、牙を剝き出しにして、けたたましく吠えた。

「グギャギャッ！」

「ああっ!?　うるせぇぞ、テメェッ！　俺の息子に、何か文句でもあるってのか、コラァ！」

「ギャッ!?」

ビクッと体を震わすゴブちゃん。魔物としての役目を全《まっと》うしているだけだというのに、逆ギレされるとは夢にも思わなかっただろう。

俺も、魔物にこんなキレ方をする人がいるとは思ってもみなかった。

「準備が整うまで、大人しくしてやがれっ！　そんなこともわからねぇのか！　空気を読め、空気を！」

無茶苦茶言ってるのよ、この親父……。

魔物に空気読めとか、もう存在するなに等しい暴言だ。彼らは空気を読まず、突然飛び出してくるのがお仕事なんだよ。

「グギャ……」

「おいコラ、人様に話す時は大きな声で、わかるように言いやがれ！　テメェの親はどんな教育をしてやがるッ！」

もうやめてあげて。ゴブちゃんが萎縮してるから。

「クキャ……」

ほら、もう可愛くなっちゃったから。俺が戦いにくくなるから、もうやめてあげて。

いたたまれなくなった俺は、親父にお願いすることにした。

「父さん、剣取ってくれない？」

「おう、任せとけ！　ほれ、しっかり持てよ？　危ねぇからな」

もはや完全にゴブリンのことなど頭にない親父は、俺の背中から剣を引き抜き、手渡してくれた。

俺はそれを受け取ると仕切り直すため、ゴホンっと咳払いを一つ。

「……よし、待たせたな、ゴブ」

やっとこさ準備が整った俺は、萎縮しシュンとなっているゴブリンの前に出た。すると、ゴブリンもようやく出演許可が下りたのだと庭駆け回らんばかりに歓喜の雄叫びを上げる。

「グギャギャッ！」

気合いは十分。親父にやられた精神の落ち込みからも完全回復したようだ。

なので——

「グビャ⁉」

一刀の下に退場してもらった。

「ふぅ」

何とか、ゴブリンの役目を全うさせてやることができた。

いやほんと、魔物が叱りつけられて、シュンとするなんて世知辛い世の中だよ。彼は仕事をしに来たというのに。

すまんな、うちの親父が。

と、俺が天に召されたゴブリンに心の中で謝罪していると。

「さすがは俺の息子だな！」

それが何故か褒め言葉に聞こえなかったのは、気のせいと願いたい。

村を出てどれくらい時間が経っただろうか。

優に数時間は経過したと思うが、その間に草原は森に、森は山へと姿を変え、より鬱蒼とした草木や険しい山肌が、人の出入りを拒むように立ちはだかる。

しかしながら、迂回《うかい》という言葉を知らないらしい親父は、ひたすら直進あるのみ。岩に阻まれようが、木が倒れていようが、関係ない。乗り越えて、蹴飛ばして、我が道を突き進んだ。

そんなに迂回するのが嫌なのか。本当は、これはピクニックなんてものではなくて、修行なんじゃないかなと、思い始めたのはまだ山の麓《ふもと》にいた頃だった。

それから、休むことなく直進、直進。崖すらもここは道だと言い張り、ロッククライミングし始めた時は、絶対修行だと思った。

それぐらいキツかったのだ。

しかし、俺の前を行く親父のペースは一向に落ちる気配はない。お前はどこの忍者だというような、軽い身のこなしで崖を駆け上っていってしまうのだから、追いかける俺は必死だ。【エアロバティック】から派生した【立体軌道】のスキルが大忙しである。

【立体軌道】は、アクロバティックとエアロバティックの上位互換スキルだ。これまでと同様に、肉体の制御を補助する能力はもちろんのこと、体の軌道制御も補助してくれる。

少し追加の補助性能について説明すると、これまではバク転しても、その都度、力の入れ方や体を回すタイミングなどで、大きくズレていた着地位置が揃うようになった。つまり、体の軌道が思い通りになるようになったのだ。

あまり大したことではないように思うかもしれないが、これが意外に使える。戦闘中はついつい力加減が疎《おろそ》かになって、回避直後の間合いが思ったより取れていなかったり、逆に近すぎたり、足を滑らせたりすることが多々あったが、今では間合いを上手く取れるようになり、また、水溜まりなどに誤って着地して足を取られることも少なくなった。

無論、それは戦闘に限ったことではなく、今も【立体軌道】のおかげで、道中の崩れそうな足場を上手く避けたり、崖にある僅かな出っ張りを足場に連続で飛び跳ねて登ったりと、どうにかこうにか親父についていくことができていた。

しかし、普段のダラけた生活が嘘のような体力に、終いには背中の剣の重さに足が上がらなくなってきて、そろそろ休憩をと、口にしようとした頃だった。

ようやく親父の行進が止まる。顔を上げてみると、先を行く親父が半分ほど顔を振り向かせて。

「着いたぜ、レイ」

「よ、ようやく……？　はぁ、はぁ……」

俺の中では、修行説が濃厚だったのだが、目的地は本当にあったらしい。

どれどれと、この険しい道の果てに辿り着いた場所の景色を、親父の横から顔を出して覗き込む。

「おおっ！」

そこには思わず唸ってしまうような美しい湖が広がっていた。

「こんな綺麗《きれい》な湖……初めて見たよ」

まるで水そのものが輝いているかのような美しさ。

空の色を映したようなスカイブルーの水面《みなも》と、木々の影が落ちたやや濃いめの青が、幻想的な情景を作り出している。

それをさらに際立たせているのは、多種多様な動物たちの存在。恐ろしく透明で、柔らかな光を跳ね返す水面を揺らすのは、動物たちが口を落とすその瞬間だけ。

湖畔で地面に体を下ろし、休む動物の姿も多い。

不思議と魔物はいなかった。些か無防備すぎる彼らを襲うなら、これ以上ないほどの狩場だというのに、魔物どころか、肉食動物が草食動物を襲うような仕草も見せない。

まるでここだけが食物連鎖の摂理から別離されているかのような穏やかな時が流れていた。

「いい場所だろう？　こんなの他じゃあ、お目にかかれねぇ。俺の知る限りじゃ、世界にここだけだ」

俺も、他には知らない。これに並ぶものを見たこともない。

綺麗で美しい湖。山に生きる動植物たちの楽園《オアシス》。

そんな言葉では言い表せない優しい何かに包み込まれるようなこの感覚は、初めてだ。

「俺ァここが好きでよ。ガキの頃からちょくちょくここにやってきてた。レイにもいつかは見せてやりたいと思ってたんだ」

ふと顔を上げてみると、親父の目は湖に釘づけになっていた。まるで過去を思い出しているかのように、憧れと、興奮と、感動と様々な感情が、その瞳に流れては消えていく。そして、最後に残ったのは、どこまでも純粋で、曇りのない子供のような瞳だった。

「ここは、俺にとっての原点だ。この湖を見たから、冒険者になろうと、そう思った。……いや、ちげぇな。これを見ちまったから、俺ァ冒険者以外にはなれなかった」

それは、ここに来る前に聞いた問いに対する答えのように聞こえた。

冒険者になったのではなく、それ以外にはなれなかった。

その言葉に込められた親父の覚悟とか、夢とかそういうものが、この美しい光景を通じて、流れ込んでくる気がする。

「こういう場所を他にも見つけたかったんだ。だが、やっぱり俺ァここが一番好きでな、あちこち行ったが、これ以上のもんはとうとう見つけられなかった」

母さんにはなく、親父にはあった原点となったこの光景。

その心に焼きついて離れないものを追う姿勢は、どことなく共感できる気がした。

「レイは冒険者になりてぇんだったな」

「うん、まぁね。俺は世界を見て回りたいんだ。父さんのように何をしたいのかは、まだよくわからないけど……」

夢での経験から来る世界に対する強い憧れと、狭い世界に閉じ籠もることへの忌避感。

それを原点と呼んでいいのなら、俺は何を目指せばいいのだろう。

親父がこの原点から、世界に目を向けて冒険者になったように、俺はその原点をどう変えていくのだろう。

「でも、いつかは見つけられる気がするよ」

湖に目を向けて、俺はいずれ始まるであろう冒険者としての日々に思いを馳せる。霞《かす》みがかっていた将来が、少し楽しみに思えた。

「そうか」

親父は一つ相槌《あいづち》を打って、腰を落とした。

「だったら、今日のことは忘れちゃいけねぇ」

俺の肩に手を置き親父は続ける。

「いいか、レイ。冒険者ってのは、世界で一番自由な仕事だ。どこに行くのも、何をするのも自由。だがな、楽しいだけが……世界じゃねぇ。だから、冒険者になるなら、自分の中で譲れねぇもんをちゃんと持て。それを夢っつうんだ」

「夢……」

「そうだ、夢だ。お前ェがいつか立ち止まりそうになった時、その夢がお前ェの道を照らしてくれる。夢がお前ェを歩かせる」

親父はそうだったのか？

一瞬、親父の顔に落ちた陰りを見て、瞳で問いかける。

でも、親父はそれには答えてくれず、その瞳はただ俺だけを見ていた。

「……わかった。探してみるよ」

「おう、探せ探せ。世界ってのは、可能性の宝庫だ。その辺歩いてりゃ、お前ェに合う夢がいくらでも転がってらぁ」

「いやいや、散歩じゃないんだから……そんな風に転がってこられたら、処理しきれないよ」

まぁでも、可能性の宝庫というのは言い得て妙だ。

今日まで、村から一日もかからない距離に、こんな場所があるなんて俺は知らなかった。

世界には、俺が知らない物や場所がこんな風に沢山あるんだろう。それを想像するだけで、楽しい気分になる。俺は根っこからそういうことが好きなんだろう。

でも、それだけでは足りないのだ。

もっと大きい、好きを超えた何かを持たなければ、いずれその足は止まってしまう。

それが悪いことなのかは、一概には言えないと思う。ただ一つ確かなのは、親父はまだ冒険者で、母さんはもう冒険者ではないことだ。

冒険者であり続けたいのなら、夢を持たなければならない。親父が言いたかったのはそういうことだと、思った。


少し遅くなってしまったが、母さんが用意してくれた昼食を、湖を眺めながら二人で食べた。

驚いたのは、あれだけ激しい行程を通ってきたのに、弁当の中身がグチャグチャになっていなかったこと。親父の身体能力よりも、その意外にも技術派なところに、俺は密かに驚愕した。

「それにしても、ここには本当に魔物がいないんだね。弁当の匂いを嗅ぎつけて、すぐにでも出てくるかと思ったのに」

「ここにゃぁおっかねぇ奴がいるからな。A級の魔物でもこの湖にゃぁ近づけねぇ」

「へぇ、そうなんだ。A級の魔物でも近づけないなんて、どんな……えっ？」

A級って、あのリトルドラゴン級の化け物だよな？

それがここには近づけないって……

俺はいつの間にか死地に連れてこられていたことを、悟った。

「や、やばいじゃんッ！　早く逃げようよ！」

「やばくなんざねぇ。ちょっと昔にS級の上位に認定されてた奴だ」

「いやいや、やばさしかなくない⁉　それって、大規模な討伐隊が組まれるクラスだよね⁉」

俺は母さんから聞いて、知ってるんだぞ。

S級の上位っていうのは、街一つ簡単に滅ぼすような戦闘力を持つと言われるSS級の一歩手前。

すなわち――子供が向き合う相手じゃねぇッ！

母さんっ、早くこの人を磔に！　親父はまだしも、今日はシャラ姐たちがいないから、俺は余波で十分死ねちゃうッ！

「は、早く逃げないとっ……！」

「がっははは、何ビビってんだ、オメェはよ。心配ねぇ、俺の昔馴染だ」

「えっ……魔物と？」

「魔物みてぇな魔獣だ。デケェぞ」

何だ、魔獣か。違いがよくわからないが、ハクと同じ種と考えると、心配しなくてもいい気はしてきた。

「懐かしいぜ。昔は、よく殺し合ったもんだ」

おい……大丈夫なんだろうな？　本当に。

頼むから昔で終わっていてくれよ、殺し合い。

「おっ、噂をすれば来たな。後ろだ」

「嘘っ、そんな気配……」

しないと言いかけたところで、俺はゾクリと背中を震わせた。

似ている……とても。あのリトルドラゴンを目の前にした時の感覚と。

自分ではどう足掻いても勝てない上位者に対する本能的な防衛反応。今はまだその姿を視界にすら収めていないのに、全身の毛が逆立ち、額を汗が伝う。

『――貴様は性懲りもなくまた人を連れてきたのか』

低い声だった。ザワザワとその魔獣の登場に慄《おのの》くように、湖の周りの木が葉を揺らす。

俺はようやく背後を振り返った。

木の枝を折り進みながら湖畔へと姿を現したのは、リトルドラゴン級に大きな獣。

「で、でか……」

一目見た感想はそれ以上出てこない。

見上げるほど大きな体躯を覆うのは、黒鉄《くろがね》のような剛毛。大地に立つ四つの足は、俺の体がすっぽりと埋まりそうなほど大きな足跡を刻む。

獲物の血だろうか、僅かに赤みを帯びた白く太い牙が連なる狼のような横に裂けた口元。額から生えた立派な角は紫電を纏い、縦に割れた紫紺の瞳は、人のものとはまったく違う。野生に生きる獣を彷彿《ほうふつ》とさせるものだった。

俺の足は、自然と湖の方に向かって一歩後退していた。別に威嚇されたわけでも、暴れる気配を感じたわけでもない。ただ岩のように身を固めた動物たちと同じく、次元の違う存在を目にして、本能的に一歩下がってしまったのだ。

そんな中、呑気《のんき》にもズズッと音を立てて、茶をすする親父は、花見で知り合いにバッタリ出会ったかのような気安さで、手を上げた。

「おうよ、久し振りじゃねぇか。元気にやってたか？」

『貴様に斬られた傷が未だに疼《うず》く。此度《こたび》は何をしにここへ来た？　我の縄張りに人を連れてくることを許した覚えはないぞ。その首を噛み砕かれたいか』

「あん？　どこに誰を連れていこうが、俺の勝手だろうが。縄張り主張してぇなら、人様にわかるよう線でも引きやがれ」

『それは、我らの知ったことではない。弱肉強食こそが我らの掟。たとえ貴様と同じ人間であろうと、縄張りを侵した弱者は、我らの糧とする』

「そうなったら、冒険者の俺ァ、テメェを狩らなきゃいけねぇな」

『弱者は淘汰《とうた》されるもの。貴様が我を狩るというのなら、それもまた摂理だ。我もまた、次こそはその首を刈り取ってみせよう』

はて、昔馴染とは？

出会って早々に、憎まれ口の応酬を繰り広げる親父と魔獣の間には、剣呑《けんのん》な雰囲気しかないように感じるのだが。

俺はとりあえず親父の背に隠れることにした。残された安全地帯は今ここにしかない。

しかし、それを見て親父はやれやれと言わんばかりに首を振る。

「おいおい、どうした？　一端《いっぱし》の男なら、しゃんとしねぇか」

「自分まだ子供なんで」

「なら仕方ねぇな」

仕方ないのか。

よかった、子供で。今だけはこの剣を鞘から抜けない不便な体でよかったと思う。

『それは、貴様の子か』

「それじゃねぇ。レイっつぅんだ。覚えとけ」

『レイ……それが名か。確か人の世では――』

ギロリと紫紺の瞳が俺を捉えるが、親父の手がそれをすかさず遮った。

「レイに手ぇ出しやがったら、お前ェの一族皆殺しにしてやるからな。森ん中にいる奴らにもそう言っとけ」

『……勘違いも甚だしい。わざわざ竜の尾を踏みに行くような愚か者は、この地で生き残れん』

「俺ァ、尻尾なんかねぇぞ」

『例えだ、馬鹿者。強者の怒りを必要もなく買う愚か者はいないという……何故、魔獣の我が人間の貴様に人語を説かねばならん』

……確かに、そこは人として負けてはダメな部分だと思う。

でも、この黒い魔獣は、物凄く流暢《りゅうちょう》に人語を話している。まるで人の中で生活していたかのように。

知識として、魔獣の中には話せる個体がいることは知っていたが、実際に目にするのは初めてだ。声帯とかどうなってるんだろう？

俺は人間のものにしろ詳しくはないが、人に合わせて作られた言語を魔獣が操るには、人間よりも遥かに苦労があったはずだ。

それは裏を返せば、人に歩み寄ろうという意思の表れでもある。言葉ではなかなかキツイことを言っているが、この魔獣は、親父が倒したリトルドラゴンとは違って、人に友好的ないい魔獣なのかもしれない。

だったら見かけ少し凶悪だからと、一歩引いてしまうのは、一人の人間として如何なものか。

「あの……はじめまして。レイです」

俺は親父の背から出て、たどたどしくも何とか自己紹介した。

魔獣は、ふむと一つ唸って、足を曲げた。

『我を恐れているのか？』

「ま、まぁ……だって、その足で踏まれただけで、俺は死ぬでしょ？」

ただ大きいからじゃない。今の俺は自分と同じ大きさの岩なら持ち上げられるぐらいの腕力はある。

でも、それは地球人と比較して異常なだけで、この世界の人間からすればさほどおかしなことではない。一般的な大人なら軽々とそれぐらい持ち上げる。上限が明らかに違うからだ。ただ相対的に平均が高くなったに過ぎない。

そして、今、目の前にいる魔獣は、そんな強く逞しい人々が暮らす街を潰せるほどの力を、有しているのだ。

怖くないわけがない。比喩でも何でもなく、俺はその足でプチっとやられるだけで死ぬ。

と、微妙な距離を保つ俺に、魔獣は牙を隠すように口を閉じて、それからゆっくりと言葉を紡いだ。

『……貴様は肉が少ない』

「は？」

『その身は熟しておらず、美味《うま》そうでもない』

「えっ、どういうこと？」

『つまり、我が貴様を殺す理由はないということだ。無益な殺生は、獲物の数を減らすだけ。我らが飢えた時にしか、襲う価値はない』

それは貶《けな》されているのだろうか？

それとも、襲う心配はないと言いたいのだろうか？

だとしたら、何と不器用なことか。

「あっははは、ありがと。うん、もう怖くないよ」

その見た目に不釣り合いな不器用な優しさがおかしくて、俺は声に出して笑う。

『我は別に笑わせるつもりなどなかったのだが……まぁよかろう。では、少し匂いを嗅がせてもらうぞ』

「匂い？　別に構わないけど、今は汗臭いよ？」

『構わん』

いやまぁ、俺が構うんだけどね。別に年頃でもないが、積極的に汗の匂いを嗅がせたい変態でもない。

なので、少し渋る様子を見せると、親父が横から教えてくれた。

「嗅がせてやれ、レイ。こいつらは匂いで人を覚えんだ」

「あー、そういうことなら」

なるほど、狼っぽい見た目通り、鼻もいいようだ。人が声や視覚で人を認識するように、彼らは鼻で識別するのだろう。

俺は大人しく、嗅がれることにした。

「美味そうな匂いでも食べないでね？」

『安心せい。その場合は、肥えさせるのが世の習わしであろう？』

「それは、逆に安心できないって」

冗談とわかっていても、その顔で言われたら普通に怖い。だから、どうか不味《まず》い匂いでありますようにと願いながら、俺は身を差し出した。

大きな鼻がクンクンと、しかし実際は掃除機で吸われるかのような吸引力で、体の匂いを嗅がれる。

数秒して、もう満足したのか魔獣は顔を離した。

「もういいの？」

『我はな。竜の香りがする人間は珍しい。嗅ぎ間違えはしまい』

「えっ、ハクの匂い？」

いつの間にマーキングされたんだ、俺は。

と、俺がクンクンと鼻を腕に近づけ、自分の体の匂いを確かめていると。

『続けて、我が眷属《けんぞく》にも頼むぞ』

「えっ……」

そんな無茶な要求が聞こえ、顔を上げてみれば、木々の合間から、一〇〇匹近い数の魔獣たちがゾロゾロと俺に向かって押し寄せてきていた。

「あっ、ちょ、やめ……聞いてないっ！　一気に来るなっ、順番、順……あっ、お前、くすぐったい、くすぐったいから！　ちょ、一気には無理だって……っ！」

そうして、俺は魔獣たちの群れに飲み込まれた。

揉《も》みくちゃにされ、匂いという匂い嗅がれまくった俺は、疲れ果てて湖畔に横たわっていた。服は乱れに乱れまくり、匂いを嗅ぐついでに舐め回された肌はべっとり。

何か大事なものを失った気がしなくもない。

「がっはははっ！　散々弄ばれたな、レイ！」

親父は腹を抱えて、大笑いしていた。俺が魔獣たちのおもちゃにされている時からずっと。

「笑ってる暇あるなら、助けてよ！　もう体中ベトベトだし！　馬鹿ッ！」

「がっははは、水浴びすりゃいいじゃねぇか！」

「何が悲しくて、こんな山奥で一人で水浴びをしなきゃいけないんだよ……」

せめて背景には、水着美女をつけてくれとお願いしたい。

俺は、装備を錆《さ》びさせちゃいけないと思って、全裸で湖に入水した。

「うわっ、思ったより冷たいなぁ」

バチャバチャと水を体にかけながら、ベトベトを落としていく。

それを親父や魔獣、それから湖の周りにいた動物たちに視姦《しかん》されるという謎のプレイ。

なんだかなぁ……この胸に漂う虚しさは何だろう？

と、そうやって俺が体を洗っていると。

「クゥーン」

「キャウ」

二匹の幼い魔獣がバシャバシャと水を鳴らして、駆け寄ってきた。

「何だ、お前らも水浴びしたいのか？」

「クゥーン？」

「キャウ！」

まるでぬいぐるみのような愛らしい姿の二匹は、猫撫で声で、甘えてきた。まるで体を洗ってくれとでも言っているかのようだ。

「ははっ、仕方ないな」

口ではそんなことを言いながらも、俺は破顔して撫でるようにその体を擦《さす》ってやった。すると、二匹の小さな魔獣は気持ち良さそうに手に擦りついてくる。

何だ、この可愛い生き物たちは。俺はズキュンと胸をやられた。

「ねぇねぇ、この子たちの名前は？」

『名前？　生憎だが、人のように我らは名づけなどしない』

「えっ、こんなに愛くるしいのに？」

『人は愛くるしいと、名前をつけるのか？』

そりゃもう、サボテンに名前をつける人だっているんですから。

人は愛してやまないものには、名前をつけてしまう生き物なのです。

『ならば、好きにつければいい』

「えっ、いいの!?」

『構わん。なくても構わんものだ』

「じゃあ、俺が名付け親だ！　やった！」

俺は二匹を抱き上げて、歓喜の声を上げた。

それから、真剣に名付けを行うため、手の内に抱いた二匹の顔を改めてよく見る。

「クゥーン？」

この子は、オスかな？

チョコンと生えたツノの周りにカッコいい鬣《たてがみ》が生えている。体は黒い毛に覆われているが、顔には灰色の毛が生えていて、黒とのコントラストで顔が映える。イケメンだね。

一方、

「キャウ」

こちらはメスだろうか？

この子にはツノが見当たらない。その代わり、目の下にはチャームポイントとでも言うべき、雫《しずく》模様がある。

体の方も、全身が黒に覆われているわけではなく、腹の方は白い毛が多い。

「難しいな……種族名は何て言うの？」

『我らは、ライガーと呼ばれておるらしい』

「何かかっこいいね」

すごく強そうだ。

いずれはこんな可愛い子犬みたいな彼らも魔獣たちのリーダーのように、大きなツノを生やした黒いフェンリルみたいな凶暴で、威圧的な見た目に変わっていくのだろうか。

だとしたら、可愛いすぎる名前にするのも……いや、だがしかし、名前は体を表すと言う。

この愛らしさを失ってほしくはない。

そこで、俺は一計を案じた。

「決めた！　この鬣の子はフェンで、雫模様の子はリルだ」

「クゥーン？」

「キャウ？」

真ん中で分けてみたら、いい感じに親しみやすそうな名前になったので、思いっきりフェンリルから連想した名前にしてみた。

どうかその愛らしさを忘れず、されどいつかは魔獣の長のような強い魔獣に成長してほしいとの願いを込めて。

でも、フェンもリルも首を傾げるだけで、自分の名前だとは思っていない様子だ。

「君が、フェン。で、君が、リル。オーケー？」

「「……？」」

ますますわからなくなったという顔で、フェンとリルは俺の顔を見上げてきた。

名前を覚えさせるというのは意外と大変な作業なのである。かく言う俺も数年前に実体験があるのでよくわかる。まず『こいつ何言ってんだろう？』から、始まる。

繰り返し名前を呼ばなければ、到底わからない。

昔を思い出して苦笑いした俺は、いっちょ頑張ろうかと密かに気合いを入れる。

「よし、フェン、リル！　一緒に遊ぼうぜ！　こっちだ、フェン、リル！」

名前を繰り返し俺は、湖畔を駆けた。その後ろを、子犬のような体を一生懸命に跳ねさせて追いかけてくるフェンとリル。

【俊足】の進化系スキル【敏足】による能力補正で少し足が速くなったつもりでいたのだが、フェンたちは小さいながらも逞しい足をしていて、俺はあっという間に捕まえられた。

すると、今度は自分たちの番だというように、フェンたちは一度吠えて、それから背中を向けて逃げていく。

「待て、フェン、リル！　二対一はせこくないか？」

そうは言いながらも、俺は仲良さげに並んで逃げていく二匹を笑って追いかける。

その後も、名前を繰り返すことに注意しながら、俺は道中でくたびれた体に鞭《むち》打って、遊びの中で名前を覚えてもらおうと粘り強く頑張った。

その甲斐あってか、夕日が湖をオレンジに染める頃には、フェンとリルは名前を呼ぶと駆け寄ってきてくれるまでになった。

名実共に、俺がこの二匹の名付け親になった瞬間だった。

だというのに……

「おーい、レイ、そろそろ暗くなってきたからけぇるぞ」

非情にも帰宅時間が、俺と彼らの仲を引き裂かんとする。

せっかくここまでフェンとリルが懐いてくれたというのに、何という理不尽だ。これほどまでに沈みゆく太陽を憎んだことはない。

俺はフェンとリルを抱いて立ち上がり、そして、封印していた必殺技の厳封を解いた。

「連れて帰っては……ダメですか？」

【役者】スキルの超演技力により、名子役へと変身を遂げた俺が放つ、ウルウル光線。あの恐ろしい母さんさえも、一撃で撃沈させる必殺の親殺しの技を前に、立っていられる親などいない。あまりの強力さに、自ら封印していたほどだ。

だが、悲しきかな……

『ダメだ』

魔獣には効果がなかった。

湖からの帰り道。

フェンとリルと涙の別れを果たした、その後に。

遊び疲れて、グッタリとした俺を肩に乗せ、親父は歩きながら語り聞かせてくれた。

冒険者の歩みと、その使命を。


――【七大秘境】。


そう、総称される前人未踏の地が、世界にはある。

この未開発な世界に秘境と呼ばれる場所は、数多くあれど、それらは全ての冒険者が必ず一度は志すと言われるほど有名で、かつ、どれか一つでも制覇すれば、偉業として讃《たた》えられるほど高難易度の秘境。

「まぁ今のレイなら、死ぬ以外ありえねぇ場所だ。秘境の土は人間でできてるなんて、与太話があるぐれぇだからな」

「与太話っていうか、普通にグロい話だよね。でも、すごく面白そう。どういうところなの？」

親父の顔を頭の上から覗き込むように身を乗り出して、俺は聞いた。

「そりゃぁヤベェ場所さ。ただ道がねぇとか、そういうもんでもねぇ。秘境は、人を試す」

「試す？　それって、秘境なの？」

「がっははは、細けぇ呼び方なんざ気にすんな。秘境なことには間違いねぇ」

一寸先も見えぬ霧に覆われた天を貫かんばかりの大森林――【世界樹の森】。

大地に走った無数の亀裂が翼なき者を拒む世界有数の竜の住処――【竜の谷】。

ここ数千年最も多くの冒険者が挑み、そして帰らぬ人となった魔境――【迷宮】。

見上げる者は拒まず、されど頂きに至ろうとする者は拒み退ける――【神の塔】。

海を越え、大陸を跨《また》ぎ、空を泳ぐ島――【空島《そらじま》】。

海の向こうにあるという伝説の大地――【幻影島《げんえいじま》】。

古《いにしえ》よりその存在だけが囁かれ続ける――【死の都】。

それを総称して、【七代秘境】と人は呼ぶ。

制覇されたことのある秘境は、未だ初めに挙げた二つのみ。

しかし、それでも依然七つの中に含まれるくらい挑戦者は後を絶たない。

誰もがその秘境を制覇できるような確立された方法があるわけもなく、道があるわけでもないからだ。その奥地に足を踏み入れられるかは、個人の資質と実力がものを言う。

いわば、試しの場。七大秘境の登竜門とでも言うような場所だ。

七大秘境で命を落とした冒険者は、もはや数えるのも愚かしい。冒険者は何百年、何千年という単位で、秘境が課す試練めいた高い壁に阻まれてきた。

だが、それでも【七大秘境】に挑む冒険者がいなくなることはない。

金になるからか？

名声を得られるからか？

そこに未知があるからか？

当然、それもあるだろう。ないと断じる方が不自然。

何故なら先達者たちは、それらを得てきたからだ。果てなき冒険の末、強敵を打ち破り、まだ見ぬ発見をし、誰よりも世界の先へと到達し続けてきた。

そう、彼らは英雄だ。

人々にとって、身近な英雄だ。命知らずで魔物が支配する外の世界に飛び出していく英雄なのだ。

だからこそ、冒険者は挑み続ける。

それは言い換えれば、冒険者の使命だ。

誰よりも世界の奥地に、まだ見ぬ何かを求めて、世界を開拓してきた先達者。

時は流れ、世界地図ができても、その道行きは変わらない。何故なら如何《いか》なる夢を持とうとも、その歩みの後を追うことに変わりはないのだから。

金も、名声も、力も、強敵も、冒険も、未知も——全てはそこにある。

親父もまた、それに挑んだ者の一人だった。

湖の美しさを超える絶景を七大秘境に求め、挑んだそうだ。結果は悪くもなく良くもなく、秘境ならではの絶景をその目に収めたものの、心から欲するものは手に入らなかった。

それを、徒労に終わったと悲観する素振りを見せないのは、世界を回って湖こそ一番と甲乙をつけられたからなのか。

いや、きっとそうではない。

冒険譚《ぼうけんたん》を語る親父の楽しそうな顔に、徒労の二文字は天地がひっくり返っても似つかわしくない。

「オメェの夢が何にせよ、冒険者になるんなら避けては通れねぇ道だ。いつかはそのどれかに挑む日が来る」

「そういうもの？　仕事には無関係なのに？」

「そうでもねぇ。そうでもねぇが……」

顔を覗き込む俺に対し、親父は少し顔を上げ言う。

「お前ェ、ワクワクしてんだろ、今？」

「え？」

「それだけ顔に出てりゃぁ、俺でもわかる」

言われて、俺は自分の頬を撫でる。いつの間にか吊《つ》り上がっていた頬を。

「お前ェは、冒険者向きだよ。俺が保証してやる」

「そ、そう？」

それが親の甘さ込みのお墨つきであっても、俺にとって最も身近な冒険者から保証されれば、思わず顔がニヤついてしまうのは止められない。

「ああ。だから、ごちゃごちゃ考えず、思ったままに生きろ。気になったら行ってみるのが、冒険者流のやり方だ」

「それ……まんま父さんの生き方だよね。自己流じゃない？」

「いや、違《ちげ》ぇ。自由じゃねぇと、できねぇことだ」

それは一理あるが、この生き方に従ったら、母さんが泣いてしまいそうな気がするのは、グータラな親父の姿を見ている息子の勘違いだろうか。

まぁでも……

「自由なのは、いいね」

窮屈な生き方を知っている身としては、自由な生には憧れる。この束縛アレルギーだけは如何《いかん》ともし難い。潜在的に真逆の自由を求めてしまう。

でも、今は不自由かと問われれば、答えはノーだ。村の外には一人で出てはいけないとか、そんな言いつけはあれど、束縛されているとは感じない。

アレルギーは、いつの間にか症状が和らいでいた。

だから、もうこれは捌《は》け口《ぐち》ではない。自由に憧れを抱いているだけだ。

「ねぇ、父さん。もしその秘境を全部制覇できる冒険者がいるとしたら、どんな冒険者かな？」

それは、世間話のような何げない問い。最強の冒険者と、自分の中では答えはそう出ていた。

でも、親父の答えは違った。

「そりゃぁ、世界で一番自由な冒険者だろうよ」

「……？　どうして？」

予想外の答えが返ってきて、俺は理由を問い返す。親父は言った。

「世界の何も、そいつの歩みを止められねぇからだ」

「――――」

親父の口から出てきた歩みという言葉が、頭の中で重なった。

それをどう表現したらいいか俺はよくわからない。

ただ暗闇の中、足場の悪い道なき道をしっかりとした足取りで進む親父の目に映る景色が、一瞬だけ見えた気がした。

「……そっか。なら、俺がその冒険者になろうかな」

ふと、顔を上げてみれば月が木の葉の間から僅かに見えた。夜と木々が作り出す圧倒的な暗闇の中、疎《まば》ら月光が顔を照らす。

そんな既視感のある状況に、あの夜を思い出す。

心は驚くほど静かだった。静かに自分の変化を受け入れていた。

クスリと、微笑が木々の暗闇に飲み込まれて消えていく。

「どうした、急に笑いだして？　何か面白いもんでもあったか？」

「ううん、違う、ただの一人笑い…………ねぇ、父さん」

「ん？」

「俺……今すっごく楽しいよ」

「……そうか」

夜と木の作り出す圧倒的な真っ暗闇の中、あの日と同じ二人っきり。

似ていたのは、ただそれだけ。

静けさの中に交じった渇きが、諭すようにそれを俺に告げていた。

答えを得ない限り、夢と認めない限り、俺を永遠にでも駆り立てると。決して逃げられない、だから、諦めろと、渇きはそう俺に告げていた。

それを踏ん切りと呼べるのかはわからないが、親父の温《ぬく》もりに触れながら、静かに頭と心が一つに集約していくのを、俺は感じた。

「俺……決めたよ。誰の加護をもらうか」

これはたぶん夢と言うには、夢を見すぎている。

虚数の彼方にあるような低い可能性の先にしかなく、果たして望むような答えがあるかもわからない。

でも、親父の話を聞いて、思ったんだ。

己が心に迫られたから、探さずにはいられなかった親父に、果たして打算なんてあったのだろうか。

いや、きっとなかった。いつでも自分の心に正直に、正直すぎるほどに生きる人だから、微塵も考えちゃいなかっただろう。

だから、そう、人が可能性を追い求めるのに、低いとか高いとか、そんなものは必要ないのだ。

必要なのは、心が求めているか、どうか。

それさえ、あればいい。

でも、もし本当に意図して俺をこの世界に呼んだ存在がいるのなら。

俺はただ答えを求めるだけではダメなのだ。

それに応えなければ。生まれた理由を果たさなければ。

何故なら、それはきっと碌でもないことで、きっとこの世界の人だけでは対処できないことで、きっと過酷な試練になるから。

そうでなければ、わざわざ別の世界から俺を呼ぶ理由なんてない。

もし、それを仮に使命と呼ぶのなら。

使命を果たせなかったその先に待つのは、如何なる災厄か。

だから、俺は備えなくちゃならない。

手遅れにならないように。

俺を呼んだ誰かの願いに応えられるように。

そして、家族を、友を、失わないで済むように。

俺は、何が待ち受けていようと乗り越えていける、そんな人間にならなくちゃいけない。


だから、世界で最も自由な冒険者になろう。

どんな試練が立ちふさがろうと、どんなに強い敵が現れようと、どんな辛い目にあったとしても。

決して歩みを止めない冒険者に俺はなろう。


でも、そのためには、冒険者向きの加護をもらうだけでは、ダメなのだ。

何故ならそう、俺はディクのように突き抜けた才能を持っていないのだから。

認めよう。俺は、非凡だ。そして、臆病だ。

たった一つの、果たして鋭いかもわからない武器だけで、それに挑む愚行を重ねられない。

もしディクのような特別な才能を持たない俺が、彼らと同じ土俵に立とうというのなら、ここで取れる道は一つしかない。

「俺は、創世神の加護をもらう」


それは、人の可能性を広げると言われる最古の神の加護。

そう、これは賭けだ。非凡な俺が、世界で一番自由な冒険者になるための、賭けである。

俺は、自分の中にもある可能性に、さらに可能性を賭けてみる。

賭け金は、己の将来と不確かな未来。

そんな一世一代の大博打に、身を投じようとする息子に。


「そうか」


親父はそれ以上何も言おうとはしなかった。

まるで人の道に口は挟まないとでも言うように、理由も何も聞こうとはしなかった。

だから、今じゃなくていつか。

本当のことを言える日が来たら、親父の理由を聞かせてくれた湖で、それを話せたらと。

そう思ったんだ。

<table>
<tr><th>名前：レイ</th><th>種族：人間（少年）</th><th>年齢：5歳</th></tr>
<tr><td>レベル：1</td><td>生命力：451</td><td>魔力：1132+200</td></tr>
<tr><td>筋力：412+200</td><td>体力：403+200</td><td>敏捷：405+300</td></tr>
<tr><td>耐久：345</td><td>器用：736+200</td><td>知力：691+220</td></tr>
<tr><td colspan="3">通常《ノーマル》スキル：【観察】【百里眼】【真眼】【魔力操作】【魔力感知】【身体制御】
【計算】【思考超加速】【役者】【忍び足】【気配察知】【敏速】【空間】</td></tr>
<tr><td colspan="3">希少《レア》スキル：【空間探索】【立体軌道】【魔力充填】【画家】【職人】</td></tr>
<tr><td colspan="3">魔法《マジック》スキル：【火魔法Ⅱ】【水魔法Ⅱ】【風魔法Ⅱ】【土魔法Ⅱ】</td></tr>
<tr><td colspan="3">武器《ウェポン》スキル：【剣術】自己流剣術／『火剣』《灼熱魔翔斬》</td></tr>
<tr><td>固有《ユニーク》スキル：【経験蓄積】</td><td colspan="2">蓄積量：235,569／【○\°　%#】</td></tr>
<tr><td>称号：【@&☆$】【怒れる魔女の忠犬】</td><td colspan="2">加護：【創世神の加護】</td></tr>
<tr><td colspan="3">新スキル効果：【立体軌道】あらゆる状況下において、適切な肉体制御が可能。
筋力、体力、敏捷が200上昇。
【敏速】風より速くあなたの下へ。敏捷が100上昇。
【気配察知】高い存在力を察知する。
振り向けばそこにはっ……！</td></tr>
</table>

8 俺が学校へ行く理由

ガバルディにある教会へと赴き、創世神の加護を授かってから、一年が経過した。

カンストしていたレベルがリセットされ、再び成長期に入った俺は、年相応の背丈に。

日々の鍛錬の積み重ねと、レベル上昇に伴う基礎能力の増加で、日々自分が成長しているのを感じている。

一方、いよいよ試験本番まで一年を切り、ディクは本格的に受験一色の生活を送るようになった。

俺にはまったく理解できないが、バグキャラのくせして、ディクは試験に落ちないか不安で不安で堪らないらしい。以前は一日に一度くらいは顔を合わせる時間があったのだが、その時間まで勉強に回し始め、最近ではめっきりディクと顔を合わせない日が増えた。

受験ノイローゼというやつだろうか。ノイローゼになろうが、どうせ落ちることはないだろうと思っている俺は、完全に放置を決め込んでいるものの、近頃はどこか張り合いがない。

その代わりと言ってはなんだが、俺も将来を見据えて、冒険者として必要な知識や技術を学び始めた。

基礎的な面では、魔物の種類や薬草の見分け方などの知識の習得を。実践的な面では、山道の歩き方や罠の作り方などを学んでいる。

そのキッカケとなったのは、以前湖に連れていってもらった際のことだった。

不慣れな山道に悪戦苦闘していた俺は、とてもではないが親父の進む速度についてはいけず、帰りは疲れ果てて自分の足で帰ることもできなかった。

そんな俺を見兼ねた親父が。

『情けねぇ。あの程度の道で、バテてるようじゃ一人前にゃぁなれねぇぞ』

そう言って、週に一度ほど湖に連れていってくれるようになった。

でも、習うよりも慣れろの指導矜持《きょうじ》を持っている親父は、剣も、山の歩き方もひたすら実践あるのみで、コツとかはなかなか教えてはくれない。

もちろん、見て盗める部分はしっかり頂いているが、やることなすこと、全てが規格外すぎて困る。

何で、何十メートルもあるような崖を一飛びで登ったりできるんだろうね。つくづくステータスの差というものを思い知らされる。

でも、半年以上そういう場面を見続けて、一つ気がついたことがある。

何でできるんだろうではなく、どうやったらできるんだろう、だ。

親父はコツを聞いても、『こりゃ俺のやり方だ』と言って、決して俺にそれを真似させようとはしない。

真似をしろと言われても、崖を一飛びなんてできるわけもないが、何回かに分けてジャンプすれば、俺も崖を越えられる。岩肌を掴み損ねて、親父に助けられることもあるが、考えてみたら俺のやり方だって地球人が見れば仰天ものだ。

だから、何でと考えるのは、固定概念に囚われているから出る疑問だと思うんだ。これでは進化の儀で賭けた俺の可能性を反故《ほご》にして、自分の幅を狭めてしまうことにもなり兼ねない。

自由な冒険者は、やはり発想も自由でなくては。

だから、どうやったらできるか、を常に意識している。

また、湖への道中には魔物や薬草、食用の木の実、毒キノコなど冒険者になるなら知っておいた方がいい知識が山のように転がっている。

意外だったのは、一日前の会話すら忘れてしまう親父が、それらについて母さんが舌を巻くほどの幅広い知識を持っていたことだ。根っこに毒性のある植物から、水に浸すと膨張して飛んでいく木の実、特定の魔物の毒に効果があるという薬草まで、普段の親父からは想像もできない量の知識が飛び出してきた。

それを唖然として受け止めながらも、一流の冒険者に少しでも近づけるように、道中で発見した薬草や魔物などを採取、あるいはスケッチをして、記録するようになった。

こういう時、非常に役に立つのが、【画家】と【作製】スキルから誕生した非戦闘向き希少《レア》スキル【芸術家】。一度見たら家に帰ってからでもゆっくり思い出して絵にできるので、非常に重宝している。今、最も成長しているスキルかもしれない。

成長といえば、拾ってからもう二年以上になるハクは、親父に似て実に怠惰な成長を続けている。

初めは、幼竜だから仕方ないと見逃していた部分もあったが、フラつかずに飛べるようになったのに、まだ一日の八割を寝て過ごしているのだ。

そのせいか、日に日にすくすく育っていっているフェンとリルに比べ、同じ魔獣とは思えないほど、ハクの成長はゆっくりだ。ようやくぬいぐるみサイズといった具合で、すでに大きさは成長の早いフェンたちに追い抜かれかけている。ハクはいつになったら成長期に入るのだろう？

俺は育て親として、とても心配だ。どこかに【竜の育て方】というタイトルの本は転がっていないだろうか。

さて、そんなちょっとした心配事を抱える俺だが、最近もう一つ取り込み始めたことがある。

それは、オリジナル魔法の開発だ。

「単純なイメージだと、ただ魔法を変形させただけになるから……さらに付け足さないと使い物にならないな。となると、やっぱり風系統か」

最近、ディクとあまり遊ばなくなり、時間があまりに余っている俺は、母さんの部屋にあった魔法書を持ち出して、魔法について学び始めた。

初めは、魔法の理論に興味を持って始めたが、読んでみた本の内容から着想を得て、近頃はオリジナル魔法の開発に熱心に取り組んでいる。

それについて詳しく語る前に、少し本の内容について説明しよう。

俺が読んだ魔法書は、母さんに勧められた【魔法の法則性】というタイトルだ。

著者は、マリス・リベルドという人物。著名な人物なのかは定かではないが、本が出されたのも割と最近で、一〇年ほど前に書かれた本らしい。

気になるその内容だが、書かれてあったのは、世界への干渉の度合いと消費魔力の関係、魔法発動におけるイメージ過程の定式化、付録としてその考察に基づいていくつか魔法が記載されていた。

付録はいいとして、少し初めの二つについて、詳しく説明しよう。

この世界は、創世の神によって生み出されたとされている。創世の神は、まず大地を、次に海を、そして、空気を、最後に人や木、亜人や動物など、数多の生命を創った。

つまり、俺たちは創世の神の力の中で生きているのだ。

ならば、創世の神が創り上げた法則へと介入する魔法に必要となる力——すなわち魔力は、書き換える事象の内容と規模に依存するのではないか、という推測に基《もと》づき、水を生み出し操る場合と、初めから存在する水を操る場合とで、対比的に魔力消費の大小が書かれてあった。

結論を言うと、存在する水を扱う方が魔力消費は遥かに少ないことが、本の中で実証されていた。

次に、魔法発動におけるイメージ過程は、初級魔法のファイアボールを例にして語られていた。

俺の場合、ファイアボールを発動するには火の球を思い浮かべるが、火と球をバラバラに思い浮かべ、掛け合わせても発動する。その際、思い浮かべる順番を変えても、同様に。

つまり——
1. 【火】→【球体】→ファイアボール
2. 【球体】→【火】→ファイアボール

3.【火の球体】↓ファイアボール

矢印を時間の流れる向きとすると、このように書ける。これは、実際に本に書かれていたものをそのまま持ってきたが、さらに著者はこれをこのように書き換えていた。

1.【火】+【球体】=ファイアボール

2.【球体】+【火】=ファイアボール

3.【火の球体】=ファイアボール

矢印から式に書き換えると、1と2が本質的に同じものであることがよくわかる。このことからイメージ過程において、想像する順番はさして重要なものではなく、足し合わせられるかが重要であると言える。つまり、魔力操作が十分できているのに、発動できないというのは、それが上手くいっていないということなのだ。

さらに3だが、これは【火の球体】というイメージそのものに、【火】と【球】という要素を含んでいるから同様の魔法が発動する。

さらに言うのなら、【火】は【熱い】や【赤色】といったさらに細かな要素へと分解できる。それはまた、【球】も同様にだ。

つまり、イメージの要素は合体していても構わない。言い換えれば、それはイメージ過程の簡略化が可能であることを示唆している。

詳しく説明すると、ファイアボールのように、一般的にイメージ過程が単一、あるいは二つほどに少ないものは初級魔法と言われるのだが、中級魔法にもなると少なくとも三要素以上必要となり、上級魔法においては一〇要素以上が必要となるらしい。

さらには、先ほどの理論から魔法の規模が大きくなるほどに、多量の魔力を同時操作する技量が必要となってくる。これがどれだけ難しいか。

魔法職が基本後衛で、長い詠唱を必要とするのが普通と言えば、どれだけ集中が必要とされるものかわかってもらえるだろうか。

だが、魔法を難しくする一つの要因を簡略化できるのなら、相対的に難易度は一段階落ちる。

これを応用すれば、複雑な魔法をより効率的かつ容易に発動させることも不可能ではないのではないか。

俺はそう考えた。ひとまず一から編み出すのは難しいと考え、必殺魔法を改良してみることにした俺だったが、事は簡単には進まない。

オリジナル魔法の開発は困難を極めた。

俺が改良しようとしている灼熱魔翔斬と名付けた魔法は、親父の技を真似た代物だ。しかしながら、あれは魔剣だからできる剣技であり、厳密には魔法ではない。

大きな違いを一つ挙げるのなら、発動速度だろう。剣技のような名前ではあるものの、一応魔法ではあるので、魔剣のように剣を振るえば出るような仕様ではない。

だが、理想としてはそれが望ましい。単純に考えて、好きなタイミングで何度もあの技が使えるだけでも、かなり強力な切り札となる。

しかし、どうすればそれが実現できるのか。

考えた末に、俺は魔法の剣を生み出してはどうかと考えた。

そう、魔剣を、魔法で作るのだ。

「いやでも……ただ組み合わせただけじゃ、灼熱魔翔斬と変わらないか」

しかし、言うは易く行うは難し。

この魔法を、魔剣と呼べるクラスにまで昇華させるのは、容易なことではない。

魔法そのものである剣から、炎の斬撃を生み出す。それも単発ではなく、何度も。

何となく構想はできている。だが、それを魔法発動のイメージに反映させるとなると、上手くいかない。

例えば、【炎の剣】と【刃を放つ剣】の二つのイメージを合成した場合、生まれるのは、剣を象《かたど》った炎だ。

おそらくは剣にイメージが偏りすぎているせいだと考えている。

また、剣のイメージを弱くするため、【炎】と【刃を放つ剣】を合成した場合、剣を象った炎から、三日月型の炎が飛んでいく。単発で消え、かつ刃は斬撃ではなく、形として処理された。

ならばと、今考えているのは、刃に斬撃を持たせるため、初級魔法にある風の刃をイメージに取り入れようとしている。

だが、イメージ組み立ての段階で、灼熱魔翔斬と殆ど変わらぬイメージ過程となってしまい、実験せずとも望む形の魔法にならないことはわかっている。

「何か、別の発想が必要だな。これじゃ今ある魔法と変わらないし、下手すりゃ劣化版だ」

おそらくこの魔法で、一番難関となるのは、複数回使用可能という点。

俺の知る限り、一度の魔法発動で複数回、同様の効果を発揮する魔法は存在しない。個数をイメージ過程に含めたり、最近手に入れた【並列思考】のスキルでイメージを並列処理して、複数の魔法を同時に発動させることは可能だ。それを魔力操作で、時間差をつけて相手にぶつけることも。

しかし、それは魔剣のように振るえば出るものとは違う。

ある意味、そこがこの魔法のオリジリティとなる部分だが、それだけに難しい。

先はまだまだ長そうである。

とまぁ、そんな具合に、六歳になった俺は、冒険者になるために必要な知識、技術、そして、強さを磨くことに邁進している わけだ。

ただ一つ遺憾なのは、最近称号に加わった不名誉な称号。

もう隠しようがないので、大人しく自白すると。

五歳になってから、ディクが受験勉強を始めたため、徐々に一人になる時間が増えた。そうなると、普通は他の友達と遊ぶようになっていくものなのだろうが、空気の読める五歳児だった俺は、薄々村の子供たちに避けられていることに気がついていた。たぶん勝負ばっかりして、危ない奴だとでも認識されているのだろう。

それはいい。俺も中身がアレなので、無理して遊ぶような必要はないと考えていた。

だから、俺は昼下がりには屋根の上に横になり、空を見上げてボッチを満喫している——風を装って、さらに範囲が拡大した【空間】と魔法を組み合わせて、日夜、村の平和に貢献していたのだ。

すると、どうだ。

俺を見る村人の視線が、妙に優しく、温かくなっていくではないか。

これは小さな村ならではの悪いところで、すぐに妙な噂が広がる。

その時、広がっていたのは、俺が遊ぶ友達もいない可哀想なボッチという噂だった。

いや、確かに毎日毎日、家の屋根で眠るような子供がいれば、そんな誤解も生まれるかもしれない。でもさ、それなら俺以外に遊ぶ奴もいないディクもボッチ扱いされて当然ではないか。

そんな風に憤り、また、超合法的な平和貢献だったために、それを理由に反論するわけにはいかず、知らんぷりを決め込んできた。

すると、今度はステータスの称号欄に、【ボッチ】なる冤罪《えんざい》が出現したではないか。

これはいかんと、調査に乗り出した俺は、今日おば様たちの井戸端会議で、真相を盗み聞きしてきた。

『そういえば昨日、レディクが村の外からレイくんを連れて帰ってくるところにバッタリ出くわしたのね』

『あら、あの穀潰しのレディクの仕事帰りに？　明日は、槍が降るのかしら』

『いや、それがねー、何をしてたか聞いたら、毎週のように山に行っては、魔獣の子供と遊んでるって』

『あら、やだ、魔獣と？　レディクはいったい子供に何をさせてるの』

『あたしも言ったんだけどねー、それが偉《えら》くレイくんに懐いているらしくて……ハクちゃんの時もそうだけど、そういう才能があの子にはあるのかもしれないわ』

『人間のお友達はいないのにねー』

『あら、ほんと！　可哀想に……生まれる種を間違えたのかもしれないわ』

だまらっしゃい。

誰が魔獣としか仲良くなれない可哀想な子供だ。ナチュラルにディクが人と認識されていないのは、バグキャラだから仕方ないとして、俺のその認識はおかしい。

確かに、俺はディク以外に人間の友達はいないが、それは友達を作ろうとしなかっただけの話である。

そんな不満を覚えた俺は——お母さんに告げ口しました。

ええ、そうです。母さんをモンスターペアレント化させて突撃させようと思ったわけでございます。が——

「そう……あなた人間の友達がいなかったのね……」

ホロリと泣かれてしまった。ついでに、ギュッと抱きしめられて、耳元で慰めのお言葉がかけられる。

「……大丈夫よ、レイ。いつかきっとあなたにも人間の友達はできるわ。世界は広いもの。世界のどこかには、あなたと気が合う人間がいるわ」

いや、違うんです、お母さん。俺は、あなたに突撃して、不名誉な称号を破棄してきていただきたいだけなんですよ。

「すまんかった、レイ。お前ェがそんなに苦しんでいるのに、俺ァ気がつかねぇで山なんか連れ回してよぉ。あんな場所、人間はいねぇよな。明日からは、村の子供たちと遊んでこい」

いや、だから違うんですよ、お父さん。俺は今まで通り、山に行ってフェンとリルと遊びたいわけですよ。

しかし、子供の心、親知らずで。

「そうね、それがいいわ！　それでも無理なら、村を出て学校に行きましょう！」

「えっ⁉　学校⁉」

予想していた惨劇の展開とはかけ離れた方向に、話が飛んでいく。これはやばいと、俺は思わず声を上げた。

「そうよ、学校よ？　世界中から子供が集まる学校なら、きっとレイにも友達ができるわ。どう？　楽しそうでしょう？」

「いや、まったく」

残念ながら、小中高と学校に行っていた俺は、学校に楽しいなんてイメージはまったく持っていない。

断固入学を拒否する。しかし、ボッチの主張とは虚しいもので。

「馬鹿野郎、友達がいねぇと冒険仲間なんざ作れねぇぞ。お前ェは学校に行って、まず友達を作ってこい」

「えぇ……仲間は冒険者になってからで、よくない？　だって、学校の友達が冒険者になるかわかんないじゃん」

「おおっ、確かにそうだな。学校に行く必要はねぇか」

「逆に、なる子もいるでしょうけどね」

「おおっ、そうか。じゃ、行かねぇとな」

クソっ、鮮やかに論破返しされた。親父の扱いでは、母さんには敵わない。

先に母さんを止めないと。

「やっぱり学校に行く必要なんてないよ。遊び相手は、こいつらで十分だから」

そう言って、俺は剣と本を手に持ち、母さんに見せつけた。すると、母さんの見る目がどんどん最近俺に向けられる村人の目と同じになっていき、困った末に助けを求めて目を向けた親父にはサッと目を逸らされた。

それで、ようやく気がつく。

あれ、今の発言って植物が友達と言ってる奴と同じじゃね？

少なくとも、この状況では、それ以外に聞こえなくね？

「ちょ、まって、今の、今のナシ！　あの、あれだよ……そう！　ハクもいるし、俺は友達なんていなくても、平気だから！」

自分の失言に気がついた俺は、何とか挽回《ばんかい》せんと口を回すが。

「……レディク、どこの学校がいいと思う？」

「俺が、わかるわけねぇだろ。どこでもいいんじゃねぇか。友達ができりゃぁ」

「それもそうね。でも、あまり遠いのは、寂しいわ。できれば近くで……それで、レイに合った学校でないと……」

「ちょ、二人とも聞いてる!?」

ボッチではないから、ボッチで構わないと主張を変えた俺に、二人は目すら向けず、どの学校がいいかなどと話し合いを始めた。

いよいよいかんと、俺は手を大きく振りながら、会話を止めに、二人の間に割って入る。

「待って待って、俺まだ行くって言ってないから！　だいたいこの村の中で友達作ったら、行く必要ないじゃんッ！」

そう、反論する俺に、親父と母さんは口を揃えて――

「「――作れたらな（ね）」」

作ってやんよぉぉおっ、こんちくしょうめぇぇぇッ！

俺は泣きながら、家を飛び出した。

――かくして、俺の友達を作ろう大作戦は、始まったのだった。


――一ヶ月後。

「ぐずっ……あいつら同じ村の生まれとは思えない。仲間意識はないのか、仲間意識は」

俺の心は、折れていた。

子供なんて大嫌いだ。

汚名をすすごうと、村のわんぱくボーイたちにちょっと木剣を持ってチャンバラしようと言ったら、泣き叫んで逃げられるし。

これなら興味が湧くだろうと広場で遊んでる子供たちの目の前で魔法を発動させたら、軽くパニックが起きたし。

ならばと、もはや一流の（孤独な）芸術家と噂される俺が、渾身の出来と自負して似顔絵を女の子に持っていったら『あたしこんな顔じゃないって』言って泣かれるし。

結局、汚名はすすげぬまま、先に俺の心が打ちのめされた。

「ピィ……」

慰めるようにポンポンと頭に乗るハクの尻尾が、俺を労《いたわ》ってくれる。

「あぁ、ハク……お前だけだよ、この村で俺の心をわかってくれるのは」

もう俺には、ハクしかいない気がしてきた。急にハク成分を補充したくなった俺は、ハクを抱きしめて、広場のベンチに腰を下ろす。

「はぁ……学校か……どうしよう、ハク？」

「ピィィ？」

「なぁ、ハク……たぶん今みたいには眠れないし、ご飯も美味しくないけど、一緒に来てくれるか？」

「ピィピィ」

ハクは、首を振った。

「そうかそうか、来てくれるか。ありがとう、ハク」

「ピッピッ!?」

ハクはとても優しい子だ。住み慣れたこの村を離れて俺と来てくれるらしい。

結果として、この村で友達を作ることは諦めるしかなくなったので、強制的に学校へ行くことが決定した俺にとって、これ以上嬉しいことはない。

擽ったいのか、腕から這い出ようとするハクを、俺はギュッと抱きしめた。

「あー、学校行きたくないなぁー。ここにいたいなぁー」

「ピィィィ――――ッ！」

「だよな、お前もそう思うよな、ハク」

同じく、さぞかし学校になど行きたくはないのが伝わってくる悲鳴を耳にしながら、いつもとは逆に俺がハクの頭に顎を置いて、ガッシリと抱きしめつつ考える。

「学校なんか行ったところでなぁ……」

今更、七歳児に交じって、何を学べというのか。

正直あまり気乗りはしていない。そもそも学校に行くつもりなんて、俺にはまったくなかった。

義務教育の制度があるわけでもなく、今以上に冒険者として成長しやすい環境が整っているとも思わない。

それに、学校など金に余裕のある貴族や大商人などの家の子供が行くような場所だ。別に村出身の庶民だからと門前払いされるわけではないが、学費はそれなりに高いので、易々と行けるような場所ではない。少なくとも友達を作りになんて理由で入る馬鹿はいないだろう。普通は金を出す親が許さない。

しかしながら、うちの親たちはそのあたりの感覚がおかしいらしく、普段は家でゴロゴロしている親父が、最近人が変わったかのように働きだした。

どうやら六年分の学費を一気に稼ぐつもりらしい。もう半分は稼いだと言っていたので、金の心配はまるで必要がなさそうだ。

むしろ心配するべきは、そんな馬鹿な理由で学校に入学することになった自分自身の方だ。

世界的に見て、学校のある都市は珍しい。人間の手足の指で数えられるほどしかない。実際、俺の生まれたライクベルク王国は、世界三大大国に数えられる大国なのに、国内にある学校は四校だけである。

別に他国にある学校に通えないわけではいが、それでも、どれだけ狭き門かは総数を見ればわかる。しかしながら、金の力というのは、どの世界でも強いらしく、ライクベルク王国を守る騎士を養成する【騎士学校】のような例外を除けば、殆ど金でふるいにかけられるらしい。

嬉しくないことに、その点に関して俺はまったく心配がなさそうなので、入学はほぼ確実にできてしまう。

すると、どうあっても俺はこの村を出なければならない。唯一、この近隣で大きい街であるガバルディには学校がなく、最も近い【王立学院】であっても片道二週間はかかるような距離だ。

他国にある遠い学校など、今から出立しても間に合うかどうかという距離。必然、候補は絞られるわけだ。

国内にある学校で、特に有名な学校は二つある。

先に挙げたディクが目指す【騎士学校】と、ここから最も近い【王立学院】。どちらも名門校と呼ぶに値する実績ある学校だ。

それに並ぶ学校としては、他国だが【魔法学校】がある。名前的に俺はどうせ通うなら、そこに行きたかったのだが、めちゃくちゃ遠い。大陸をほぼ横断しないといけないらしい。

試験に間に合わないので、そこへの入学は諦めた。

で、一つ追加情報を出すと、【騎士学校】は将来この国に仕える騎士を養成する学校なので、貧しい家の子でも通えるよう、学費が無料。かつ、卒業後は騎士としての職が約束されている。

しかしながら、学費が無料な分、学校に通うだけで騎士として一〇年は国に仕えなければならないという徴兵制度にも似た約束事が存在する。

騎士学校に入学する子供は、それを覚悟して入学しなければならないのだ。

まぁこの国じゃ、厳しい訓練を経て、人々を守るために誠心誠意働く騎士という職は誉れとされている。また冒険者と同じく危険に身を置く分、給与は人並み以上という噂だ。それもあって、この国では手軽になれる冒険者よりも、騎士の方が子供に人気が高い。

しかしながら、ディクが必死に勉強しているのを見ればわかるだろうが、騎士学校は本当に狭き門である。

学費がない代わりに無制限では、人を受け入れられないからだ。

だから、騎士学校は入学したての頃から、すでに実力のある子供たちが切磋琢磨《せっさたくま》する場所なので、他校に比べ、生徒たちの実力が高い。卒業時点で、A級程度の魔物なら全員が一人で倒せるようになっているとの噂だ。本当かどうかは知らない。

また、似たような理由で、断念せざるを得なかった魔法学校も生徒のレベルが高いそうだ。あちらは、魔法の試験のみのようだが、優秀な魔法使いを数多く輩出している。

一方、近いからという理由で最有力候補である【王立学院】は、金さえ払えば誰でも入れる学校の典型例。しかしながら、何故か【騎士学校】や【魔法学校】とタメを張る実力校。

聞くところによると、個人の資質を伸ばしやすい環境が整っているのだとか。

だからまぁ、成り行き的に行くとしたら、ここかなと思うわけだ。

何度考えても、Sランク冒険者の二人から直接学べる今以上の成長しやすい環境が整っているとは思えないが……

本当に気乗りがしないどころの話ではないが、俺に友達を作らせることが最優先な二人に何を言っても無駄なのは、あの涙の逃避行で理解したので、俺も受験勉強とやらを始めなければならない。

王立学院では、入学を拒否するためではなく、入学後それぞれに合ったカリキュラムを組むために、実力を測る試験が行われる。

必然的に、優秀な成績を出せば、より高度なカリキュラムの中で学べるわけだ。果たしてそれが、一般的な六歳児から逸脱している俺にとって、実りあるものなのかは置いといて、六年もの時間を無駄にしないためにも、試験でいい成績を取る必要がある。

　そのためには、勉強しなくては。ただ。

「……受験勉強かぁ……やだなぁ」

「ピィイィ――ッ！　ピィイィ――ッ！」

「あぁ……やっぱりお前だけだよ、俺の気持ちをわかってくれるのは。嫌だよな、受験勉強」

　もうこの世界に来てからのことを考えると、一〇年近く昔の話だからか、どんな風にというのはよく覚えてないが、嫌だった覚えはある。

　それがまた、と考えるとどうしても嫌気が差してしまうが、よくよく考えてみると、特にすることは何もないのでは、と思った。

　何故なら……

　剣術→子供が泣いて逃げ出すレベル。

　魔法→パニックが起きるレベル。

　勉学→七歳児向けの問題がわからなかったら普通に泣くよねのレベル。

「あれ……俺何したらいいんだ？」

　ハクの頭から顔を上げた俺は、最終的に困り果てて受験生に聞いてみた。

「まず、言葉を覚えることだよ！」

　とてもドヤ顔で言われた。

「物の名前や地名が問題だから、それを覚えて、書けるようにならないとね！　僕が教えてあげてもいいよ？」

　とても勝ち誇ったような顔だった。

　とりあえずディクが親父さんに出された問題に全て正解を書いて、俺はハクを抱きながら家に帰った。

それから数時間後、ディクに勝負だと問題用紙を叩きつけられ、それが三時の恒例になったのはまた別の話だが、どうやら勉強の方でも俺は泣かないで済むレベルではあるらしい。

それが確かめられ、俺はもういいかとこの問題を忘れることにした。まぁ、現実逃避と言うのかもしれないが。

俺は、できれば受けたくない受験の勉強より、オリジナル魔法開発の方に力を入れるようになっていった。

名前：レイ	種族：人間（少年）	年齢：6歳
レベル：13	生命力：608	魔力：1492+200
筋力：591+200	体力：583+200	敏捷：552+300
耐久：456	器用：982+500	知力：815+320
通常《ノーマル》スキル：【観察】【百里眼】【真眼】【魔力操作】【魔力感知】【身体制御】【計算】【忍び足】【気配察知】【敏速】【空間】		
希少《レア》スキル：【空間探索】【立体軌道】【魔力充填】【芸術家】【並列思考】【俳優】		
魔法《マジック》スキル：【火魔法Ⅱ】【水魔法Ⅱ】【風魔法Ⅱ】【土魔法Ⅱ】		
武器《ウェポン》スキル：【剣術】自己流剣術／『火剣』《灼熱魔翔斬》		
固有《ユニーク》スキル：【経験蓄積】	蓄積量：235,569／【〇\°　%#】	
称号：【@&☆$】【怒れる魔女の忠犬】【ボッチ】	加護：【創世神の加護】	
新スキル効果：【芸術家】傑作が世に出る日を、楽しみにしてます。器用が500上昇。 【並列思考】物事を二つ同時に考えられる。知力が300上昇。 【俳優】詐欺に使ってはいけません。舞台を目指しましょう。		

9 シエラ村のライバル

雪解け水が大地を潤し、川に流れ込むこの季節。春と呼ぶには少しばかり早い肌寒さの残る空気は、夜になると冬のそれと変わらない気温にまで冷え込む。

その冷えから身を守るように、未だ小さく縮こまったままの若草たち。若緑の地面に落ちる蒼白《そうはく》とした月明かり。暗闇を和らげる月の光は、薄く広がった雲を伝って空全体に淡く広がり、雨のように降り注いでいた。

家の二階の窓から見渡せる、見慣れた風景も、昼間と夜とでは随分違う。満月かそうでないかでも、季節によっても、ここから見える景色は全然違う。

それを絵日記のように、この目に焼きつけることはもうできそうにない。

俺にとって、この村で暮らす最後の冬の終わり。友との別れが明日に迫ったその夜、俺は眠れずに一人空を見上げていた。

「空は広いな……」

とても……とても広い。今見える空の向こうにも空は続いていて、世界はその下に広がっている。

それを見上げることしかできない人間にとって、空は、世界は、どれだけ広大なのだろう。

そんな広大な世界に、人が二人。偶然にでも出会う確率は、それこそ運命とでも言うような確率だ。

「運命、か……」

俺は、自分がそんなロマンチストだとは今の今まで知らなかった。

でも、俺にとっては前世も含めて、初めてできた友と呼べる存在。その友との別れを明日に控えた今日ばかりは、そんな運命という曖昧な言葉にすら、感慨を覚える。

世界は広い。そして、人間はちっぽけだ。

長距離を短時間で移動する飛行機や新幹線のようなものがあるわけでもなく、その足で人は世界を移動する。

魔物がいて、手紙が確実に届くこともない。ましてや、携帯などない。

一度離れてしまえば、それは永遠の別れにもなり得る。だから、運命でもなければ、俺とディクが再会する日はきっと来ない。

俺たちの道は、ここで分かれる。

俺は冒険者になって世界へ。ディクは騎士になってこの国で。

それぞれの道に、進んでいく。

でも、今はまだ同じ場所にいる。

ふと、壁に立てかけてあった相棒に目をやる。

傷だらけで、所々凹んだ木の剣。刃などなく、何かを切ったことなど一度もない木刀のような剣。

これで、毎日のように勝負してきた。馬鹿みたいに飽きもせず、種類も、得意も、苦手も関係なくいろんな勝負をやってきた。

時には引き分けたことも、馬鹿をやって叱られたことも、あった。

ディクと出会って、もう五年。これ以上ないくらい、勝負しきった。

でも、足りないと、感じてしまう。まだまだ勝負したかったと。

「やり残してること……一つあったな」

あるいはもうこれは、病かもしれない。ギャンブル中毒とか、バトルジャンキーとか、そういう類《たぐい》の。

でも、恋の病にも似た病気。特定の、たった一人の、それもまだ七歳の子供相手に、こんなにも熱くなって、こんなにもムキになって、こんなにも求めてる。

だから、きっと俺たちの別れには、木剣《こいつ》が相応しい。

家の明かりは消え、とうの昔に村の人たちは眠りについているような時間帯。人っ子どころか、誰一人として外を出歩いていないそんな夜の村を歩き、俺は来慣れた場所へとやってきた。

満月が照らされた村の広場。月光に緩和された夜の闇は、広場を見渡せるほどに浅い。

一面に広がる芝生の中で一ヶ所、地面が顔を覗かせる広場の中央。そこは俺とディクが毎日のように剣を交わし合い、踏み荒らした地面だ。いつしか土地が禿《は》げたことにも気がつかず、その緑のない場所で向かい合うのが当たり前になっていた。

そんな広場の真ん中に、満月を見上げポツンと立っている一つの人影。月光に照らされた青髪が、光を浴びているように映える。

「やっぱ来てたんだな」

確信していた後ろ姿。

俺は僅かに破顔して、同じ病を患った唯一無二の友に歩み寄る。

「やぁ、レイ」

ディクは随分前から俺に気がついていたように、ゆるりと振り返った。

「ちゃんと寝たか？　明日の朝、出るんだろ？」

「そうだね。でも、寝られないよ、今日は」

一応は心配する俺に、ディクは当然のようにそう言った。

「馬鹿だなぁ、お前も」

「同じぐらい馬鹿なレイには、言われたくはないかな」

確かに、とディクの指摘に頷きながら、俺は微笑する。

ここで別れを惜しんで夜が明けるまで語り合う展開になるのなら、俺たちにも少しは可愛げがあったかもしれないのに。

疼きを押さえる俺の前にいるのは、俺と同じ疼きに侵されるディクの顔で、可愛げなんて微塵もあったもんじゃない。

抑えきれない衝動に駆られて、真夜中に家を飛び出してきた、俺と同じただの馬鹿だ。

だけど、馬鹿だったたから、たった一つの共通する想いに、俺たちはこの場所へと導かれた。

ならば、そう、これは運命などではなく、必然だ。

この地で、共に過ごす最後の時に。

俺たちは、互いの剣先を目の前の相手に向けて、伸ばす。

別れの日？　夜？

だから、何だ。

二人揃ったのなら、やることは一つしかないだろ。


「「――勝負だ」」


馬鹿の一つ覚えのように、俺たちはそれ以外の別れ方を知らなかった。

でも、それ以上に相応しい別れ方も知らなかった。

「これで決着がつくね。僕と君の勝負に」

「ああ……今は丁度引き分けだからな」

俺たちの今の戦績は、互いに七八二五勝七八二五敗二引き分け。

勝とうが、負けようが、これで決着はつく。

「ルールは？」

「確認しなくてもいい。俺も同じものを希望だ」

「じゃあ、本当に決着がつくね」

「つけに来たんだろ？　なら、今まで一度もやったことのない勝負で、白黒ハッキリさせよう」

すなわち——どちらが本当に強いか、だ。

俺たちはこれだけ勝負を重ねてきて、今まで一度も本気のぶつかり合い——真剣勝負をしていない。

いつも特定の、剣なら剣、力なら力、頭なら頭と細分化された勝負を重ねてきた。それらを合わせた『強さ』の総合を試したことは、今まで一度たりともない。

もちろんそれはたまたまなどではなく、親たちに止められていたからだ。どんな事故が起きるかわからないと、きつく言い聞かされ、実際そうだろうと俺も納得していた。

でも、それを比べないで、果たして俺とディクの決着はつくのだろうか。

俺は……いや、俺たちはそうは思わない。

「……怒られるだろうね」

「かもしれないな」

たとえ叱られることになっても事故——すなわち俺たちのどちらかが死ぬことになっても、真剣勝負で決着をつけたい。

これは、口にせずともわかる俺たち二人の双意だ。

「でも——今日はいい夜だ」

本当に。見回りの一人すらいない、いい夜だ。

「誰も止めには来ないさ。それとも、怖気《おじけ》づいたか？」

「まさか……怒られる覚悟はして来たよ。レイこそ、明日から一人だけど、いいの？」

俺を心配でもするように、ディクは今更言っても仕方ないことを聞いてくる。俺が、ここに残ってくれと言ったら、困るのはお前の方だろうに。

「それこそずっと前から覚悟してたさ。けど、お前にだけは言われたくないな」

「ぼ、僕は、騎士学校でできるもん」

「俺だってそうだ。いや、そもそも友達を作るために学校に行くんだよ」

「……それ前から思ってたけど、どうなのかなぁ？　レイらしいといえば、レイらしいんだけど……」

「ほっとけ、俺の勝手だ」

そんな風に、勝負の前に軽口を叩き合うのも今日で最後。

そう思うと、いつまでも続けていたい気持ちが湧いてくる。でも、時間はたっぷりあるとは言い難い。

俺は息をゆっくりと吐いて、気持ちを落ち着かせると、流れるように木剣を構えた。

「…………」

「…………」

無言で視線が交わる。ディクが構えるのを待つ俺と、少し残念そうに眉を下ろしたディクの視線が。

だが、ディクは一度噛みしめるように目を閉じただけでそれ以上の話を続けようとはせず、同じように木剣を体の前に構えた。

睨み合いは、いつもより長かった。

スキルに後押しされた俺を超える身体能力。一度見ただけで魔力充填を応用した魔法を完全コピーした魔法力。そして、俺の知らないディクにのみ許された固有スキル《ユニーク》。

その全てが使用可。

手の内がまったく読めなかった。あれだけ勝負を重ねてきたというのに、本当の戦いになっただけで、こうも違うのか。

月明かりは剣を交えるには十分な明かりをくれているが、それだけでは不十分だった。

冷たい夜風が肌に沁《し》みた。吐く息は白かった。

ディクはまだ動かない。俺もまだ動けない。

どれくらいの間、そのままでいただろうか。少なくとも体が肌寒さを覚えるくらいは、俺もディクも動けずにいた。

そんな硬直を打ち破ったのは、不意に落ちた深い暗闇だった。

唯一の明かりが雲に侵食され、周囲の夜が一層深くなる。その中で、朧《おぼろ》げに映る人影に向かって俺は動いた。

——ガンッ！

初撃は重なった。夜の闇に、鈍い衝突音が鳴り響く。

続く二撃目。

弾かれた時の勢いを利用して回転した俺は、しゃがみ込みながら、下段を切り払う。手に返ってきたのは、一撃を加えたという確かな手応え。それと同時に、肩に走ったのは、一撃を加えられたという痛み。二撃目は、痛み分けに終わった。そこで、俺は後方へと飛び退いた。体勢的に、不利と悟ったからだ。そして、飛び退いた先で、すぐさま剣を横にして、頭上に構えた。

そこへ、間髪いれず叩き込まれた一閃。腕に伝わった先ほどよりも重い一撃と、甲高い衝突音。身体強化系スキルと魔力充填を使用したのだろうという予測を基に、俺も魔力充填と身体強化のスキルを発動。

即座に体を斜め前にスライドさせ、ディクの間合いの内側へと入り込む。そして、左腕でディクの両腕を下から巻き取り、右腕の振り子と共に、勢いよく右足を振り上げた。

しかし、夜の闇にかどわかされても、重ねてきた経験は反射的に体へと反映される。斜め横合いから上がった膝蹴りは、寸前ディクがねじ込んだ左足によって、防がれた。

「チッ……」

舌打ちを一つ奏で、俺は足を戻すと共に顎を引き、勢いをつけて体当たり。人体で最も重く、硬い頭蓋を使った頭突きである。

この至近距離ならまず外れることはない――そう思っていた俺は、直後脇腹を深く抉《えぐ》る一撃に吹き飛ばされた。

「あがっ……」

肺から押し出された空気が口から漏れ、一瞬息が止まる。思わず手を離してしまった俺は、不発に終わった体当たりの勢いもあって、頭から地面に落ち、その上を転がった。

「っ……お前、いつの間に体術を……！」

「あれだけ打たれたら嫌でも覚えるよ。それに打つ君より、防御は僕の方が上手い」

「くそっ……最悪だ。このパクリ野郎め」

「ち、違うよ！　いつの間にか覚えてたんだよ！」

それで覚えられるのなら、俺の苦労は何だったのかと言いたい。しかしながら、俺はこのディクという幼馴染の異常性について、思考を放棄した後である。ディクなら仕方ないと納得してしまう自分がいた。

だが、体術とはまた厄介なものを覚えてくれたものである。

スキルの効果も含めた身体能力は、ディクの方が高い。接近戦は、ディクが最も得意とする分野だ。無論、俺も苦手ではないが、これまではディクが体術を使わなかったから、手数の差で対抗できていた部分は大いにある。

だから、ディクが体術まで使い始めたのなら、接近戦ではまず俺に勝ち目がない。――このままでは。

「なら、ついでにこいつもパクってみるか？」

俺は脇腹を擦りながら立ち上がると、ニヤリと口角を上げ、前進した。

「だから、パクったんじゃないんだけど……」

そうは言いながらも、動きを注視するように目を細めたディクに向かって、俺は爪先で石を蹴り上げる。

「牽制《けんせい》のつもりかい？」

ディクはそれを軽くいなしながら、力強く一歩前に踏み込む。

上段の構え。重心は腰に据え、上半身を前にスライドさせたかのような滑らかな踏み込みは、相手の動きに合わせる柔軟さを持ち合わせている。

たとえ弾き返されたとしてもすぐさま後方へと体を引き戻し、すぐさま攻勢に転じるそれは、守りと攻めを併せ持った父親仕込みの騎士団流剣術の振り下ろし。

いく度となくその柔らかで硬い守りに、剣を阻まれてきた。

「いや、ただの確認さ」

だからこそ俺は前進を強め、防御ではなく回避を選択。

ギリギリまで引きつけ、髪先が触れるほど紙一重で回避した俺は、ディクの腕の真横に躍り出て倒れながら斜めに剣を振り上げる。

でも、体重を乗せず腕だけで剣を振るったディクの追撃は早い。躱されたと見るや否や、即座に剣を横薙ぎに振るって、俺の攻撃に合わせてきた。

反射的に俺は剣を後ろに引き、反動を殺す。続けざまに空中で体を捻り、急回転。その最中、地面を指で削り取った俺は、摑み取った砂利をディクの顔目がけて放り投げた。

「っ……！」

迫る砂と石ころの散弾銃。それを視認しすぐさま剣と腕で顔を庇い、後方に飛び退いたディクに、俺は間髪いれず追い討ちをかけた。

両手を地面につけ、体の回転を止めると共に、跳ね上がるように飛び起きると、その勢いのままに飛び蹴りでディクの顔面を強襲。

「あぐっ……！」

呻き声を漏らし、顔を押さえてよろけながら後ろに下がったディクは、鼻血を地面に撒き散らしながら、笑みを痙攣《ひきつ》らせる。

「む、無茶苦茶するなぁ……そんな出たとこ勝負のような動き、僕にはできないよ」

「簡単に真似されるような動きじゃ、攻撃が読まれるからな。ちょっとアレンジを加えてみた」

そう、俺はただ無茶苦茶に動いたのではなく、出たとこ勝負に持ち込んだのだ。

夜は視界が鈍る。高速で動き回る相手ならなおのこと、反応は遅くなる。それがほんの僅かな誤差のようなものであれ、反射的な反応の速度がより顕著に現れる状況下において、その遅れは致命的である。

しかし、互いに条件は同じだ。ディクの反応が遅れるように、俺もまた遅れている。それだけではとても一撃は入れられない。

「さっきより動きが良くなったのは、身体強化でも使ったからなのかな?」

生憎とすでに身体強化系のスキルは、売り切れ御免の看板がぶら下がっている品切れ状態だ。そう易々とこの場で新たなスキルが身につくなんて都合のいいことは起こらない。

この場合は、その逆。

「お前の動きが悪いんだ」

元に戻った――それだけのことである。

「俺には目を閉じてても、お前の動きが昼間と変わらないぐらいよくわかる」

視覚、聴覚、触覚、嗅覚、味覚。

外界の情報を得るため人に備わった感覚はこの五感のみ。しかし、この五感は実に簡単に麻痺《まひ》する。例えば、耳元で大声で叫ばれた時や、今のように暗闇に影が落ちた時など、感覚は容易に鈍る。

だが、俺には五感とは別の第六感と呼べる感覚が備わっている。

「――【空間】のスキルだ。この荒れた地面の上にいる以上、俺に死角はない」

誤解しているかもしれないが、空間スキルは本来探知のためのものではない。それは鍛え上げて初めて可能な応用だ。

本来の使い方は、まさに俺が今やっているような周囲の状況を視覚――いやそれ以上のレベルで詳細に読み取ることにある。

「俺は常にお前より早く動いていたんだ」

小石で確認したディクと俺の反応速度の差は、およそ〇・二秒。速度負けしているとはいえ、絶望的なまでに差があるわけではない。反応速度の差に比べれば、僅かな差だ。

俺はそれを合算し、自分の有利な状況に持ち込んだに過ぎない。

「……なるほどね。これが、君が言っていたスキルを鍛え上げるってことなんだ。これは僕も、見直さないといけないかな」

それは後で好きなだけすればいい。俺に負けた後でな。

だが、早くも勝負を決しようとした俺は、続くディクの言葉に耳を疑った。

「――でも今は無理だから、もう一段階上げていくよ」

「なにッ⁉」

まだ上がるのか⁉

目を見開き驚愕した俺は、直後第六感に従い、後ろへと飛ぶ。

「あれ？　躱された？」

パサッと胸の生地が引き裂かれ、肌が外気に触れる。背筋に走った寒気は、決してそれが原因ではないだろうが、視覚以上に鋭敏な【空間】をもってしても、ディクの動きに紙一重でしか反応が叶わなかった。

冗談じゃない。どれだけ化け物なんだ、俺の幼馴染は……

「うーん、踏み込みが甘かったのかな」

そう言って、首を捻るディクの――残像。言葉の尻の部分だけが、背後から聞こえた。

「わっ、これに反応するなんて、さすがだね、レイ！」

「くっ……！」

「でも――だいぶ慣れてきた」

たった二撃。それだけで、大きく開いた身体能力の差をものにしてきたディクの動きは、先よりも速く、そして重い。

辛うじて背後からの攻撃に防御を間に合わせた俺だったが、受け切れないほどの大きな力の差に宙を舞う。

「なっ……」

子供の体とはいえ、人一人を容易に吹き飛ばす膂力《りょりょく》。もはや力の差は拮抗からは程遠く、【空間】による先読みも追いついていない。

無茶苦茶だ。

身体能力の差を埋める秘策を、さらに身体能力を上げることで潰してくるなんて……理不尽にもほどがある。

でも、それが許されているのが、こいつ――ディクルド・ベルステッドなんだ。

単にフライングしただけの俺とは違う。亀とは言わないが、凡庸な才能しか持たない俺では到底辿り着けぬ場所へ、最速で行ける兎《うさぎ》としての素質をディクは持って生まれてきた。

だからきっと、一度追い抜かれたら最後、俺がその背中を見ることはない。現実は途中で休憩などはしてくれないから。

それはずっと思っていたことだった。

――でも、もうなのか？

もう、俺はこんなにも差をつけられてしまったのか？

「このっ……！」

知らず知らずのうちに、手に力が籠もっていた。宙を舞いながら、歯が割れんばかりに強く噛み締められた口から、悔しさが転じて怒声となって振り撒かれる。

「――異常児がッ！」

全身の血が煮え滾《たぎ》り、沸騰する頭。流れ込む数多の情報によって白熱する視界は、夜の闇を鮮明に映し出し、一欠片の土くれさえ見逃すことなく鋭敏に捉えた。

俺は地面に着地すると共に両足を跳ね伸ばし、地面に対して平行に跳んだ。

「いったい何のスキルだ！」

ガキッ――と木剣が交差し瞬間的に火花が散ったが、突撃の勢いは完全に殺され、鍔迫り合いの状態にもつれ込む。

「これはそうだね……色々全部さ」

「答えになってねぇッ！」

力では勝てないと、即座に剣を引きながらも、剣速を上げ、決して正面を譲らない。その場に足を止め、はち切れんばかりの脳を酷使して、俺はさらに加速した。

真正面から交錯する剣戟《けんげき》の束。まるで深紅の薔薇《ばら》のように咲き誇り、火花のように散っていく木剣に纏った互いの魔力。削られては補強を繰り返し、ぶつかり合う剣が奏でる音は鋭さを増していく。

どちらも引かず、かといって押せず、拮抗する剣技と体技の猛襲。しかし、それもディクが完全に自分の力をものにするまでの僅かな時だった。

「っ――――！」

涼しげな顔で俺の猛攻を全て弾き返したディクは、一瞬の隙を突いて、俺の剣を上に弾き飛ばそうとした。手を離してなるものかと、反射的に握りを強めた俺は、体勢を崩し背中から後ろに押し倒される。

その上から襲い来るのは、深紅の煌《きら》めきを帯びた剣。

俺は、それが自分に向かって振り下ろされるのを見て、崩れた体勢がすぐに立て直せないと感じて——

「——固定空間！」


最後の切り札を使った。

空間探索の上位スキル【固定空間】。

一片、数十センチの空間を、数秒間完全に固定するスキル。すなわち、数秒間その固定された空間は力では決して破れはしない防壁と化す。

「なっ……」

驚愕が空気を震わせた。

「隙だらけだ」

左手をバネに俺は動きを止めたディクに鋭い突きを放つ。

「——！」

文字通り、意地を貫き通す一撃。僅かでもいい。これが届けば——そう思って放った渾身の一撃は。

「あ、危なかった……」

あろうことかディクの手に、掴み上げられていた。

「……お前はほんと嫌な奴だよ」

俺は剣を捻りながら体を起こすと、握りを捻りきって後方へと飛ぶ。

「レイは隠し玉が多すぎない？　何をしてくるかわかったもんじゃないよ。でも……残念だけど、今の僕にはもう通用しない」

「……みたいだな。今の俺には、どうやってもお前に攻撃を加えられないらしい」

もはや認める以外の選択肢は、存在しないように思えた。確実に晒した隙へと撃ち込んだはずなのに、防御されるどころか、その剣を掴み上げられたのだ。

「……どうしたの？　珍しく弱気だね」

「いいや……弱気なわけじゃない。やっと認めたんだよ」

どれだけ策を凝らしても、どれだけ意地になっても、ディクにこの剣は届かない。

ディクはもう俺よりも遥かに高い場所にいる。

それがわかった。

「ディク、お前は強い。正直、腹が立つぐらい強い」

どこまでも純粋な、シンプルな強さ。

動きが目で追えない。体が速さに追いつかない。力が受け止めきれない。

身体能力というたった一つの武器だけで、こうも強い。

「だから、意地を張るのはもうやめだ」

相手の土俵で満点を取る必要などどこにもない。

天才が一〇〇点を出してくるのなら、俺は全てで八〇点を取れればそれでいいのだ。満点である必要などどこにもなく、
それにこだわろうとするのは、ただの意地。

でも、悔しいから。転生チートがあって、対等ですらいられないのは、死ぬほど悔しいから、認めたくはなかったんだ。

でも、ここまできたら認めざるを得ない。

ディクは俺の前を行く兎で、俺はそれを追いかける鈍間《のろま》な亀だ。おそらくは二度と、この相関関係が変わることはない。

だが、そういう選択を俺はしたのだ。それでいい選択を俺はしたのだ。

「こっからだ。こっから、馬鹿の一つ覚えのお前に、俺の戦い方を見せてやる」

もう一度言おう。

満点などいらない。八〇点、それだけあれば十分だ。

あくまでディクの異常性は、身体能力とその覚えの良さという二点に尽きる。

ならば、俺はそれ以外の部分で戦えばいい。頭を回せ。俺の持つ手札を、最大限に活かせ。

兎に追いつける亀はいる。バイクでも、車でも、何でも使って兎を追いかける亀は、ここにいる。そうなろうと、俺は決めた。

凡庸な才能も束になれば、一つの抜きん出た鬼才に勝るということを、今ここで証明してやろう。

「――忠告を、一つしておいてやるよ」

俺は、不敵に笑いながら言った。

「それだけスキルを重ねがけすれば、いくら魔力消費の少ないスキルでも、すぐに枯渇するぞ」

「あははっ、ほんとレイは抜け目ないよね。でも、解除はしないよ。魔力がなくなる前に勝負はつけるから」

「逆だろう？　魔力がなくなって勝負がつくんだ」

ピクリとディクの顔が強張る。どうやら、俺が言わんとすることに気がついたらしい。


「――させないよ」


声が風を切った。

これまで以上の真剣味を帯びた声が、剣気とでもいうような刃となって、ビシビシと俺の肌を切り刻む。

動き出しは、わからなかった。

俺が捉えたのは、停止した体の動き。左腰から斜め下に剣を振りかぶるディクの姿――しかし、その時にはすでに、俺の体は剣と腕を胸の前で交差させ、防御の姿勢を取っていた。この速さなら、正面から来るだろうと予測していたからだ。本来、ディクの戦い方は単調だ。俺のように体術を交ぜたり、搦《から》め手を使ったりはしない。

何故なら、する必要がないから。

速さで劣る相手にわざわざ背を取る理由はない。

力で劣る相手に防御されたからといって、剣を撃ち込むのをやめたりはしない。

正面から、その守りごと叩き潰す。それが本来、俺と出会った当初のディクの戦い方だった。

それが持ち前の覚えの良さで、俺の動きを真似たり、戦術を覚えたりしてくるのだから、堪ったものではない。

だが、焦りから熱くなったディクは忘れてはいけないことを忘れている。

利用できるものは何でも利用するのが、俺の戦い方なのだということを。

「ハァッ！」

ブンッと風を切りフルスイングで振るわれた紅に染まった剣。それが触れるか否かの直前、俺は地面を蹴り砕く勢いで飛び上がった。

交差させた腕と剣に伝わる大きな衝撃。ピキッ――と、交差させた腕に木剣が食い込み、不穏な音を奏でる。

「ほんと馬鹿みたいな力してやがる」

痛みを堪えながら、地上から斜めに打ち上がった俺は、呆れるようにディクを見下ろす。すでに高さは、俺が一人では到底飛び上がれない高さにまで達していた。ディクはそんな俺を追って、地面の上を移動してきていた。おそらく落下してきたところに追撃を加える気なのだろう。まぁ、させてはやらないが。

俺は交差させた腕を解《ほど》くと、重力と空気抵抗が推進力を打ち消すのを待って、着地した――空中へと。

「えっ……浮いて……」

追ってきていたディクは足を止め、予想もしていなかったのだろう、唖然とした表情で俺を見上げてきた。

「ただの応用さ」

そう、これは俺が浮遊術を身につけたとか、そんな次元の高い話ではない。先ほどディクの攻撃を弾いた固定した空間を応用し、その上に立っているだけのこと。

「形勢逆転だな、ディク」

「――っ」

満月の夜空に浮かぶ俺の影が、長く伸びていた。その影の中で、ディクが息を飲むのが、手に取るようにわかる。それは、感覚という意味でも、思考を誘導したという意味でも。

『形勢逆転』という言葉を聞いて、俺の狙いを魔力切れと誤認しているディクが、何を思い浮かべるか。

それはおそらく、残存魔力量の差。

【身体強化】のみを発動させている俺と比較にならないディクの動きが、いったいいくつの強化系スキルによって成り立っているのかは知らないが、消耗が激しいのは先のやり取りでわかった。もし、このまま俺が距離を取って魔法戦に持ち込みでもしたら、先に魔力が尽きるのは、ディクの方だ。

その場合、魔力が尽きる前に、ディクは俺を魔法で倒さなければならない。が、果たして殆ど互角の魔法で勝負をつけられるだろうか――？

答えは、否だ。たった今、戦略に嵌められたという意識下にあるディクは、必ず深読みする。俺がそれを織り込んでいないはずはないと、存在しない手札を警戒する。

ならば、どうするか。

簡単だ。自分の得意分野に俺を引き戻せばいい。だが、どうやって？

魔法は使えない。それは、消耗を早め、俺の思惑に乗る形になってしまうから。ならば、その持ち前の優れた身体能力を活かす以外に残された道はない。

そこまで予測したのなら、ディクが次に取る行動はわかったようなものだろう。

「でも、それで逃げきれたと思うのは、僕を舐めてるよ！」

すなわち、跳躍して、俺を地面に叩き戻す。無論、それが罠である可能性をディクは考慮しただろう。だが、それでもディクは勝負に出るしかない。何故なら、このままでは負けると勝手に思い込んでいるから。

でも、実際のところは違う。【固定空間】には、時間制限がある。この一見、俺に有利な状況は、最大一〇秒間しか維持できない。さらに、使用時間がそのままリキャストタイムとなるため、絶えず発動と解除を繰り返さなければ、連続使用はできないという弱点もある。つまり、放っておいても俺は地面に落ちるのだ。

しかし、そんなことは今日初めて見るディクにはわかりっこない。そこにこそ、俺が思考誘導を仕掛けた本当の理由があることに、勝負を急いだが故に気がつかない。

まぁ、魔力の消耗をチラつかせて焦らせたのも俺だが、その俺の思惑を越えるため、ディクは勝負に出た。その初動を捉え、俺は思わず口角を上げる。

実際、ディクは俺の想定を超える速度で、跳躍してきた。おそらく一瞬だがディクの足元が青く光ったことに関係しているのだろう、さらに身体能力を強化して、ディクは弾丸のような速度で空に立つ俺に向かって飛んできた。

しかし、これ以上速くなられたところで、もともと体が追いついていなかった俺には、さほど大きな影響はない。やることは変わらず、動きを先読みして、先に動く。ディクが俺の前に現れた時、俺の体はすでに動き出していた。

「まただ逆だ」

先の発言に、言葉を返しつつ、俺は固定空間を蹴って、その場からいち早く離脱。

「舐めてるのはお前だ、ディク」

「――――」

飛び上がってきたディクに対し、距離を置いて落下し始めた俺は、ぴしゃりと言い放つ。

果たして舐めているのは、どちらか、と。

もし俺がこの高さなら届かないと舐めていたのなら、ヒントなど与えず本気で魔力切れを狙い、勝負をかけにいっただろうに。だが、それでは勝てないと判断したから、俺はディクの動きを止められる空中へと、誘い出したのだ。

俺がわざわざヒントを与えた時点でおかしいと思えていれば、時間制限にも気がつけたかもしれないのに……俺がそんな親切な人間なわけがないだろ。そんなことまで忘れてしまっているのなら、二度と忘れられないように刻みつけてやる。

俺は翻り、空中で逆さまになりながら、両手を地面に向かって伸ばした。

「ロックウェーブ！」

仕込みはすでに済ませていた。空に上がる前、会話でディクの気を引きながら、地面に魔力を充填しておいたのだ。だから、ここまでは予定調和。俺が発動を意識すると、すぐさま地面が轟音《ごうおん》を立てて口を開いた。

アーンと、緩慢にも見える速度で、ディクを飲み込まんとするように立ち昇る土砂の壁は、渦を巻いて土の塔を築き上げていく。

だが、魔法による反撃は間に合わないと判断したのか、体を丸くして飲まれる覚悟をしたディクを前に、土砂は突然動きを止める。それを見て、ホッとした表情を浮かべたディクは。

「魔力切れかい、レイ？　残念だけど、僕には届いてないよ」

俺の反撃が途中で止まったことで、ディクは己の勝利を確信したのか笑みを零す——が、俺は悔しさを微塵も見せず、頷いた。

「そりゃそうだ。これは捕獲用だからな」

「えっ……？」

そう、届いていないのではない。届かせなかったのだ。

ディクの顔からスッと笑みが消え失せる。俺はさらに畳みかけるように言った。

「だって、お前自分で砕いた岩の上を平気で走りそうだろ？」

冗談のように俺は笑って言ったが、半分は本気だった。

この捕獲用というのはある意味予定調和だが、予定通りではない。本来これは、ディクを拘束するための仕込みだった。

しかし、予想外だったのは、ディクの力の上がり幅。今のディクならば、俺が言ったようなことをやりかねない。予想以上の高さまで飛ばされた俺は、そう警戒して当初の土魔法での拘束から、自然落下による捕獲へと切り替えたのだ。

「まさか……」

「そうだよ、これはお前専用の——落とし穴だ」

空中で人は動けない。飛び上がったら最後、地面に落ちるまで落下するしかない。

俺のように空中で跳ぶことができなければ。

「でも、念押しはさせてもらうぜ——アクアウェーブ！」

真上から真下へ。予《あらかじ》め用意していた水の荒波がディクを襲った。

「がふぁぉぉッ！」

人一人を覆うには十分すぎるほどの水量が、滝のようにディクを巻き込んで大地の穴へと落ちていく。その低い谷底に、殆ど直《じか》にディクの体を叩きつけることになるだろうが、それぐらいで倒れるようなタマではない。

俺は穴の中へとディクと共に水を落とし終えると、即座に土砂の壁を崩し、大地の穴に蓋をした。

果たしてこれにどれだけ意味があるのか。一瞬の時間稼ぎにしかならないかもしれない。

でも、それでいい。時間さえ稼げれば、それで。

「俺のとっておきを見せてやる」

培ってきた経験が、これ以上ないほどにうるさく、今だと吠えていた。

勝負勘――今がその時だと、まるで手に負えない化け物が生まれようとしているかのように、けたたましい警鐘が俺を駆り立てる。

対して、頭は驚くほど静かに冴《さ》え渡っていた。

脳裏に浮かんだのは、親父の技だった。あの技を真似て作った、俺の技だった。

そして、まだ日の目を見ていない俺の魔法だった。

思考は回る。

この僅かに生まれた時間で、何ができるのか。スキルの補助を超えて、思考が加速する。

およそ一年考え、導き出したイメージの行程。

【風の刃】+【火を纏う刃】+【風を生み出す剣】。

刃と風に相関を持たせつつ、アクセントに火の性質と剣という形状を加え、偏りが生まれないように調整したイメージ式。難点だった複数回使用は、魔法を同時発動する時のイメージの並列処理から着想を得て、合成したイメージを重ね合わせする重複処理で解決することは別の魔法で実証し、重複回数が弾数になることもわかっている。

だが、簡略化したとはいえ、簡単化はなされていない。それは、イメージを合成するだけでも一苦労。それを重複処理すれば、難易度は一気に跳ね上がる。さらには、その性質上、上級魔法クラスの膨大な魔力を同時操作しなければならない。

とても今の俺の力量では、発動できるレベルの魔法ではなかった。

――だが。

もし力量を底上げできるのならば、話は変わってくる。

「【芸術家】発動」

希少《レア》スキル【芸術家】は、器用の能力値を上げるスキルだ。つまり、単なる能力補正。意識して使う類のものではない

――と思っていた。

しかしだ。

多少器用が上がったからといって、何故俺は芸術家の真似事が可能なのか。

例えば絵。

手先が器用であれば、絵が上手いのか。

確かに、筆使いがままならないようでは、思うように絵は描けないだろう。絵を上手く描きたいのなら絶対に必要となる技術だ。

しかし、その思うようにというのがミソである。筆使いが一流でも、描くものを正確に思い浮かべる力がなければ、上手には描けない。それも、超一流の画家にでもなれば、その制作期間は何十日、何百日にも及ぶこともある。その間、初めに描いた頭の中のイメージが途中で変わってしまっては、描きたいものも描けない。だから、本格的に絵を描く前に、下描きをしたりする習慣がつくのだろう。

だがそれも、全部なんてことはできない。色合いや雰囲気、細かな描写などを全て下描きする絵師がいるだろうか。世界を探せばいるかもしれない。あるいは、ただ感性の命じるままに筆を動かすような天才もいるだろう。

でも、大概の人間はそうではないはずだ。つまり、その人たちには、想像したものを保存できる頭が備わっている。

仮にそれを想像力と一括りにするのなら、それは万物を生み出す大前提として必要となる力である。そして、それは魔法においても同じ。

作り上げようとする魔法を想像――すなわちイメージできて初めて発現するのだ。

ならば、それを利用しない手はない。

すなわち、【芸術家】スキルに備わっているであろうこの裏補正――想像の保存力の魔法転用。未熟な魔力操作を他のスキルで補う灼熱魔翔斬とは、真逆の発想だ。

絵の具は、魔力。筆は、魔力操作。魔法は、作画だ。

想像を脳のキャンパスに焼きつける。一枚一枚丁寧に。描き、そして、重ねる。

残る魔力の殆どを一箇所に集め、赤い棒となったそれを俺は握った。

「――来い」

現実に。

頭のキャンバスを、この手の先に映し出せ。


「炎風剣《えんぷうけん》ッ！」


ぶっつけ本番もいいところ。練習も、予行も何もしていない。正しい使い方なのかもわからない。

だが、できるという確信があった。それは、今まで何度も何度もやってきたことを、ただ組み合わせただけのことだったから。

そして、それを証明するように、手が熱を摑む。その発動の兆候を感じ取った俺が目にしたのは、夜の闇を青く染め上げる光だった。


――キイイイイッ！


聞き慣れない音が鼓膜をくすぐった。

うっすらと開けた目に飛び込んだのは、ディクを落とした落とし穴から立ち昇る光の奔流と、その中から飛び出してきた青光を纏う人影、そして、それに対抗するような赤の煌めき。

「それが、君の奥の手かい？」

砂漠の砂のように細かな粒が舞っていた。それが、土砂の成れの果てと気づくのに数秒、あれだけ激しく土砂の蓋を破壊したのに水が一切飛び散っていないことに気がつくのにさらに数秒を要した。

おそらく水は気化したのだろう。水に飲み込まれたはずのディクの体が不自然に乾いているのがその証拠。

光の熱か？

一瞬、そう思ったが、土砂を粒にまで分解したのも同じ光である。

単純な光じゃない。先ほどの放出と、今その体に纏っていることを考えると、魔力に似た何か……

一つ確かなのは、先ほどまでとは比較にならないほどの圧力を、今のディクからは感じる。

「お前こそ……それが奥の手か？」

「うん、レイには初めて見せるかな。これが僕の固有《ユニーク》スキルだよ。効果は――」

そう言って、まるで邪魔だというように、立ち込める噴煙が消し飛ばされたのを見て、無造作に腕が振るわれたのを、俺は事後的に知った。

「……こんな感じかな。あとは、少し魔力に似ている気がするけど、正直まだよくわかってないんだよ」

魔力に似ているとは、その輝きを指してのことか。それとも、先ほどの光線を意味しているのか。

疑問を返したところで、納得のいく答えは返ってこないように思えた。

「でもさ、今の僕はこれまでのどの僕よりも強いよ」

それ以上の答えは。

ゴクッ――と無意識に自分が息を飲んだのがわかった。喉がやけに渇いている。

全身の汗腺が開き、手に持つ火炎に包まれた魔法の剣とただの木剣の二振りが、一回り小さくなったような気がした。

対して、ディクの持つ木剣は、まるで内側から弾け飛ぶ寸前のような一際激しい閃光を放ち続け、ディク本人といえば超然的な威圧感を服でも着込むように纏い、その場に存在していた。

「これで終わりだよ、レイ」

余程自信があるということなのか、言い切ったディク。

「……奇遇だな、俺もそう思ってたところだ」

別に強がったわけではないが、負けじと完成したばかりの剣を掲げる俺。

どちらも己の手にした力の方が強いと言い張る。こうなれば最後、俺たちには一つの選択肢しか残されていなかった。

すなわち、正面からの衝突。単純な力比べ。

読み合いも、搦め手も、戦略も必要ない。自分の技の方が強いと思うのなら、真正面から相手を打ち破り証明すればいいのだ。

そうやって俺たちは、互いに証明し続けてきた。


だから、わかる——今がその、比べ時だと。


俺たちは示し合わせたように剣を上げ、距離を置いて全力で己の手にした力を振り下ろす。

火と光の剣が辿る軌跡から生まれたのは、炎の刃と光の奔流。お互いに距離を食い潰すように突貫《とっかん》したそれらは、丁度中央で交わり、衝突する。

直後鳴り響いたのは爆発音。衝突する光の奔流の火炎の嵐。絶え間なく攻撃をぶつけ合う俺たちの咆哮が加速する。

「おぉぉぉぉっ！」

風を焼き斬る刃を俺は全力で振り回し。

「はぁぁぁぁッ！」

剣に溜め込んだ青光を解放するディク。

視界は、粉塵を巻き上げる爆炎に覆い尽くされていた。

その中で、剣を、振る、振る、振る。

紅蓮《ぐれん》の刃と光の奔流が、ぶつかり、せめぎ合い、爆散――何度でも繰り返す。

力がある限り。攻撃が返ってくる限り。相手が立ち続けている限り。

どれか一つ、その限りを満たすまで、俺もディクも止まらない。

でも――――一撃一撃を放つたびに、感じた。

決着が近づいていると。終わろうとしていると。あと少しで、終わりなのだと。

一発一発を放つたび、失われていく魔力に合わせて、剣が重たくなっていく。

これで……これで本当にいいのかと、自問自答した。

何度も、何度も、何度も。

ディクの一撃を、二撃で返しながら、思った。

終わりたくないっ……！

でも、こいつにだけは。

ディクにだけは、絶対に負けたくないんだ。

何度負かされても、何度勝っても、勝負のたびに負けたくないと、心が勝利に飢えるんだ。

「うぉぉぉぉッ！」

残り一発。炎風剣に残された最後の魔力を、全て絞り出し、俺は剣を振るった。

終わるな、まだ終わってくれるな。

でも、これで決まってくれ。

その相反する思いを全て吐き出すように、炎風剣がその刀身すら、炎の刃に変えて。

だが、炎風剣は咆声《ほうせい》したディクの青い閃光と衝突し、ぶつけ合う咆哮の圧力を受けたかのように潰れ、そして混ざり合う。

「ハァァァアッ！」

一瞬――たぶん俺がこれまで認識した中で最も短い時間、ぶつかり合った炎の刃と閃光は、一つの玉になった。そう、見えた。

直後、起きたのは大きな爆発。ドンッと溜め込んだものが弾け飛ぶように玉が膨張し、大気が震えた。

爆発の中心から全てを押しのけるように生まれた激しい爆風は、瓦礫も、粉塵も、そして俺たちも巻き込んで、この戦いによって荒れた大地の上から、何もかもを吹き飛ばさんとするように、駆け抜ける。

とても目を開けてはいられなかった。小さな砂粒が途切れることなく顔を叩き、体や顔を守る腕に石の塊がぶつかる。

体は風圧によって押され、足はズルズルと後退する。

そんな荒れ狂った風の猛威に晒されても、俺は萎えてなどいなかった。たぶん……いや、確実にディクも。

あいつなら、この状況下でも次に備える。何故なら、俺もそうだから。

俺とディクは何もかも違う。

夢も、好みも、性格も。

だけど、俺たちほど似ている奴らもいない。

勝負事が大好きで、馬鹿みたいに負けず嫌いで、勝つためなら手段を選ばない、そんなところは、笑ってしまうほどそっくりだ。

だから、目も開けられぬまま、俺は残った相棒の剣へと残りの全てを注ぎ込む。

これまでの戦いの結末を預けるに足る、終止符を打つに相応しい一撃を。

俺が、あいつがそれに選ぶとしたら、自分の中で最も誇れる最強の技。それをぶつけずには、終われない。

何故なら、これは殺し合いではない。

憎しみ合った末の戦いでもない。

ただどちらが強いか、それだけを決める戦いだからだ。


故に、俺たちなりの美学を。

勝負の中に勝負を折り込む、馬鹿な戦術を。

「「勝つのは――」」

誰にも共感されずとも、迷いなく俺たちは選び取る。

「――俺だッ！」「――僕だッ！」


どちらからともなく、俺たちは踏み出し、疾走した。

不意に刺した朝日に照らされたディクの顔は、泣きそうなほどに歪められていた。

たぶん、俺も似たようなものなのだろう。

……だが、決着を。

絞り出せるものは声まで絞り出して。

目の前の相手より、一歩でも、半歩でもいい。

この長く続いた勝負に、己の勝利という決着を。

それは互いに望む俺たちの関係の終着点。この足が今、向かっている場所だ。

これだけは、邪魔されたくない。

誰にも、己にも、そして、ディクにも。


「灼熱魔翔斬ッ！」

「霊光刃《れいこうじん》ッ——！」


剣の間合い——互いに手が届きそうな至近距離で、己が最強と誇る技を、ぶつけ合う。

青と赤の光彩に塗り潰された視界。

全身に激しい痛みが走る。吹き飛ばされそうになる爆風。火か、光が顔を焼き、風が頬を引き裂いた。

それでも、負けじと力を込めて、足を前に踏み出す。

光と火が交ざり合い、木剣に掻き分けられているかの如く、視界の右へ、左へと流れていく。

前に進むたび、体は裂傷と火傷を負い傷ついていくが、それが逆にこの剣がディクへと近づいているのだと、実感を込めて教えてくれる。

でも、前に進むたび、離れていくような気がした。

自分が、ディクが。

互いに背を向けて離れていくような、そんな真逆の錯覚が……——バキッ。

不意に耳に届いたのは、そんな何かが割れるような音だった。その音が聞こえた瞬間、剣が軽くなる。まるで空振りして、バランスを崩した時のように。

そして、俺は激しい光明に目を閉じ、そのまま剣を振り抜いた。

俺は……やったのか？

それとも、負けたのか？

閃光が収まり目を開けると、俺の前には誰も立っていなかった。

思わず目を見開き、俺はそこにディクの姿を探したがどこにもその姿はなく、もしかしてと顔だけ振り返る。

そこには剣を振り抜いた体勢で、俺と同じく首だけを回して立つディクがいた。

それを認めた瞬間――

「うぉぉおっ！」

――体は無意識のうちに動いていた。

まだ決着がついていないと頭で判断するよりも先に、捻《ね》じ切れんばかりに回転する体。その動きに剣を持つ手がついていかず、ギチギチと悲鳴を上げる肩。

「はぁぁぁッ！」

だが、咆哮して体当たりでもするように突っ込んできたディクを見て、俺は腕よりも先に体を前に放り出す。

間合いが重なり、その内側に入り込むまで、一秒とかからなかった。

そのまま俺とディクは顔を突き合わせ、額をぶつけ合って、唾と共に咆哮をぶつけ合う。互いに首を仰け反るように弾き飛ばされ、それでも負けじと後ろ足をつき伸ばして、ようやく体に追いついてきた腕で、剣を振るった。

もはや防御も、回避もする余裕はない。魔力も尽きた。どちらも体はボロボロ。これだけ勢いがのった一撃を受ければ、ただでは済まない。

だから、この一撃を受けて立っていられた方が、勝つ。

これで決着だ……ディク。

そう、確信を込めて腕を振り切っ――――バチンッ！


「「えっ――――」」


それは、決着の一撃が奏でた音。感じたのは木剣がディクの体を打った手応えでも、逆に激しく打ちつけられた痛みでもない。それとは比べるまでもなく小さな、二の腕に走った痛み。

目の前にあったのは、刀身が消え、持ち手を残すだけとなった相棒の木剣の姿と、俺と腕を組み交わした状態で、同じく自分の手に目を向けるディクの姿だった。

唖然としてディクと顔を見合わせる。

ディクは間抜けな顔をしていた。その瞳に映る俺もまた似たような顔をして、この予想外すぎる決着に、二人して一瞬言葉を失う。

「…………これは……」

「……引き分けだな」

俺たちは互いに腕を放し、手の握りを解いて見せ合う。

この五年間に築いた関係の終わりを告げるように、根元だけを残し瓦解した相棒の――その成れの果てを。

「七八二五勝……」

「七八二五敗……」

皮肉が効いてると、思った。俺たちの勝負の決着が、長年愛用した剣との別れになるなんて。

でも――

「「三引き分け」」


いつしか身についていた決着の後、戦績を言い合う習慣。

それだけは、悔しさや寂しさ、そんなのを抜きにして自然と口から出てきたんだ。


最後の勝負を終え、俺たちはその場に立ち尽くしていた。視線は無意識に、互いの相棒の破片へと注がれる。

ふと、明かりを感じて目を向ければ、白み始めた空は俺たちの時の終わりを告げていた。

「決着……つかなかったね……」

「……ぁ……」

何か返事をしなければと開いた口からは、空気のような声しか出てこなかった。

もうすぐ、新しい朝が始まる。その朝にはもうディクはいない。その時のために用意した別れの言葉は、ディクの夢を応援する手向《たむ》けの言葉は、どうしてか俺の口から出てはくれなかった。

俺も頑張るからお前も頑張れよ、とか。

どうせ目指すなら騎士団長になってやれ、とか。

寂しくなるけど、またいつかどこかで会えるといいな、とか。

俺たちは一生友達だぜ、とか。

そんないっぱい、いっぱい考えた激励や別れの言葉は、一つも俺の口から出てこない。

口が、鉛を嵌め込めれたかのように重い。カクカクと音のない言葉を出しては、口を噤む。

やがてそれすらもできなくなり顔を俯かせた俺は、情けないと自らを恥じた。

俺は……これから夢に向かっていく唯一の友に、何一つ言葉をかけられないのか。

それが、情けなくて、悔しくて、でも口を開けばここにいろと無茶を言ってしまいそうになる自分を必死に抑えつけた。

そうやって、ディクの前でどれだけ無様を晒し続けただろうか。

不意に顔に差し込んだ強い光に顔を上げれば、東から昇った太陽に照らされた土まみれでスス汚れたディクの顔があった。

「そろそろ……時間だね。僕はもう……行かないと。お互い頑張ろうね」

「…………」

俺は答えなかった。いや、答えられなかった。

ディクは少し残念そうに俺の顔を見たが、それを責めようとはせず、涙は見せずに笑いながら、別れを切り出す。

「じゃあ……さよなら、レイ」

そのさよならが、とても重たく聞こえた。

これで、こんな終わり方で、いいのか……？

せめて俺も、さよならぐらい……でも、どうしてもその言葉が出てくれない。終わらせたくないと駄々をこねるように、終わりを口にすることを避けようとする。

……わかってる、わかってるんだ。

これから俺たちは、別々の街で、別々の学校に通い、別々の道を行く。俺たちの道が交わる場所は、唯一この村だった。

この村を離れたら、そう簡単には巡り会えない。そんなことは、わかってるんだ。

でも……でも……でも……

初めてできた友との別れを、理屈で片づけられるほど、俺は大人ではなかった。

グッと拳を握り締める。木剣の柄が掌に食い込むほど強く。

「ディクゥ――――ッ！」

何か言おうと思って、叫んだわけではなかった。でも、今呼び止めなければ、二度と会えないような、そんな気がして、気がつけば俺は叫んでいた。

「こんな……こんな決着、俺は認めねぇぞッ！　絶対だ、絶対に認めないっ！」

癇癪《かんしゃく》を起こしたように、心のままを、ありのままの叫びに乗せて、ディクへとぶつける。

「お前は、俺のライバルだ！　今までも、これからも、死ぬまでずっと！」

我ながら、癇癪を起こした子供のようだとは思った。

でも、大人げなくても、本当は歳が離れていても、俺にとってライバルは、ディクだけだ。今までも、これからも。

だから、違ったのだ。俺の用意した別れも激励も。

古今東西、原初の頃から去りゆくライバルに叩きつけるものは、これだけだと決まっている。

「だから、次に会った時は、俺が必ず勝つ！」

俺は勝利宣言と共に、手の中のものを放り投げた。

パシッと片手でそれを受け取ったディクは、それを手の上で確かめてから、ゴシゴシと目を腕で擦ると――

「いいや……僕が勝つ！」

そう宣言して、ディクから投げつけられた木の破片を俺もまた片手で受け取って、強く握り締めた。

「じゃあ——またな」

さよなら、などいらない。

「うん——また」

俺たちの別れに、再戦の誓い、それ以外のものは何も必要ない。

グッと交換した互いの相棒を手に、拳を突き出す。

距離があって触れられなくとも、気持ちはきっと同じだ。

いつの日か、必ずやろう。

このくだらなくて、馬鹿馬鹿しくて、けど絶対に譲れない俺たちだけの勝負を——また。

そうして、ディクは朝日と共に駆けつけた多くの村人に見送られて、シエラ村から旅立っていった。

エピローグ1

三週間前にディクが旅立ち、明日に入学試験を控えた今日――

「ふっははは、してやったぜ！」


朝、誰もいない広場で俺は、手にした二一枚分の日めくりカレンダーを手に、歓喜の声を上げていた。

――我が家の日めくりカレンダー当番に志願し、はや数ヶ月。

コツコツとカレンダーをめくらない日を挟み続けた俺は、今日になって二一枚分の束をカレンダーからもぎ取り、時の流れを正常に戻した。

ここから王立学院のある王都までは、徒歩で二週間の道のり。これで、どうあっても試験には間に合わないっ！

どうしても学校に行きたくなかった俺の最後の企《たくら》みは、見事に成功した。

あとは証拠を消すだけ。

「ディク、俺はここで待ってるぞ！　いつでも帰ってこーい！」

証拠の束を魔法で燃やし、その灰を浴びんばかりに空に撒きながら、この空のどこかにいるディクに向けて、俺は叫ぶ。

その俺の首には、ディクとの再戦の誓いを加工して剣の形にした木のネックレスがぶら下がっていた。

そうして、一通りこれから始まるボッチ生活への口上を述べた後、俺は村の中を元気いっぱいに走り回って、いつも通り日課の鍛錬をしてきたかのように、我が家へと戻った。

「たっだいまぁーッ！　今日はいい朝だね、父さん、母さん！」

村から出ずに済むことになった俺は、テンション高めに家に飛び込んで、ただいまを言う。

すると、何やら外行きの格好をした母さんが。

「あら、お帰り。もうみんなにお別れを言ってきたの？」

「…………えっ？」

俺は玄関で扉を開けたまま固まった。

それを見て、母さんはあらと、目をパチクリさせて言ったのだ。

「もしかして気がついてなかったの？　あなた二一日前のカレンダーをめくっていたのよ。自分で気がついた方が、今後のタメになると思って言わなかったけど、これから一人で暮らすのだから、気をつけるのよ」

「…………えっ」

ちょ、ちょっと待って。

頭が追いつかない。俺が一人で騙していた気になっていたのは、わかった。でも、王都までは二週間もかかる道のりで、それは馬車を使ったところで大きく変わるわけではない。

少なくとも、明日の試験には間に合わないはずだ。

なのにどうして、今から王都に出発するようなノリになっているのか。

「ね、ねぇ……もしかしてめくり忘れたカレンダーめくってくれてたの？」

それなら、日付は正しく、今日は試験日の三週間前。余裕で間に合う。

だが、あれ、と俺はディクが旅立った時期を考えて、思った。

そして、母さんは。

「いいえ、あなたがどうしても学校に行きたくないようだから、ギリギリまでここにいて、今日、王都に着くように考えたのよ？」

サラリと、俺の考えなどお見通しであったことを口にする。

この人怖ぇよ、やっぱり！　怒るんじゃなくて、先に俺の逃げ場をなくすやり方が、恐ろしいよっ！

「おう、今帰ったぜ」

その時、後ろから親父の声が飛んできた。

その声に振り向けば、黒い毛玉が二つ俺の方に飛んできていて――

「「キャンキャンッ！」」

「おわぁぁッ!?」

――俺はその飛んできた黒い毛皮の二匹に、前から押し倒された。

背中から床に落ち、いててと目を開けると、すっかり大きくなり、柴犬《しばいぬ》サイズに成長したフェンとリルの顔がそこにはあった。

「ちょっ、くすぐったい！　くすぐったい、やめて！」

「ピピィッ――！」

両サイドから首を舐められ悶絶する俺に、ハクが怒り声を上げて飛んでくる。

俺には、そのハクの鳴き声が、『ハクのマーキングッ！』と言っているように聞こえてならなかった。

「だから、俺はお前の便所じゃないって何度も言ってるだろ」

「ピピィッ！」（でも、お頭《かしら》ッ！）

「誰がお頭だ。親と呼べ、親と。とにかく、匂いぐらいで怒るなよ」

「どうしてこの子は会話ができているのかしら？」

それは俺もよくわからないが、ひとまず猛スピードで飛んできたハクを手で止めると、いがみ合う一匹の竜と二匹のライガーの間で体を起こし、宥《なだ》める。

「よしよし、魔獣同士なんだから、フェンとリルも、ハクと仲良くしてやってくれよ。それで、何でお前たちが、ここに？

――まさかっ！　とうとう一緒に暮らせる許可がっ」

『――出していない。いい加減、諦めたらどうだ。この男の息子だけあって、諦めが悪い』

声が飛んできた方向は、玄関前に立つ親父のさらに後ろ。その、床に腰をついていても玄関の枠に顔が入らない家の屋根ぐらい高い場所からだった。

「いや、あんたは村に入ってきたらダメだろ」

思わず足しか見えないライガーの長に、俺は素でツッコミを入れた。

『我もそうは言ったがな……』

と、頭を下げ家の中を覗き込んだライガーの長が、視線を送ったのは、悪びれた様子のカケラもない親父。

「細けぇことは気にすんな。こいつらに乗りゃ、半日もかからず王都に行けるぜ」

『……だそうだ』

何一つとして細かくはないが、当日になってから旅行計画を知らされる日常茶飯事に、僅かな希望が完全に打ち砕かれたことを知り、俺はフッと敗北の笑みを漏らして立ち上がった。

「――当日になって言うの、ほんとやめてくれよぉぉッ！」

最後の最後までこの家族に振り回される俺は。

自分もまたそうであったことを、棚上げしながら、力の限り叫ぶのだった。


――かくして。

近隣の家々から悲鳴が乱れ飛び、村の衛兵たちがこぞって家の周囲を包囲する大混乱の中。

俺は故郷の村を出て、まだ見ぬ王都へと無事？　旅立った。

名前：レイ	種族：人間（少年）	年齢：7歳
レベル：39	生命力：893	魔力：2136+400
筋力：776+200	体力：856+200	敏捷：782+300
耐久：548	器用：1259+500	知力：935+320
通常《ノーマル》スキル：【観察】【百里眼】【真眼】【夜眼】【魔力操作】【魔力感知】 【身体強化】【計算】【忍び足】【気配察知】【敏速】【空間】		
希少《レア》スキル：【空間探索】【固定空間】【立体軌道】【魔力充填】【芸術家】 【並列思考】【俳優】		
先覚スキル：【インプット領域】		
魔法《マジック》スキル：【火魔法Ⅲ】【水魔法Ⅲ】【風魔法Ⅲ】【土魔法Ⅲ】		
武器《ウェポン》スキル：【剣術】 自己流剣術／『火剣』《灼熱魔翔斬》、『炎風剣』《炎風刃》		
固有《ユニーク》スキル：【経験蓄積】	蓄積量：235,569／【○\° %#】	
称号：【@&☆$】【怒れる魔女の忠犬】【ボッチ】【先覚者】【シエラ村のライバル】		
加護：【創世神の加護】		
新スキル効果：【夜眼】 あなたは闇を駆ける狩人だ。 【固定空間】 固定された立方空間を生み出す。 【火魔法Ⅲ】【水魔法Ⅲ】【風魔法Ⅲ】【土魔法Ⅲ】 各属性魔法の操作性と威力の向上。また、魔力が一属性につき100上昇。 【インプット領域】 未設定。調査し、設定してください。		

エピローグ2

ずっと、探してる。

この澄み切った空の下。海の向こうの大地まで。
どこでもあって、どこでもない場所をずっと探してる。

その昔、空に憧れた。

燦々《さんさん》と照りつける太陽。青天を彩る真っ白な雲。
夜は月と星々の輝きの中を、飛んでみたい。

少女の儚《はかな》い願いだった。

それはもう手を伸ばせば届く場所にあるのに、でも、決して届かない。
黒曜の空は、澄み渡っているのに。
白き天の向こうには、光があるはずのに。
どうしてこんなにも、真っ暗で、そして、白いのだろう。
この瞳に映る世界はモノクロで、だから、儚い。

憧れの空は、どこまで行っても遠ざかる。
きっともう、この手が届くことはないのだろう。
決して離してはいけなかった手を、少女は離してしまったから。

この想い、この願い、この言葉が。

届くことはないのだろう。

それはわかっていても、ずっと手を伸ばしてる。
空の彼方に向かって、空に手が届かない少女が。
その手が届くその日まで。

「どうかまた、あなたが私を盗みに来てくれますように」

少女は、ずっと待ち続けてる。

［特別書き下ろし］忘却の竜殺し

「ねぇ……これは本当に必要なことなの？」

落ち着かない様子で、キュッと胸に置いた手を握り、ミュラは俺の顔を見上げてきた。

「男の決闘は、邪魔しちゃならねぇ。そう、言っただろ。耐えられねぇのなら、家に戻っててりゃいい」

夜天の下で今にも始まろうとしている決闘。それを遠目に見守りながら、俺はミュラの肩に手を置いた。

と、その時、丁度聞こえてきたのは、激しく剣がぶつかり合う音。戦いが始まったのだろう。

ミュラは、歯を食いしばるように口を固めた。

「……もしレイに何かあったら、私はあなたを許さないから」

そりゃおっかねぇな。


「……なぁ、ミュラ。俺が最後に本気で戦ったのは、いつの話だ？」

「いきなり何の話……？」

「いいから、教えてくれ」

訝しげに目を細めたミュラは、ややあって口を開く。

「さぁ……いつでしょうね。私の知る限りでは、王都での戦いでしょうけど」

「そうか。お前ェはそれ覚えてんのか？」

「もちろん覚えているわよ。だって、あの戦いの後に、あなたに求婚されたんだから」

そうか、そんな事もあったか。

俺は始まった息子達の戦いを見ながら、思い起こす。

記憶には残っておらずとも、感覚として俺の中に焼き付いている、王都での戦いを――

肉が焦げる匂い――周囲には炭化した人だったものが転がっていた。

肌を突き刺す熱射――喉は痛みを覚えるほどに乾き、体に巣食う熱は時を追うごとに増していた。

紅く燃えたぎった溶岩――数分前までは緑の草原だった。

「こんなの……勝てるわけない……」

数多の屍に囲まれ、膝を崩した女冒険者の金髪は、血と灰に汚れ、黒ずんでいた。

響いていたのは、多くの嘆きと慟哭。仲間を、家族を、友を失った者の叫びだ。そして、背後に控える街からは、悲鳴と恐怖の叫びが木霊する。

それを食い潰すかのように、けたたましい咆哮が轟く。

――グォォォアアアッ!!!

咆哮の主は、灼熱を纏う竜。

竜は成体になると、属性を持つようになる。突如として、街に襲来したその竜は、火の属性を持つ『火竜』と呼ばれる存在だった。

だが、同じ能力でも個体差があるのは当然のことで、不運にもそいつは、火の属性を得た竜の中では、間違いなく最強クラス。

数百年の時を生き、国の守り神として崇められるほどの強さを秘めた古参の竜だった。

空を飛ばずとも街を睥睨する巨大な体躯に、開戦直後の魔法使い達による集中放火でも傷一つつかなかった絶対的な耐久力。そして、軽々と大地を引き裂き、踏み砕く単純な膂力。

どれを取っても、一級品。冒険者ギルドが定める魔物のクラスに当てはめれば、間違いなく最上のSSS級。人が叶わないとされる領域に立つ、正真正銘の怪物だ。

実際、たった一撃で、俺たち人間側の被害は甚大だった。

火竜の放った灼熱のブレスを受けて、迎撃のため集った冒険者や騎士の約一割、数百人の命がたった今、失われた。

盾や魔法も含めたあらゆる防御手段を用い、受けて立った人間に出来たのは、背後の街の外壁ギリギリに、ブレスの軌道を逸らしたことだけ。

とても犠牲者の数に見合う成果ではない。元々高いわけでもなかった士気はどん底まで急落し、残った戦力の大半は膝を折るか、腰を抜かしていた。

戦況は馬鹿な俺でもわかるぐらい、敗色濃厚。剣を持つ手は、久しくなかった痺れを感じていた。

「アホみてぇに強ぇじゃねぇか」

前々から、噂程度には聞いたことがあった。

強固な竜の鱗の前には剣も魔法も意味をなさなず、爪は大地を引き裂き、天を掻く翼は嵐を生む。

そして、強力無比なブレスによる一撃は、天候すらも変え、支配下に置いてしまう。

なるほど、何一つ嘘じゃねぇ。むしろお釣りがくるくらいには、真実だ。

『人は竜には勝てない』

それもまた、この有様を見れば、言い出した奴の気持ちもわからなくはない。

だが――

「――気にいらねぇな」

竜だからと、人だからと、なんだ。

それが、どうして勝てない理由になる？　――なるわけがねぇ。

詰まる所、ただクソ強ぇだけの話だ。不死身の化け物でもありゃしねぇ、俺達と同じで殺せば死ぬ、ただの強者だ。

なら、勝てない理由などどこにもねぇ。あるとすれば、それは諦める理由だ。

「――どうした、テメェらッ！　腰抜かしてらぁ、勝てるとでも思ってんのかっ！」

俺は膝をつく周りの同業者を一喝する。

「勝てねぇ戦いなんざねぇッ！　俺にァ必勝法がある！――勝つまで死なねぇっ！　そんだけだ！」

どうだ、簡単だろ？

勝つまで死ななきゃ、どんな強ぇ奴が相手だろうと勝てる。

何度でも、何度でも、何度でも、立ち上がれば剣がいつかは、そいつの命を断ち切る。

これで絶対に負けねぇ。これぞ、絶対の必勝法だ。

「馬鹿は馬鹿でも……お前は真性だな」

厳つい黒狼の獣人、ウルケルはその白い牙を見せながら、呆れたように首を振るう。

「でも、あたしゃレディクのその馬鹿さ加減が嫌いじゃないよ」

「付き合わされる儂等は、堪ったもんではないがな」

それに、両手持ちの戦鎚を片手で軽々と持ち上げた男勝りなアマゾネスと、ヒョウタンの中の酒を煽る偏屈なドワーフが続いた。

そして――

「まだ魔力は残ってんだろ、ミュラ？」

「――ええ、まだまだいけるわっ！」

俺が差し出した手を取って、金髪の魔女は半身を失くした杖を手に、立ち上がった。

S級冒険者パーティ【狼の尻尾《ウルフテイル》】。

それが、人種も、生まれもバラバラな俺たち五人のパーティの名だ。そして、幸か不幸か、この場に居合わせた中で、最もランクの高い冒険者の集まりでもある。

そんな俺達が立ち上がったことで、どん底に近かった士気が、少し持ち直すのを感じた。

「馬鹿にしては上出来だ」

そう言って、俺の横に並び立ったのは、同郷の友人である騎士のグラハム。

「士気が戻った。偶にはお前の馬鹿も役に立つ。──次は私も打って出よう。私とお前が揃えば、たかだか国の守護竜ごときに負けるわけがない。そうだろう?」

「がっははは、あたぼうよ！　金棒は鬼にってやつだな！」

「鬼に金棒だ、馬鹿め」

鬼に金棒を持たせようが、金棒を鬼に持たせようがおんなじことだろうがよ。

しばらく見ねぇうちに、騎士団長とかまで肩書き持つようになった癖に、細けぇところは昔から変わらねぇ。

と、そんな俺達の会話が耳に入ったのか、騎士達の士気が一層増して、さらにそれに呼応するように、冒険者達が雄叫びをあげる。

それを機と見たグラハムは剣を天に突き出し、砲声した。

「──聞けっ、騎士達よ！　今こそ、剣を持ち、盾を掲げ、立ち向かえ！　我らは王国最強の騎士ッ！　我らに敗北は許されないッ！」

背後に控えるのは、ラストベルク王国の首都イグノア。

この場に立つ者は、その街に住む何百万人という命を背負い、戦っている。だからこそ──

「生き抜けとは、もう言わん──今この時をもって、この戦いに勝利するために、命を捨てろっ！」

そして、グラハムは勢いよく剣を、振りかざした。

「──総員、突撃ィッ！」

それが、騎士を問わず、全員の突撃する合図となった。

先陣を切り、集団から突出した俺とグラハムは、落ちてきた竜爪を左右に分かれてそれを躱し、腹の下で刃を立てて交錯する。

硬すぎる竜鱗に、魔力で補強した剣がギチギチと音を立てて軋む。竜燐の下にある皮膚に浅い斬痕を残し、俺達は左右を入れ替え、腹の下から飛び出した。

「あせぇッ！」

「だが、ダメージは通った。このまま押していくぞ!」

「言われなくてもわかってらぁッ!」

続いて狙いを後ろ足に定めた俺達は、速度を落とすことなく火竜の腹の下を抜け、斬撃を加える。

と、その瞬間、唐突に上から落ちてきた風圧。斬撃を掠めた後ろ足は、火竜の巨体と共に天に昇った。

「くそ面倒だな、おいっ!」

「叩き落とすぞっ、ブレスだけは撃たせるわけにはいかん!」

「なら、あたしらに任せなッ!」

その声は、ほぼ真上から聞こえた。続いて、耳を荒らす豪風に乗って響き渡ったのは、ズシンとくる重みのある打音。飛び上がろうとした火竜の頭に戦鎚を叩きつけたアマゾネスの一撃によるものだった。

だが、それだけでは終わらない。

「後々のことを思えば、この翼は邪魔だな」

「なら、穴だらけにしてあげましょう」

火竜の背に飛び乗ったウルケルは、その足が焼けることも構わず、その背を疾走して、鱗に覆われていない翼膜を切り裂き、大きな風穴を開ける。

一方、ミュラの翳した手の先で、曇天模様の空が青い明滅を放った。魔法の発動兆候だ。

だが、一般的に火に有効な属性とされている水や氷の魔法では、火竜の体から立ち上がる炎の衣を突破出来ないのは、既に実証済み。

「――でも、火で雷は防げないでしょう?」

少なくも気化して消えるなんてことはない。

曇天から生まれた青雷の矢が、ウルケルが潰した右翼と双対を成す左翼へと、雷速をもって飛翔した。目論見通り、翼膜を貫通し地面に落ちたそれは、遅れて雷鳴を轟かせる。

そして、両翼の機能を失った竜は、頭蓋にかかる重さにさらなる加速を得て、落下。

「落ちるぞっ、ちゃちゃっとよけんかいッ!」

すかさず酒を含み顔を赤くしたドワーフが投げつけた棘付きの鉄球が、火竜の腹を撃ち抜く。

僅かに下からの力を受け、持ち上がった巨体。稼がれた墜落までの時間に、安全圏へと人が避難する中、俺は飛び上がった。

「オマケだ。食らっとけ」

狙うは後ろ足。スキル【魔力刃】により、刀身が倍に膨れ上がった剣で、すれ違い様に斬りつける。が、またも硬さに阻まれ、血が吹き出す程度にしか傷を与えられなかった。

「チッ、力押しじゃねぇか」

舌打ちして地面へと俺が着地すると、同時に竜は地に落ちる。

激しい地響きと轟音を撒き散らし、噴煙が舞い上がる。その直後、勢いよく振るわれた尻尾は、その噴煙ごと飛び掛かろうとした者達を払い除けた。

――グォォァアアッ!!!

噴煙の中から現れた竜は、身に纏う炎を荒ぶらせ、怒号を発する。見れば後ろ足の出血は、その炎で焦がされ止血済み。半端な攻撃じゃ弱らせる事も出来ねぇらしい。その証拠に、翼の損傷以外、竜に堪えた様子は一切ない。

だが、飛行を封じただけでも、俺たちにとっちゃ大金星だ。

「次は、手足を奪う！　騎士達よ、今こそ我らの誇りを証明する絶好の機会だ。竜に取り付き、僅かでもいい、その動きを止めろ！　――後衛部隊は、気休めでも構わん。我らごと、火竜の体を消火せよ！」

なんちゅう命令を……大火事の中にその身一つで突っ込めと言っているようなもんだ。数十秒、その体に取り付けば、おそらくは死ぬ。

だからこそ、一切躊躇することなく火竜に向かっていった騎士達を見て、俺たち冒険者はその誇りとやらに、息を呑んで敬意を払った。

一方、後方に控えていた騎士達は、命令通り次々に火竜の体に水魔法をぶち当てていく。だが、着弾した夥しい水は、すぐさま白煙となって空に立ち上るだけで、お世辞にも鎮火したとは言えない。

「――今だ、取り付けッ！」

その上で、騎士達は命を懸けた足止めを敢行。尻尾から足の指先まで、纏わり付いた数百人が、全力で火竜の動きを封じにかかる。

そんな騎士に当てられた冒険者もまた、誰に命じられるでもなく、白煙の中へと飛び込み、攻撃を開始する。

「レディクっ！」

「おうっ！」

俺を呼んだのは、足にしがみついたグラハムだ。俺はグラハムの意図を読み取り、すぐに行動する。

すなわち――竜の手足を切り落とす。

だが、馬鹿みてぇに硬い鱗ごとその体を断ち切るには、力技じゃいけねぇ。

なら、どうするか。その時、思い出したのは、前に一度だけやりあった、俺の知る限り最強の男の剣技。

あいつは、どう剣を持っていた？　どんな風に振るっていた？

　細かいところは覚えちゃいねぇが、実際に打ち合ったからこそ、どういうもんだったかは何となく覚えている。

「だいたいこんな感じだったか？」

　肩の力を抜き、剣を己に取り込む。指先を扱うように繊細に、腕を扱うように力強く、目で見るように剣の触覚を感じて。

　俺は、そこにある足を真っ二つにしろ、とただ己に命じた。

　――ギュゥアァァァッ!!!

　竜の悲鳴と共に目の前を舞っていたのは、体が真っ赤に染まるほどの血飛沫。ズレ落ちるように体制を崩した竜の後ろ足は、滑らかな断面を残し、完全に両断されていた。

「がははは！　やりゃあなんとかなるもんだな！」

　俺は上機嫌な笑い、足一本で回転して、掬い上げるようにして、竜の尻尾を切りつける。

　斬ッ――と、鋭い斬撃音と共に、尻尾の半分ほどまで斬り込みが入った。

「わかってきたぜ、なんとなく」

　驚くほどに手応えが軽い。空気を斬るかのようだ。

　と、そこへ尻尾を挟んで向こう側から声が届いた。

「どうやら何か掴んだようだな、レディク。私も負けてはられん」

　そう言って、グラハムは捕まえていたもう一本の後ろ足に斬りかかった。しかし、浅い。一太刀で斬り込めたのは、鱗の下の皮膚までだ。が――

「――まだまだ終わらんッ！」

　一撃でダメなら、二撃。それでも無理なら、三撃、四撃と大きな鱗に走る亀裂が広がっていく。

　一撃一撃は、本当に小さい。だが、目にも止まらぬ速さで、コンマ数ミリの誤差も許さず、一箇所に斬撃を畳み込み続けたグラハムは、ものの数秒でその足を切断してみせた。

「偶には、力技で押すのも悪くない」

　まったくだと、力技で竜の硬さを突破しやがったグラハムに、俺は同意する。

「――総員、速やかに離脱！　治癒魔法を使える者は、火傷を負った勇者達に治療を施せ！」

　後ろ足を切り落としたことで、竜の機動力は大幅に削がれた。残るは前足だが、この巨体では這いずるようにしか、動くことが出来ない。尻尾もまた両断されてはいないが、動かすには至らないらしい。

　グラハムはそれを見て、これ以上の特攻紛いの足止めは不要と判断したらしい。大火傷を負った者達が、無事な冒険者達の手によって、後方に速やかに運ばれていく。

「レディク、お前にはもう一仕事手伝ってもらうぞ」

「わかってらァ」

俺は短く返事を返し、最後の抵抗を殺すべく、竜の側面を通り、前足を切り落とす。グラハムもまた同様にして、前足を切り落とした。

「トドメだ、レディクっ！」

「ああ、わかっ――――」

すぐさま首に狙いを変えた俺たちだったが、その瞬間、嫌な気配を感じ、本能的にその場を飛び退いた。

一瞬遅れて、地面から吹き出してきたのは溶岩の柱。

「っ――こりゃなんだ!?　近づけねぇぞ、これじゃぁ！」

火竜の体を守るように吹き出した溶岩の柱は重なり、規模を広げ、壁となって立ち塞がる。さらには、周囲に溶岩塊が散布された。

「……嫌な気はしていた。ここまで追い詰められれば、火竜に出来ることなど一つしかないというのに」

「ああ、だから、ブレスを吐かせる前に潰そうと――」

「――違う。私達は、勘違いをしていたのかもしれない」

グラハムはそう言って、吹き出した溶岩を指差した。

「見ろ、レディク。火竜の体にかかった溶岩を。見る見るうちに、固まっている。あの異常な冷え方は、熱を奪われているとしか思えん。必然、熱を吸収しているのは、火竜だ」

「あん？　だから、何だよ？」

「おそらくだが、火竜はブレスを撃たなかったのではなく、撃てなかったのだ。はじめの一撃で、これまでに蓄えた熱を放出してしまっていたために」

……何が言いてぇのか、まったく分からん。

「つまり、なんだ？　馬鹿にもわかりやすく言え」

「あの溶岩の吹き出しを止めない限り、火竜は無限にブレスを撃てる……かもしれない」

「おいおい……あんなのそう何度も逸らせねぇぞ」

しかも、運の悪いことに、火竜の口が向く先には、街がある。避けることは出来ねぇときた。

「……わかっている。こうなれば街を放棄する他ない。すぐに守りを固め、住民を街から逃すぞ。――総員、街の前まで引けっ！　何としても、避難の時間を稼ぐのだ！」

グラハムは全体に指示を飛ばし、自らも後退していく。俺もまたそれを追おうとして――

……いや、違ぇ。ここで引いたら、ダメだ。

それは直感に近かった。だが、馬鹿な俺にでもわかる、単純な話。

火竜が無限にブレスを吐き続けられるのなら、次の一撃を防いだところで、すぐに同じことが繰り返される。とても逃げるような暇があるとは思えねぇ。ってことは――

「っ――レディク、何をする気だ⁉」

「あいつを殺すんだよ。それしかねぇ」

「馬鹿か！　あの溶岩の柱の中を突っ切る気か⁉　いくら頑丈なお前でも、死ぬぞ！」

かもしれねぇが、どちらにしろここで引いたら全員死んじまう。

なら、今、勝負しねぇでどうするって話だ。

「グラハム、街は任せたぜ」

「……どうしてもやる気か？」

「言ったろ？　それしかねぇって」

「やれるのか？」

「やらなきゃ全員死ぬからな」

「……わかった。後ろのことは心配するな。一撃でも、二撃でも、私が必ずや防いでみせよう」

「おう、そっちは任せたぜ」

そう言って、俺は火竜に向き直った。

位置は、奴のほぼ真正面。そして、その正面には溶岩の吹き出しが一切なかった。まるで来るなら来いとでも言うように。

それが誘いだとしても、どこから溶岩が吹き出すかもわかりゃしねぇ場所を通るよりは、あいつの首に辿り着けそうではある。

まぁそう変わりはしねぇが――おもしれぇ。その誘いに乗ってやる。

俺は顔に笑みを走らせ、自ら踏み込んだ。それに合わせるように、開かれた竜の顎門から、大地をも溶かす業火が放たれる。

「――レディクぅぅぅッ！」

ブレスに飲み込まれる瞬前、ミュラの声が聞こえた。だが、すぐにそれも掻き消され、俺は正面に作り出した魔力の刃と共に、灼熱の奔流の中を駆け抜ける。

全部を消し飛ばす必要はねぇ。前に進めりゃそれでいい。だが、無理矢理こじ開けた道を進んでも、体は消しきれない余波に焦がされていく。

いったい後、どれくらいの距離が残っているかもわからず、魔力がいつまで持つかもわからない。

まだブレスは止まらねぇのか？　それとも、終わりはねぇのか？

進むほどに熱が増しているのか、それとも体がやられているのか、徐々に体に巣食う熱が増していく。それは内側から俺を焼くように、かつ、外側から喉を通して入った空気は肺を焦がし、さらなる熱を体の中に呼び込む。

思わず死を意識した。

その時——体にかかる冷気を感じた。

ほんの一瞬、だが、確実に。そして、それは一度で終わることなく、何度も。

その冷気に乗る微かな魔力の波動。業火に飲まれて姿も見えないはずの俺に、こうまで的確に。そして、一瞬とはいえ、ブレスの威力を軽減するほどの冷気を送り続けられる魔法使い。

そんな奴は、俺の知る限り一人しかいねぇ。

熱を帯び過ぎた体が冷やされ、体に力が漲る。魔力はどうにもならねぇが、これなら多少ケチっても、どうにかなりそうだ。

「オオォォォォオッ!!!」

一点集中。俺は魔力刃をより鋭利に研ぎ澄まし、代わりに防御は捨てて、一心にその中を駆け抜けた。

視界に映るのは、ただただ赤い灼熱の猛火。踏みしめる地面は、水のように柔らかく、そして、焼け石の上を歩くように熱い。

だが、俺の頑丈さにミュラの魔法が合わせれば、こんなものは屁でもねぇ。

俺は加速して、灼熱の奔流の中を、突き抜ける。

その先で、ようやく合間見えた火の竜に。

「悪いな——俺達の勝ちだ」

残る全ての魔力を刃に乗せて、俺は剣を振り下ろした——

「——そして、それから三ヶ月、あなたは意識不明。もう二度と目を覚まさないとすら、思った。なのに、奇跡的に目を覚ましたと思ったら、急に冒険はやめるなんて言い出すし、訳のわからない夢の話をして、それで結婚しようって迫ってくるし……」

「おう、そうなのか」

「そうなのかって……覚えていないにしても、もう少し言い方があるでしょうに」

「細けぇことは気にすんな。大概のことは寝りゃぁ忘れる」

俺がそう言ってカラカラと笑うと、ミュラは肩を落とし、深く溜息を吐いた。

「……恐ろしいほどの忘却力ね。呆れるどころか、ただただ困るのだけど……」

「今更言ってもしょうがねぇ。生まれつき物覚えが悪りぃんだ。だが、同じだと思うぜ」

「何が?」

「この戦いが」

俺はそう言って、終結に向けて加速する息子達の戦いに目を送る。

「人間、本気にならなきゃいけねぇ時は、そう多くはねぇのよ」

だから、覚えていなくても自分が本気になった理由だけはわかる。決して引いちゃならねぇ時だったからだ。

「レイはそれをわかってる。逃げちゃならねぇ戦いってのをわかって、自分の意思でそれに立ち向かってんだ」

俺はそれが誇らしい。自慢の息子の、さらに自慢するところが増えた。

「だから、俺達もそれをわかってやらなきゃならねぇ。俺ぁ、レイにその戦いから逃げるような奴にはなって欲しくねぇからよ」

村中に響き渡る、息子達の雄叫び。それを耳にしながら。

「……面倒なのね、男って」

ミュラが零した呟きに、俺はまったくだと頷き、戦いの決着を目にした。


異夢世界~転生チートと謎スキルで異世界を成り上がれ~/完

あとがき

まずは、『異夢世界～転生チートと謎スキルで異世界を成り上がれ～』を手に取っていただき、ありがとうございます。

はじめましての方も、そうでない方も、こんにちは。

『異夢世界』の作者のカシスと申します。

これまで『小説家になろう』にて活動しておりましたが、マッグガーデン・ノベルズ様より書籍化のお話をいただき、この度デビューさせていただくことになりました。これが、初あとがきです。

嬉しいやら緊張するやらで、迷走してしまうかもしれませんが、少しだけお付き合いいただければ幸いです。


本作は、明晰夢を見る能力を持っていた主人公が、剣あり、魔法あり、スキルありの夢に酷似した世界に転生する、いわゆる異世界転生系のお話です。前述したように『小説家になろう』にて投稿していたものを、加筆、修正して、書き下ろしを加えたものになります。

私の勝手な想像ではありますが、本書を手に取ってくださったということは、私と同じく『死んだら異世界に転生したい』願望を少なからず持たれているのではないでしょうか。

そんなあなたに朗報です！

明晰夢を見ることが出来るようになれば、擬似的に異世界ファタジーを体験できるかも知れません！

……とまぁ、こんな詐欺紛いの思いつきと転生願望から生まれたのが、本作です。

ちなみにですが、現在に至るまでカシスは、明晰夢を見たことは一度もありません。もし明晰夢の能力を開眼された方は、なろうの作者ホームに一報を。師匠と呼ばせていただきます。

さて、少し話が逸れましたが、上記のような思いつきから、書き始めたのが２０１５年の12月頃。予定通りであれば、異夢世界の第1巻が発売されるのが、２０１８年の12月ですので、三年の期間をえて書籍化です。未だに信じられない気持ちで一杯で、つい最近まで夢でも見ているのではと思っていましたが、たった今、実感が込み上げてきているところです。ええ、そうです。あとがきの締め切り間際、という実感です。

くっ……もう書く時間がねぇっ！

さて、そんなわけで、ここでお時間が来てしまいました。

最後になりますが、本作を刊行するにあたり、お世話になった方々に感謝を述べさせていただきたいと思います。

まずは、イラストを担当してくださった茶円ちゃあ先生、素晴らしいイラストを仕上げてくださり、ありがとうございます。

また、書籍化のお話をくださった担当様。何から何までお世話になりました。心より感謝しております。

そして、この作品の出版に関してお力添えいただいた皆様、ｗｅｂ版を読んでくださった読者の皆様、この本を購入してくださった皆様、本当にありがとうございました。今後もどうぞよろしくお願いいたします。

それでは、またあとがきで皆様にお目にかかれることを祈りつつ、さようなら！

カシス

MAG Garden NOVELS

異夢世界
～転生チートと謎スキルで異世界を成り上がれ～

発行日　2018年12月25日 初版発行

著者 カシス　イラスト 茶円ちゃあ

発行人　保坂嘉弘

発行所　株式会社マッグガーデン
〒102-8019 東京都千代田区五番町6-2
ホーマットホライゾンビル5F
編集 TEL：03-3515-3872　FAX：03-3262-5557
営業 TEL：03-3515-3871　FAX：03-3262-3436

印刷所　株式会社廣済堂

装　幀　矢部政人

本書は、「小説家になろう」(https://syosetu.com/) 作品に、加筆と修正を入れて書籍化したものです。

ISBN978-4-8000-0800-8 C0093

ファンレター・感想等は弊社編集部書籍課「カシス先生係」「茶円ちゃあ先生係」までお送りください。